Slave Master

FANTASY FRONTIER SPIRIT

슬레이브
마스터

Slave Master

Slave Master 1
어두미 판타지 장편 소설

초판 1쇄 찍은 날 § 2005년 5월 14일
초판 1쇄 펴낸 날 § 2005년 5월 24일

지은이 § 어두미
펴낸이 § 서경석

편집장 § 문혜영
편집책임 § 한지윤
편집 § 이재권 · 유경화

펴낸곳 § 도서출판 청어람
등록번호 § 제1081-1-89호
등록일자 § 1999. 5. 31
어람번호 § 제1-0601호

주소 § 경기도 부천시 원미구 심곡1동 350-1 남성B/D 3F (우) 420-011
전화 § 032-656-4452 팩스 § 032-656-4453
http://www.chungeoram.com
E-mail § eoram99@chollian.net

ⓒ 어두미, 2005

ISBN 89-5831-546-6 04810
ISBN 89-5831-545-8 (세트)

Slave Master

Slave Master

FANTASY FRONTIER SPIRIT

어두미 판타지 장편 소설

슬레이브 마스터 1

산적 로빈

도서출판 청어람

Contents

많이 부족한 몸으로 이렇게 첫 번째 글을 내놓게 되어 많이 부끄러울 뿐입니다.

제 모자란 점을 이야기하자니 끝도 없을 게 분명한지라 대충 넘어가고 우선 이렇게 책으로 나오기까지 많은 도움을 주신 여러 독자 분들과 청어람 관계자 분들께 먼저 감사의 인사를 드립니다.

'슬레이브 마스터'의 이야기는 간단히 말해서 출신의 비밀을 가진 한 아이가 우연한 기회로 인해 시작점으로 돌아가서 자신의 탄생의 비밀을 알게 되고 벌어지는 일종의 성장기를 다룬 글입니다.

원래의 슬레이브 마스터의 이야기는 실은 청년편이라 할 수 있는 어린 주인공의 성장 후의 이야기인지라 1, 2권은 가볍게 프롤로그 보는 식으로 봐주시고 본격적인 사건들은 3권을 시작으로 벌어지게 됩니다.

'에엑! 1, 2권이 프롤로그야?'

하고 경악하는 몇몇 분들의 목소리가 들려오는 것 같네요(웃음).

스스로의 글을 작품이라 칭하지 못하고 스스로를 작가라 칭하지 못하는 부족한 글쟁이의 처녀작이지만 이 속에서 많은 재미를 느끼셨으면 하는 바람뿐입니다.

잠 못 들며 끙끙대는 자식 보기 불안해하던 부모님께 감사를. 마감 던져 놓고 도망가고 싶던 저를 잘 달래주신 담당자님께 감사를. 남아로 태어나 국방의 의무를 다하고 있는 친구들에게 감사를. 항상 격려와 칭찬을 아껴주시지 않던 여러 독자님들께 감사를. 창작의 즐거움과 고통을 제대로 맛보게 해준 이 글에게 감사를.

끝으로 변재원, 송영호, 신현희, 신순배, 강규은, 최은석, 신세계 책방. 이들에게 감사를.

　가득한 습기와 함께 케케묵은 냄새가 풍겨져 나오고 있는 이곳은 짙은 어둠과 증오가 깃들어 있는 그들만의 비밀 장소.

　지금 이곳에서는 비밀 회의가 벌어지고 있었다.

　그들의 정체도, 그들의 목적도 무언지 아직 알려진 바는 없다.

　단, 분명한 것은 이들이 상대하고 있는 적은 이 세상에서 가장 비열하고 저속하며, 더럽고, 치사한, 사악한 악마 중의 악마라는 것이다.

　"마스터, 놈은 인간이 아닌 악마입니다!"

　검은 가면으로 얼굴을 가리고 있는 한 이가 외쳤다. 그 속에 담긴 원한과 분노는 그 기운만으로도 세상을 멸망시켜 버릴 것 같은 탄식 그 자체였다.

　"맞아. 놈은 악마다. 악마가 아니고서야 어떻게 그런 끔찍한 짓을 저지를 수 있겠어!"

"이젠 더 이상 그의 만행을 두고만 볼 수 없습니다. 그가 이 마을에 돌아온 것이 겨우 넉 달 전. 하지만 벌써 피해자는 오백 명이 넘었습니다. 이것이 그 자료입니다."

사내가 원탁 위로 자신이 모아놓은 서류 뭉치를 턱하니 내려놓자 자칭 정의의 파수꾼들은 마음 깊이 묻어 나오는 한숨과 함께 한층 더 분노를 느꼈다.

"오, 오백 명?"

"이런 끔찍한 일이."

"신이 내린 저주인가, 아니면 이 시대에 부활한 마신이라는 것인가."

"이 자료가 확실하다면 이제 이 칼리엄 영지에 생존자는 겨우 백 명도 채 못 된다는……."

이십여 명이 의문스러운 표정으로 모두 경악을 금치 못하는 가운데 분위기는 더욱더 분노의 열기와 독기로 가득 차 올랐다.

"이대로 간다면 우리같이 작은 영지의 사람들은 몰살될지도 몰라."

"……."

꿀걱.

세상에 절망이 찾아온 것처럼 삭막해진 주위로 침을 삼키는 소리마저 천둥 치는 소리처럼 들렸다.

모두가 알고 있었지만 또한 절대 인정하고 싶지 않았던 현실. 그 현실과 바로 몰살이라는 단어가 내포한 공포 때문이었다.

"그놈은 스스로 마법사라 밝혔지만 절대 그런 끔찍한 마법이란 있을 수 없습니다! 틀림없이 마족에게 영혼을 팔고 얻은 사악한 사술일 게 분명합니다! 또한 그 힘을 사용해서 자신이 저지른 모든 죄악을 은폐

하고 있습니다! 한시바삐 그 악마를 제거해야 합니다, 마스터!"

"결단을, 마스터!"

그들은 하나같이 절규를 지르며 마스터를 외쳤다. 그 단순한 행동에서 그들이 평소에 얼마나 마스터라 불리는 자를 신뢰하고 있는지 쉽게 느낄 수 있었다.

"일단 모두들 진정해. 특히 이반 너의 고통은 나도 이해 못하는 건 아니지만 좀 더 현실을 보도록. 우선 그가 사용하는 게 마법이든 사술이든 우리들은 그것을 당해낼 수가 없어. 게다가 그놈은 영주를 홀려서 이용하고 있는데 어떻게 그를 처치할 수 있단 말인가."

"그쪽이 영주의 힘을 이용한다면 우리들은 주민의 힘을 이용하면 됩니다. 모든 주민이 그놈을 영지에서 추방하자고 시위를 벌인다면."

쾅!

마스터라 불린 사내는 분을 참지 못하고 자리에서 벌떡 일어서며 힘껏 탁자를 내려쳤다.

"어리석은 소리 하지 마라! 그놈이 마을 사람들에게 이상한 술수를 부렸다는 사실은 네가 더 잘 알고 있을 터! 분노에 휩싸여서 엉망진창인 마음을 가라앉히고 좀 더 냉정히 현실을 보란 말이다! 이것은 자네에게만 하는 말이 아니라 우리 모두에게 하는 말이다! 저 악마를 만들어낸 것이 바로 우리라는 사실을 잊었나? 그는 지금 당연한 복수를 하고 있는 것뿐이라는 것을!"

"하, 하지만 어떻게 그럴 수가 있단 말입니… 흑, 크흐흑, 아무리 업보라도 이것은… 크흑."

이반이라 불린 사내는 끝내 분을 이기지 못하고 눈물을 흘렸다.

"그래, 그렇게 우리들의 분노를 눈물로나마 승화시키자. 하지만 지금은 참아야 한다. 앞으로 한 달, 한 달만 지나면 우리에게 저 악마를 처단할 수 있는 힘이 온다. 그때까지만 참자."

어느새 비밀 회의장은 울음바다로 변해 버리며 사내들은 서로를 얼싸안으며 눈물을 흘리기 시작했다.

그때였다.

요란한 소리와 함께 문이 활짝 열리며 누군가가 소리쳤다.

"마, 마스터, 큰일났습니다!"

"무슨 일인가?"

"그, 그게, 마스터의 여동생 분과 여자 친구 분께서 그 악마와 더블 데이트를 한다면서 집을 나간 지 두 시간이 지났다고 합니다."

"더블 데이트?"

"두 시간이나?"

그 말과 함께 순식간에 웅성거림이 커졌다.

빠각.

난데없이 들려오는 소리. 이것은 틀림없이 마스터라는 자의 억장이 부서지는 소리일 것이다.

"NO!!"

절규!

그리고 털썩. 무릎을 바닥에 꿇고 두 손바닥을 좌절하듯 바닥에 짚고 머리를 숙였다. 그야말로 좌절을 느낀 자의 모범적인 자태를 그대로 뿜어내고 있었다.

"그럼 이 영지에 생존한 처녀가 98명으로 줄어든 건가?"

"수치상으로는 그렇지."

저 구석에서 생존자 리스트에 적힌 두 소녀의 이름 위에 X표를 친

뒤 아직 자신들의 여자 친구의 이름이 남아 있는 것을 확인한 두 청년은 안도감이 섞인 한숨을 내쉬며 마스터를 바라보았다.

그 눈빛의 이름은 동정.

그 외 이미 여자 친구를 빼앗겨 버린 사내들은 대부분 예전의 마스터가 그렇게 해주었듯이 그들도 같이 흐느끼며 마스터를 위로하고 있었다.

"이 세상에서 그 누구보다 사랑스러운 나의 여동생과 장장 삼 년이라는 세월간 작업에 들어갔던 여자 친구마저 감히, 감히 그 악마 자식이! 으아아아아악!!"

"마스터를 막아!"

"살인 낼 분위기야. 빨리 잡아."

"바보 같은 소리. 이제 겨우 마스터가 움직일 마음이 들었으니 이 틈에 조직을 짜서 그 악마를 처리해야 해."

"이 마을에 있는 처녀란 처녀를 모두 노처녀로 만들어 버리다니, 비상식적이야."

"그래도 솔직히 부럽지?"

"뭐, 그야……."

이렇게 한쪽은 야단법석—여자 친구를 빼앗긴 구성원들—에 난리고 한쪽은 자신의 일이 아니라는 듯 그저 방관—원래 여자 친구가 없었던 비인기 구성원들—을 하며 최근에 나온 소설책의 뭐가 재밌다 는 등 다른 세계의 이야기로 빠져 버렸다.

"크아아아아아! 좋아! 전쟁이다! 전면전을 선포하겠다! 이 악마가 감히 우리의 영지에서 처녀란 처녀를 다 따먹어? 좋아, 이 새끼! 와라! 내가 죽여주겠다! 놔, 이거! 놓지 못해!"

"이야, 저거 완전히 맛이 갔는데?"

"그러게. 이젠 비속어도 아예 대놓고 하네?"

겨우겨우 폭주하는 마스터를 청년들이 달려들어 막자 문이 벌컥 열리며 또 새로운 위협이 찾아왔다.

바로 권력이라는 무시무시한 힘이 말이다.

"아니이놈들이이곳에너희들만전세를냈니왜이렇게시끄러워아무리영지청년회원들이라는건알지만이건너무한거아니니어디장사를할수있어야지그리고이반빨리내려와서일돕지않고뭐해계속일빠지면더이상용돈은없는줄알아손님이산더미처럼몰려왔는데자식새끼하나라고있는게매번이렇게도움이안되니으이그웃"

그야말로 언어의 폭풍. 그 폭풍에 직방으로 휘말려 버린 그들은 전원 넋을 잃은 표정으로 새하얗게 불태워져 있었다.

"아, 알았어요, 엄마."

비밀 회의는 그렇게 낯선 이방인의 개입으로 잠깐 멈추었고 회의는 이반이라는 청년이 자신의 뚱뚱한 어머니를 따라 일층으로 내려가면서 다시 재개되었다.

참고로 문이 다시 닫히기 전까지 밖에서부터 들어오는 불빛에 드러난 문 윗부분의 창고라는 글씨에는 X표가 쳐져 있었고 그 밑으로 '청년회 본부'라고 정정되어 있었다.

"이 망할 악마 자식! 죽여 버리겠다! 듣고 있는 거냐, 개X끼야!!"

"시끄러워!! 너희들 조용히 안 하면 창고 안 빌려준다!"

청년회 본부가 사라진다. 그 협박에 제아무리 폭주한 마스터라도 더 이상 입을 열 수 없었다.

이곳은 맑은 호수의 경치가 무척 보기 좋은 어느 물레방앗간 안.

"엣취!"

아무도 없이 규칙적으로 곡식을 찧는 소리만 들려오는 가운데 웬 앳된 재채기 소리가 들리더니 한쪽 구석에 가득 쌓아놓은 짚 속에서 한 인영이 불쑥 상체를 일으키며 모습을 드러냈다.

"에, 에, 에취! 훌쩍! 누가 내 욕을 하나?"

소녀? 아니다. 가슴을 가릴 정도의 긴 머리카락과 고운 피부는 순간 여자가 아닌가 하는 착각이 들게 했지만 미청년이라고 불러도 될 만큼 화사한 외모와 한 올의 천도 걸치지 않고 드러나 있는 단단한 가슴, 그리고 굵은 목소리는 믿을 수 없게도 순수한 남자라는 것을 증명하고 있었다.

"으음, 로빈, 혹시 감기?"

옆에서 남자의 또래로 보이는 한 여인이 일어서면서 그 청년의 만년설 같은 새하얀 머리카락에 붙어 있는 짚을 하나씩 털어주었다.

"로빈, 추워?"

이번에는 반대편에서 방금 여인보다는 약간 어린 듯이 보이는 또 한 명의 소녀가 로빈이라는 이름의 미청년에게 안기듯 몸을 기대왔다.

지금 이곳에 있는 한 명의 남자와 두 명의 여자는 아주 독특한 공통점이 있었는데 그 첫째는 모두들 약간씩 지쳐 보인다는 것이고, 두 번째는 공교롭게도 모두 한 장의 천도 두르지 않은 올 누드라는 사실이었다.

로빈이라는 이름의 청년은 자신에게 기대오는 소녀의 애교와 온기에 사랑스러움을 느끼며 그녀의 고개를 살짝 끌어당겨 진한 키스를 선물해 주었다.

"아앙! 안 돼!"

그러면서 어느새 두 손은 그녀의 볼록한 가슴과 엉덩이를 쓰다듬으며 점점 부끄러운 곳으로 향하기 시작했고, 남자의 의도를 대충 알아차린 그녀는 작은 반항을 해보지만 이내 능숙하기 그지없는 사랑의 손짓에 그만 항복해 버렸다.

"아, 너, 치사해! 로빈은 오늘 나랑 만나기로 했었단 말이야! 갑자기 끼어들고서는."

두 사람의 다정한 모습에 심통이 난 듯 여인이 불만스럽게 말하며 청년을 빼앗으려는 기세로 남자와 소녀 사이를 갈라놓았다.

"너무해. 양보 좀 해줘, 언니."

"안 돼. 나도 오늘 어떻게 로빈이랑 약속을 잡은 건데. 최근에는 경쟁자가 너무 많단 말이야!"

"언니는 우리 오빠랑 사귀면서."

뾰로통하게 말하는 소녀의 말에 그녀는 로빈을 보면서 약간 당황한 기색으로 대답했다.

"그, 그래도 내 처녀는 어디까지나 로빈이 가져갔으니 상관없는걸."

"나도 로빈에게 처녀를 바쳤다고."

사이좋은 친자매와도 같았던 두 사람이 한 남자를 사이에 두고 점점 험악해지자 더 이상 보고만 있어서는 안 되겠다고 느꼈는지 로빈은 한번에 두 여인의 어깨에 팔을 드리우며 제법 풍만함을 지닌 가슴과 귀엽게 피어오르는 듯한 가슴을 각각 꼭 움켜잡았다.

"아야! 아파!"

"로, 로빈, 조금만 살살 만져."

그런 두 사람을 바라보며 미소를 짓는 청년의 자태는 실로 아름답기

짝이 없었다.

같은 남자라도 넋을 잃을 것 같은 아름다운 이 미소에 반하지 않을 여자는 그 누구도 없을 것 같았다.

"아직 밤이 되려면 많이 남았잖아. 조급할 필요는 없어. 오늘 둘 다 내 여자가 되는 거니깐."

그 인간 같지 않은 아름다움과 은으로 만든 종이 울리는 것만 같은 미성에 두 여인은 얼굴을 빨갛게 물들이며 반쯤 넋이 나간 채 그를 바라보았다.

"그럼 이번에는 누구부터 괴롭혀 줄까나?"

말이 끝남과 동시에 물레방앗간 안은 다시금 요염한 비명 소리와 행복에 겨운 뜨거운 열기가 물씬 피어오르기 시작했다.

'이것으로 남은 것은 98명. 복수의 마지막이 머지않았어.'

미남자는 그렇게 웃음을 지으며 다시금 사랑의 의식에 빠져들기 시작했다.

제1장
한밤의 도망자

"더 이상은 무리다, 위시. 이 아이를 데리고 최대한 멀리 도망치거라."

사, 오십대로 보이는 늙은 사내가 이제 갓 태어났을 법한 갓난아기를 젊은 여자에게 넘기며 말했다.

"마스터!"

"어서 가! 이 아이가 황제의 손에 들어가게 되면 어떤 끔찍한 일이 벌어질지 모른다고 분명히 말하지 않았더냐! 주인인 내 말을 어길 셈이냐, 인간도 아닌 슬레이브인 네가?"

"알겠습니다. 명령에 따르겠습니다, 마스터. 부디 무사하시길."

무사하지 못할 거라는 것은 이미 알고 있다. 그럼에도 그녀는 명령에 따를 수밖에 없었다.

자신은 인간이 아니기에, 자신의 의지를 가지지 못하고 단지 주인의 명에 따르고 죽어야 하는 슬레이브라는 존재이기에 아픈 가슴을 부여잡고 흘러내리려는 눈물을 참으며 최대한 멀리 도망칠 수밖에 없었다.

"미안하구나. 너를 내 친자식으로 생각하고 있었거늘 이런 심한 말을 하게 될 줄이야. 살아다오, 위시. 그리고 이 어리석은 나를 용서해다오."

"아이는 어디로 데리고 갔나?"

고고한 침묵과 어둠이 깃든 주위로 엄숙한 목소리가 밤공기를 타고 울려 퍼졌다.

단 두 사람만이 존재하는 대지. 그들의 얼굴에 새겨진 비장감에는 더 이상 어쩔 도리가 없다는 체념도 담겨 있었다.

"크크, 명색이 제국의 근위대장이면서 공작의 위치에 있는 자가 어째서 내 하나뿐인 아들을 이렇게 데리고 가려는지 그 이유를 모르겠군. 컥."

대치하던 늙은 남자는 끝내 버티지 못하고 무릎을 꿇으며 한 움큼의 죽은 피를 토해내고 겨우겨우 지팡이에 의지하며 몸을 일으킬 수 있었다.

"비참하군. 갓난아기도 속지 않을 그런 말에 한때나마 친우라고 칭하던 내가 믿을 것 같나? 봐라, 자네가 선택한 이 참혹한 결말을!"

사자 문양이 새겨진 검을 휘두르자 어둠 속에서부터 무언가가 스멀스멀 모습을 드러내기 시작했다.

평범한 인간이라면 결코 상식적으로 볼 수 없는 참혹한 광경. 시체라는 단어조차 무색해질 정도의 고깃덩어리의 산과 피의 강, 바로 그것이었다.

"난 도저히 모르겠네. 어째서, 어째서 그토록 제국을 위하던 자네가 이런 어리석은 선택을 했는지."

기침과 함께 중년 사내는 허탈하게 웃어 보였다.

"자기 자신을 속이지 말게, 베이호크 폰 에딕 공작. 자네도 잘 알고 있지 않은가? 우리 프하이엄 제국의 황제는 이미 미쳤다는 것을. 큭, 나도 미친 것은 마찬가지이니 이런 말을 할 처지는 못 되는군. 알아주길 바라지 않는다네. 다만 지금 비록 천 명의 사람들을 이 손으로 죽였을지 몰라도 그 대가로 수백만 명의 목숨을 지킨 것은 분명한 사실일세."

"불경하다, 레이오스. 황제께서는 우리 제국의 귀족과 시민들을 위해서 일생을 바치신 분. 설령 그분께서 실수를 했다 할지라도 그것을 올바르게 바로잡는 것이 우리 신하의 도리가 아니던가. 아무리 이것이 자네의 충정이라도 이미 도를 넘었어. 명백한 반역 행위일세!"

"반역? 반역이라……. 틀림없이 미친 황제의 입에서 나온 소리겠지. 아무것도 모르는 자네의 입장에서 생각해 보게. 황태자도 아닌 출신도 부모도 모르는 저 갓난아이를 데리고 도망쳤다는 것만으로 제국 현자인 내게 반역죄가 내려졌다는 사실이 상식적으로 납득이 된다고 생각하나?"

레이오스는 그를 추격하면서 몇 번은 더 의심이 들었던 부분을 꼬집어냈다. 7클래스의 마법사이자 현자의 칭호를 가지고 제국 부흥에 수많은 이바지를 해온 이가 바로 그였다. 그런데 고작 정체도 알 수 없는 아이 한 명을 데리고 도망쳤다고 황제의 입에서 반역자를 처단하라는 명령이 떨어지다니, 의문이 생기지 않으면 그것이 이상했다.

"난 오직 그분을 절대적으로 믿고 따를 뿐이다."

옳고 그름에 상관없이 설령 잘못되었을지라도 명령에 따르겠다는 그 말에 흔들림은 없었다.

"웃기지 마라! 제 가문의 영광을 위해 몸도 마음도 권력에 빼앗겨 버린 개 주제에! 커, 쿨럭! 크큭, 이렇게 어이없게 죽을 바에야 제국의 반역자로 이름을 남기는 것도 좋겠지. 간다, 에딕 공작. 권력의 맛에 물들어 실력은 줄지 않았나?"

지팡이를 허공에 갖다 대자 거대한 마력이 담긴 마력탄이 커다랗게 생겨났다. 이미 수많은 기사와 병사와의 싸움으로 지닌 마력을 몽땅 사용한 그가 또다시 마법을 쓸 수 있는 것에는 한 가지 방법 외에는 없었다.

바로 자신의 수명을 마력화시키는 것. 마법사들 사이에서조차 최후의 최후에만 사용한다는 금단의 마법을 시전한 것이다.

"나 베이호크 폰 에딕 공작은 황제의 기사이자 한 사람의 소드 마스터로서 반역자 레이오스, 지금 너를 처단한다."

한눈에 봐도 천하에 둘도 없을 법한 명검이 빛으로 물들며 마력탄과 견줄 만한 마력으로 감싸이기 시작했다.

"하아아아압!"

"으아아아압!"

콰과과과과과과과광!

두 사람의 도약과 함께 거대한 두 개의 기운이 서로 맞부딪치는 순간 귀를 찢어발길 듯한 굉음과 눈부신 폭발로 인해 마치 지진이라도 일어난 것처럼 지축이 흔들거렸다.

실로 인간 두 명의 힘이 맞부딪친 결과라고는 생각조차 못할 정도로 어마어마한 충격에 이미 그 두 사람의 주위에 있던 것은 모조리 먼지로 변해 버렸다.

푸슉!

그리고 먼지구름과 함께 그 폭발의 여세를 꿰뚫고 나온 검은 어느새 레이오스의 심장을 관통하고 있었다. 자신의 몸을 꿰뚫은 검에 의지하며 한순간에 삼십 년은 더 늙어버린 몸뚱이를 가지고 레이오스는 힘겹게 앞으로 또 앞으로 다가갔다.

"제국… 도서관… 1B—4… 세 번… 째… 책… 모든… 부탁……."

온몸의 생명력을 소진하고 심장을 꿰뚫리고도 끝내 친구에게로 다가간 레이오스는 그 말을 남기고 바닥으로 쓰러졌다.

그 자리에서 차갑게 식어가고 있는 친우의 시신을 바라보던 공작은 잠시 후 등을 돌리며 막 뒤따라오는 추격대를 향해 외쳤다.

"반역자 레이오스를 처단했다! 마스터가 죽은 이상 슬레이브 또한 멀리 도망치지는 못했을 거다! 아이와 슬레이브를 잡아오는 자에게는 두 계급 특진과 슬레이브를 포상으로 주겠다! 단, 약간의 상처라도 입혀서는 안 된다! 알겠나?"

"우아아아아아!!"

두 계급 특진이라는 권력과 슬레이브라는 힘. 이 두 가지에 매료된 마법의 주문과도 같은 말에 병사들은 성난 황소 떼마냥 줄을 지어 산 전체를 포위하기 시작했다.

그 거대한 폭발의 굉음과 번쩍임은커녕 여운조차 느껴지지 않은 먼 곳까지 온 이십대 초반으로 보이는 여자는 달리는 것을 멈추고 제자리에 멈춰 섰다.

'부디 그 아이를 부탁한다. P프로젝트의 유산인 그 아이만은.'

"안 돼, 마스터! 마스터! 아아아악!!"

그 말을 마지막으로 마스터와 슬레이브를 이어주는 공진도 종속력도 완전히 끊어졌다. 두 가지의 인력(引力)이 동시에 끊어지는 것은 단 하나의 경우밖에 없었다.

영원히 함께하자고 약속한 한 반려의 죽음. 이는 슬레이브든 인간이든 남은 한쪽을 미치게 만들기에 충분했다.

"싫어어어어어어어!"

"으앙! 으아아앙! 으아아앙!"

절규 같은 비명 소리에 아이가 놀라 울음을 터뜨려도 알지 못했다. 다만 부모 잃은 아이처럼 이곳저곳을 맴돌며 마스터를 찾아 헤맬 뿐이다.

"마스터! 마스터! 아아! 마스터!"

퍼석.

발을 내디딘 부분이 폭삭 무너지며 그녀도, 그녀가 안고 있는 아기도 모두 벼랑 밑으로 떨어지기 시작했다.

먼 옛날, 어느 깊숙한 숲 속에서 벌어진 일이었다.

제2장
꼬마 산적 로빈

나의 계략으로 인해 우리의 매복 작전은 성공적이었다.

그러나 상대는 갓난아기조차도 알고 있을 정도로 유명하며 또한 지금에 와서는 전설이 되어버린 제국 황제의 최후의 검. 그 이름하여 자유의 기사단. 그 이름을 처음 들었을 때부터 만만치 않은 싸움이 될 것이라 예상을 했으나 그들은 내 예상보다 훨씬 빠르게 대열을 정비하더니 오히려 기사들로부터 거센 반격이 시작되었다.

자유의 기사단의 무용은 실로 대단했다. 특히 저 기사들의 캡틴인 성기사 맥심은 우리들이 지닌 검보다 거의 세 배가량 긴 장창으로 유유히 부하들을 하나둘 쓰러뜨리고 있었다.

이대로 있으면 필패.

게다가 전운의 흐름마저 그들이 타고 있는 이상 나는 이 흐름을 끊고 나의 부하들을 승리로 이끌어내야 한다.

"이 사악한 기사들아, 텐텐 산의 두령 로빈님이 나섰다! 나를 위협하는 자, 나를 가로막으려는 자 모두 이 신검이 용서치 않으리!"

부하들의 만류를 뿌리치고 바위 위로 올라간 나는 허리춤에서 신검을 꺼내 들며 외쳤다.

나에게로 집중되는 시선. 나는 거침없이 그들의 중심부를 향해 달려가기 시작했다.

내 목표가 성기사 맥심인 것처럼 그들 역시 나를 잡으면 이 싸움에서 쉽게 승리한다는 것을 잘 알고 있었다. 하지만 정의 따위를 운운하는 그들의 저급한 실력으로 나의 발목을 잡기란 지극히 무리. 짧은 순간 이미 방위선의 절반 이상을 돌파해 버리자 이제는 나를 사로잡기보단 자신들의 대장을 보호하는 데 주력하며 나의 돌진을 막으려 애썼다.

'하지만 이미 늦었어. 적을 아무런 방비도 없이 자신의 집 안으로 들여놓은 이상 이미 내 쪽이 절반은 먹고 시작된 게임이야.'

나는 작고 가벼운 나의 몸을 이용해 그들의 손을 피하고 동시에 교란시키자 포위망은 어느새 아수라장이 되어버렸다. 그 혼란 속에서 나에게 향하는 검을 몸을 비틀어 피했다. 몇 센티미터 차이로 아슬아슬하게 공격을 흘리며 기회를 포착하자마자 바로 성기사를 향해 달려들었다.

"하아아압!"

마침내 사정거리에 들어서서 검을 들고 힘껏 내려쳤다.

딱!

나의 검이 성기사의 머리에 닿으며 동시에 호쾌한 소리와 비명이 터져 나오자 부하들의 함성 소리가 들려왔다.

"아야! 야, 이렇게 세게 때리는 게 어디에 있냐! 으윽, 두고 보자!"

사악한 기사 녀석들. 특히 나의 검에 머리를 정통으로 맞은 성기사 맥심은 눈물을 찔끔 흘리면서 살아남은 부하들을 데리고 도망치기 시작했고, 나는 그 모습을 보며 힘껏 승리의 함성을 내질렀다.

"푸하하하! 산적은 언제나 승리한다!"

"와아! 대장 만세! 로빈 만세!"

나의 외침에 부하들이 힘껏 소리를 지르자 나는 기분이 더 좋아져 더욱 오버하며 이 승리의 여운을 마음껏 즐겼다.

"자, 그럼 어서 돈 될 만한 물건들을 옮겨라. 돈 될 만한 물건이 있다면 시체라도 다 회수하고 여자는 일단 산채로 데리고 가서 마음껏 요리한다. 크크크, 알겠나?"

어라?

하지만 아이들의 대답 소리가 들려오지 않았다.

"이 녀석들, 대장 말에 감히 대답을 안 해? 알겠어, 모르겠어?"

그래도 아이들은 대답하지 않고 다분히 공포에 물든 눈빛으로 나의 머리 위를 쳐다보고 있었다.

"대, 대장, 뒤, 뒤에⋯⋯."

"우이쒸~ 뒤에 뭐가 있는⋯⋯."

그만 말이 쑥 들어가 버리고 말았다. 내가 뒤돌아본 그곳에는 우리 산채에서 가장 성깔있기로 소문난 마녀가 서 있었다.

"마, 마녀?"

그러자 가냘프지만 충분히 위협적인 꿀밤이 나의 머리를 강하게 강타했다. 아, 이래서 나는 오늘도 진실된 사람은 세상을 살기 힘들다는 교훈을 또 배웠다.

"누가 마녀라는 거야? 그리고 조금 전에 뭐? 여자를 데리고 가서 요리를 뭐 어쩌고 어째? 요 쬐그만 게 갈수록 못된 말만 배워가지고. 너 도대체 커서 뭐가 될래?"

이럴 수가? 고추도 안 난 계집애가 나이가 조금 많다는 것 하나만으로 이유도 없이 나를 때리다니. 이게 도대체 어느 나라 법이란 말인가? 나는 내 키의 근 두 배에 달하는 저 마녀를 향해 외쳤다.

"우이씨, 이 젖소마녀, 또 때렸어? 한 번만 더 때리면 나의 검으로 널 용서치 않으리라!"

손에 쥔 이 신검을 멋지게 들어 올리며 마녀의 얼굴에 갖다 대자 부하들이 기대감에 찬 소리를 질렀다.

후후, 무섭지? 지금 물러나면 내가 봐주마. 그러니깐 제발 좀 가라. 응?

하지만 나의 애타는 마음에 하늘은 고개를 돌리듯 마녀는 나의 검을 전혀 무서워하지 않고 오히려 기가 막힌 표정으로 콧방귀를 뀌었다.

"이 나무 막대기 안 치워? 이제는 반항도 할 줄 알고? 내가 되도록이면 손을 안 대려고 했지만 너 오늘은 좀 맞아야겠다."

"어어어? 저리 가! 저리 가! 뭐 하는 거야? 야, 야, 이 젖소마녀, 당장 안 내려놔?"

마녀는 한 손으로 나를 잡고 바지를 벗겨낸 다음 수치스럽게도 나의 부하들이 있는 앞에서 힘차게 나의 맨 엉덩이를 그 손바닥으로 때리기 시작했다.

찰싹!

"으악! 두고 보자, 이 마녀!"

찰싹!

"으갸~ 아저씨들이 한 말 그냥 따라 했는데 그게 뭐 나쁜 거야?"

엉덩이에서 직통으로 머리 속까지 강타하는 이 끔찍한 고통. 이 나쁜 녀석들, 부하들이 돼가지고 대장 하나 구해주지 못해?

"저기, 에쎄 누나, 그냥 놀이였는데 봐주면 안 될까요?"

아니, 저건 성기사—역할이었던—맥스! 어제의 적이 오늘의 동지라니. 고맙다. 이 은혜는 잊지 않으마.

"호호, 그래도 친구다? 그럼 로빈이 맞는 몫을 맥스 네가 대신 맞을래?"

"……."

나는 맥스를 향해 강렬한 마음을 보냈고, 나와 눈이 마주친 맥스는 잠시 후 고개를 끄덕였다. 이것이야말로 눈빛만으로 마음이 전해진다는 전설의 우정 파워!

"휴우, 로빈 네 뜻이 그렇다면 어쩔 수 없지 뭐. 꼭 도와주고 싶었는데. 아프더라도 꼭 참아내야 해. 넌 참아낼 수 있을 거야."

라면서 맥스는 등을 돌려 버렸다.

어라? 아냐! 그게 아니란 말이야! 게다가 마지막 그 파이팅 포즈는 뭐냐!

"매애애애애액스ㅇㅇㅇㅇㅇㅇㅇ!"

"어쭈? 어디서 소리를 질러대!"

그리고 에쎄의 행위는 계속되었다.

넘어가듯 새어 나오는 뜨거운 숨결.

살과 살이 맞부딪치는 소리.

고통에 찬 신음 소리와 함께 아찔하면서도 난폭한 첫 경험을 맞이해 버리는 나의 엉덩이는 폭력이라는 이름의 물결 속에서 점점 빨갛게 익어가고 있었다.

으아악! 크! 내가 겨우 폭력 따위에 굴할 줄 알고?

"애가 완전히 독종이네, 독종. 잘못했다는 말 한마디 안 해? 좋아, 누가 밧줄 좀 들고 와! 오늘 저녁은 물론 쫄쫄 굶도록 내일까지 나무에 매달아줄 테다!"

세상에, 그런 무서운 형벌을?

저녁밥을 먹지 못한다는 것은 나에게 하늘이 무너지는 것과 다를 게 없었다. 배고픔은 폭력보다 더 무서운 법이거늘. 이 극악무도한 마녀!!

"너 같은 먹보가 과연 참을 수 있을까? 자, 꼬맹아, 누나에게 하고 싶은 말이 있겠지?"

에쎄는 탐욕스런 폭군의 미소를 지으며 나를 바라보았고, 그녀의 말대로 또래에 비해 두 배는 더 잘 먹는 나에게 있어서 선택은 하나뿐이었다.

"…잘못했어요. 용서해 주세요."

나 로빈(10세).

멋진 산적이 되기를 꿈꾸는 싸나이지만 오늘은 배고픔을 두려워하여 그만 여자 따위에게 굴복하고 만 패배자에 불과했다.

다음날 아침.

"대장, 정말로 할 거예요?"

부하의 걱정스러운 질문에 나는 단지 엄지손가락을 세우며 걱정 말라는 미소를 지어주며 말했다.

"불가능, 그것은 아무것도 아니다."

그렇게 확신에 차 있자 이번에는 어제 이후 나의 라이벌에서 둘도 없는 친구로 변해 버린 아랫 산채의 대장 맥스가 염려하며 말했다.

"로빈, 친구로서 충고하는데 제발 그만 포기해. 상대는 그 악명 높은 여장부 중의 여장부 마녀 에쎄 누나야. 지금까지 그녀가 무슨 짓을 저질렀는지 설마 모르고 있는 건 아니지?"

"에쎄, 열여섯 살. 종족, 마녀. 성별, 계집. 특이 사항, 계집애 주제에 미친 소처럼 괴팍하면서도 걸핏하면 폭력을 휘두르는 돌연변이. 비상 훈련이라는 명목 하에 이것저것 부수고 특히 로빈이라는 착하디착한 산적 소년을 잘 괴롭힘. 몇몇 어른이 없는 이상 통제가 불가능한 트리플 A급 흉악범이자 계집애들의 대변자를 자청하며 남자들을 이유없이 구타하는 최종 흉기 그년."

앞을 바라보자 그곳에는 놀랍다는 듯 두 눈을 동그랗게 뜬 맥스의 얼굴이 보였다.

"대단해, 로빈."

"아는 것이 힘! 적을 알고 나를 알고 싸우면 백전불패! 맥스 너도 날 걱정해 주는 것에 관해 고맙게 생각한다! 하지만 나 로빈, 오늘 죽더라도 어제의 치욕은 꼭 갚고야 마는 산적 중의 산적이다!"

두 주먹을 꽉 쥐며 힘차게 외치자 부하 녀석들이 눈을 반짝이며 박수를 쳐댔고 그중에 몇몇은 눈물을 글썽이면서 나의 이름을 외쳤다.

역시 주목받는 이 기분은 최고! 최고다! 나로 말할 것 같으면 남이 비행기를 태우면 하늘 높은 줄 모르고 둥둥 떠오르다 끝내 태양계로 넘어가 버리는 허영의 왕자.

어제는 비록 밥줄을 끊어버리려는 마녀의 사악한 폭력에 굴복했지만 내 어찌 당하고만 있을쏘냐?

복수심에 불타오르는 눈동자에 선명하게, 아주 선명하게 원수의 모습이 비춰졌다.

그녀의 이름은 에쎄. 나보다 겨우 여섯 살 많은 열여섯 살 주제에 누나 행세를 하는 데다가 사사건건 나를 못 잡아먹어서 안달인 계집애다.

나는 나무와 풀을 매개로 삼아 몸을 숨기며 서서히 에쎄에게 다가갔다.

에쎄는 자신의 추종자들과 함께 지금 냇가에서 수다를 떨며 빨래를 하느라 정신이 없어 다가가는 것은 무척 쉬웠다.

쯧쯧, 이래서 계집들은 안 되는 거다. 수다 따위나 떠는 데 정신이 팔려 있다니. 그런데 왠지 그들의 수다에서 익숙한 단어가 많이 나오는 듯한 기분이…….

"그래서 말이야, 그 건방진 로빈 녀석의 바지를 벗겨서 엉덩이를 마구 갈겨줬지."

"꺄아~ 에쎄는 정말 대단하단 말이야?"

"키키키, 그 꼬맹이 표정이 장난 아니었겠는데?"

"꼴에 이 꽉 깨물고 참으면 뭐 해? 밥 굶기겠다니까 바로 잘못했어요 하면서 두 손을 싹싹 빌던걸."

"꺄르르르르!"

이, 이년들이 가, 감히 이 몸을 비웃다니…….

크크크, 그래, 좋아. 이 위대하신 몸의 뼈아픈 과거를 아는 네년들 모두를 용서할 수 없다. 흐흐, 하지만 우선은 에쎄 너부터다. 그래, 이건 다 에쎄 네년 탓이야. 나의 화려한 복수를 보여주지.

나는 까치발로 살금살금 에쎄의 뒤로 다가갔다. 그녀들은 수다에 정신이 쏠려 있어 나의 움직임을 전혀 눈치채지 못하고 있었다.

기회는 바로 지금이다. 그 순간 나의 눈앞으로 새하얀 세계가 펼쳐지며 나의 정신은 육체를 초월했다. 이른바 신의 영역에 들어서는 첫 번째 순간.

"궁극의 쓰리(3) 콤보!!"

나의 외침에 몸을 쭈뼛 일으키며 놀라는 계집애들. 후후, 마녀가 되어가지고 이렇게 방심하다니. 하지만 그렇다고 봐주지는 않아.

"원!"

소리치며 힘껏 치마를 들어 올리자 에쎄의 빤쮸가 노골적으로 다 보였다. 후후, 하지만 이대로 멈추지는 않는다고.

"콤보! 투 히트!"

또다시 소리치면서 에쎄의 빤쮸의 양 끝을 두 손으로 잡고 그대로 발목까지 완전히 내려 버렸다.

"엄마아아!"

마녀가 엄마를 외쳤다. 크크크, 그래, 마음껏 소리쳐라. 너는 이미 죽었어.

"라스트 쓰리 콤보!"

비명을 지르며 치마를 잡고 몸을 숙인 것이 그녀의 최대 실수였다. 나는 힘껏 뛰어오르며 에쎄의 커다란 두 가슴을 양손으로 힘껏 꼬집었다.

"꺄아아아아아아아아악!!"

"으하하하, 바보 멍청이! 메롱! 이 마녀야, 어떠냐? 감히 이 대산적 로빈님의 엉덩이를 때려놓고도 무사할 줄 알았어? 으하하하!"

승리의 웃음을 지으며 나는 힘껏 도망치기 시작했다.

뒤에서 나를 향해 날아오는 돌멩이와 함께 죽여 버린다라든가 변태 꼬마 녀석, 두고 보자 등등의 계집애들의 소리가 들렸지만 그딴 건 모두 한 귀로 흘려버렸다.

나는 나 로빈일 뿐이오. 우하하하!

시원한 산들바람이 나의 뺨을 기분 좋게 스쳐 가며 나의 뒤로 부하들과 맥스가 따라오기 시작했다.

"대장, 멋져요!"

"대장이 최고라니깐!"

우리들은 그렇게 힘껏 달리고 또 달렸고, 나는 마냥 승리의 즐거움에 들떠 있었다. 이 일이 앞으로 나의 인생을 완전히 바꿔 버리게 될 거라고는 조금도 생각하지 못한 채.

당일 저녁.

"…이렇게 된 겁니다."

흑흑, 결사 폭력 반대.

나는 시퍼렇게 멍이 든 왼 눈을 손바닥으로 계속 비벼대고 있었다. 아니, 눈만 멍이 든 것이 아니었다. 성전이라고까지 불릴 만한 마녀와의 전투, 아니, 사실은 일방적인 폭력의 피해자인 나는 보다시피 옷은 다 찢어지고 몸에 선명히 나 있는 발자국과 손톱으로 긁힌 자국, 그리고 피멍들이 얼마나 마녀에게 짓밟히고 두들겨 맞았는지 그 참혹한 현장을 그대로 보여주고 있었다.

"두목, 저 변태 꼬맹이는 평생 나무에 묶어버리고 쫄쫄 굶겨야 정신을 똑바로 차린다고요!"

마녀 에쎄가 씨익씨익 거친 숨을 내뱉으며 소리쳤다. 그렇다면야 나도 질 수 없지. 나 로빈, 죽을 때 죽더라도 할 말은 꼭 하고야 마는 싸나이 중의 싸나이다.

"무슨 소리! 피해자는 바로 나야!"

"이게 또 맞고 싶어서!"

하고 외치며 방어도 하기 전에 그녀의 손이 다시 나의 머리에 작렬했다.

"아야! 왜 때려! 내가 뭘 잘못했는데 또 때려! 네가 먼저 내 엉덩이를 부하 녀석들이 있는 데서 때리지만 않았어도 내가 복수를 안 했을 거 아냐!"

"조용히 못할까!"

곰같이 무섭고 커다란 목소리에 나는 불만스럽지만 입을 딱 닫고 두목을 바라보았다.

두목은 한마디로 최고의 사나이다. 저 우람한 덩치와 근육, 온몸에 나 있는 흉터 자국은 더없이 완벽한 남자의 이상적인 모습이다.

"휴우, 에쎄, 그리고 로빈, 너희 둘은 어째 매번 이렇게 사고를 치는 거니? 이번에 너희들이 싸운다고 난리를 치다가 부서뜨린 울타리와 짓밟은 약초가 얼마나 많은 줄 알고는 있는 거냐?"

"두목, 그 모든 게 다 저 변태 꼬맹이가 저지른……."

"시끄럽다!"

에쎄는 두목의 호통 소리에 깜짝 놀라 울먹였고, 옆에 서 있는 여러 명의 두령이 그 모습을 보고 크크거리며 웃음을 참고 있는 모습이 보였다.

쿠쿠쿠, 꼴좋다. 감히 하늘 같은 두목에게 대들려고 하다니. 우리 두목은 일개 산적의 두목이 아니다. 이곳 근처에 있는 모든 산적 두령들의 대빵이 바로 우리 두목이다. 한마디로 최강자!

"잉크, 저 녀석들, 어떻게 처리하면 좋겠나?"

잉크는 우리 마을에서 최고로 머리 좋은 두령의 이름이다.

비록 잉크 두령은 우리 두목같이 커다란 덩치도, 단단한 근육도 없지만 내가 두 번째로 좋아하는 사람이다. 왜냐하면 그는 늘 나에게 몰래 숨겨놓은 사탕을 주기 때문이다. 그 대가로 나는 산채에 사는 누나들의 속옷을 훔쳐 줘야 하지만 겨우 천 쪼가리로 사탕을 바꾸어주다니 정말 멋진 사람이 아닐 수 없다.

"두목, 제 생각인데 저 두 녀석들, 결혼이라도 시키는 게 어떻겠습니까? 로빈을 괴롭히는 걸 보면 에쎄도 은근히 로빈에게 관심이 있는 것 같은데……."

"에에?! 내가 미쳤어요, 저런 꼬맹이랑 결혼하게?"

"에에?!"

나 역시 에쎄처럼 소리를 질렀다. 나는 무지무지 똑똑하기 때문에 결혼이 뭔지 안다.

결혼은 바로 한 여자를 자신의 마누라로 삼는 것. 그리고 마누라란 바로 평생 남자 옆에서 전문적으로 잔소리를 하는 프로 시비꾼을 뜻하는 말이다.

지금 저 마녀가 내 마누라가 되어 나만 전문적으로 괴롭히고 잔소리를 한다고 생각하니 오금이 저려왔다.

"호오, 그거 좋은 생각인데?"

"두모오오옥!!"

에쎄가 새빨개진 얼굴로 소리를 질렀다.

안 돼요, 두목! 나 두목 명령이라면 일주일 동안 밥을 굶어도 좋으니 저 마녀랑 결혼하는 건 죽어도 싫다고요!

"우리 마을 최고의 문제아와 폭력녀를 합쳐 놓으면 좀 괜찮아지겠지? 좋다. 오늘부터 에쎄와 로빈은 부부다. 텐텐 산의 두목 명이니 그 누구라도 불만이 있는 자는 나와라."

"누, 누가 폭력녀라는 거예요?!"

"푸하하하하!"

"크크큭, 두, 두목, 그거 정말 멋진 결정이유."

"역시 잉크 두령이 아니면 누가 저런 멋진 생각을 하기나 했을까?"

옆에 모여 있는 두령들은 어째서인지 이제 배를 잡고 대놓고 큰 소리로 웃기 시작하며 두목과 잉크 두령을 계속해서 칭찬했다.

"말도 안 돼! 아무리 두목 명령이라도 그 말은 따를 수 없다고요!"

숨을 거칠게 쉬며 소리를 꽥꽥 지르는 모습이 그야말로 마녀 그 자체였다.

"에쎄, 이건 네 잘못도 크다. 누나가 되어가지고 동생을 잘 보살펴 주지도 못하고 그렇게 괴롭혔으니 우리들도 네가 로빈을 좋아하고 있는 거라 오해할 만하지. 크크크."

나는 어려도 이건 알 수 있었다. 두목은 지금 이 상황을 무척 즐기고 있다는 걸 말이다.

"두목, 이번에 아예 쐐기를 박아버리는 게 어떻겠나? 지금 결혼식도 바로 해치워 버리자구!"

서쪽의 쇠수레 두령이 외쳤다. 쇠수레 두령은 우리 산적 마을의 부두목으로 두목과는 어렸을 적부터 절친한 죽마고우라 유일하게 두목에게 높임말을 쓰지 않는 사람이다.

"카아, 것도 좋은 생각이군. 너희들은 빨리 나가서 지금 로빈과 에쎄의 결혼식을 준비하도록."

"그거 좋지. 나만 믿게나."

쇠수레 두령이 밖으로 나가자 에쎄는 안달이 난 듯 외쳐 댔다.

"두목, 장난 좀 그만 쳐요! 난 이제 열여섯 살이고 로빈은 겨우 열 살에 아무것도 모르는 어린애란 말이에요!"

"어이, 에쎄, 벌써부터 남편 밤일 걱정하는 게냐?"

"걱정 마라. 원래 남자애들은 조금만 자라도 금방 되거든. 푸헤헤헤."

방금 말한 남자들은 금도끼, 은도끼 두령이다.

참고로 우리 산채에서 여자들에게 인기가 없는 것으로 소문이 나 있다. 그리고 보니 어째서 우리 산채 두령들은 대부분 여자들에게 인기가 없는 사람들만 모인 것 같은데, 왜 그렇지? 저렇게 멋진 덩치와 근육 훈장 같은 상처들을 보면 누구라도 반해 버릴 것 같은데.

"크크크, 말했잖느냐. 이건 다 에쎄 네 잘못이라고. 로빈의 아내가 되면 이제는 로빈을 함부로 때리지도 욕하지도 못할 거 아니냐? 만약 그런 일이 있을 때는 소박맞을 줄 알아라. 우리 산채의 법칙을 잘 알지? 소박맞은 여자는 산채에서도 쫓겨난다. 너도 예외는 아냐."

"그, 그런, 마, 말도 안 돼! 두목 미워! 두령들도 전부 미워!"

에쎄는 갑자기 울면서 밖으로 뛰쳐나갔다.

"푸하하하하하하하하!"

그리고 두목과 두령들의 웃음소리만이 방 안에 울려 퍼졌다.

나 로빈, 앞으로 닥쳐올 현실을 전혀 인지하고 있지 못한 어린아이일 뿐이다.

경쾌한 리듬에 춤을 추고 입을 모아 부르는 사람들의 노랫소리가 흘러넘치기 시작한 것은 해가 지고 불과 한 시간도 지나지 않았을 쯤부터다.

겨울을 나기 위해 꼭꼭 걸어 잠가놓은 창고의 열쇠를 오늘따라 풀어버리고 그 속에서 마음껏 고기며 술이며 꺼내서 배가 터지도록 먹고 술이 사람을 마실 정도가 되었어도 이 흥겨운 잔치판은 전혀 끝날 생각을 하지 않고 있었다.

어느새 축제처럼 되어버린 이 난장판이 내 결혼식의 모습이었다.

"이런 못쓸 놈들, 아직 주인공이 결혼식도 올리지 않았는데 벌써부터 저 짓거리들이라니. 쯧쯧."

어라? 쇠수레 두령이 언제 왔지?

나는 고개를 돌려서 그를 바라보았다. 험상궂게 생긴 얼굴로만 따지자면 이 세상에 그 누구도 따라올 수 없을 정도로 무섭게 생겼지만 나는 그가 얼마나 자상한 사람인지 잘 알고 있다.

"쇠수레 두령, 언제 왔어?"

"우리 꼬마 신랑 녀석 보러 왔다. 이 귀여운 녀석. 그래, 결혼식 전 기분이 어떠냐?"

쇠수레 두령은 이 산채에서 나를 가장 좋아해 주는 사람이다.

주위 아줌마들이 전에 했던 말이지만 쇠수레 두령은 사십 세가 넘도록 '소피아'라는 딸만 하나라서 금이야 옥이야 키웠지만 그래도 아들이 갖고 싶어서 산채의 고아 중 한 명인 나를 양아들로 삼고 싶어한다고 했다.

그 덕분에 우리 두목하고도 싸우고 있다는데 왜 싸우는지는 나도 모른다. 도대체 양아들이 뭔데 그러는 걸까? 아들은 알겠는데.

"모르겠어. 왜 다들 저렇게 술 마시고 뻗어 있는지도 말이야."

"후후, 그래, 넌 아직 어려서 모르겠구나. 다 내일 네 결혼식을 축하해 주기 위해서 저러는 거란다."

"그런데 왜 내가 아니고 쟤들이 술을 마시고 쓰러지는 건데?"

"그야 넌 술을 마시면 안 되는 어린애니깐 그렇지."

"이상하네? 결혼도 애들은 하는 게 아니라고 들었는데?"

"큭, 크하하하하하하!"

호탕하게 웃는 두령의 웃음소리. 난 저 웃음소리가 너무 좋다.

"요 우리 똘똘한 꼬마 녀석, 그거야 두목이 허락했으니까 상관없는 거란다."

"음, 그렇구나?"

그렇게 간단한 것을.

혹시 나 바본가? 아냐. 두령하고 두목이 나보고 똑똑하다고 얼마나 칭찬해 줬는데. 난 바보 아니다 뭐.

"요 똘똘한 녀석, 휴우, 내 딸이 최소한 다섯 살만 어렸어도……."

시선이 돌아간 곳에서 웬 낯선 사람이 나와 쇠수레 두령에게 다가오고 있었다.

"요 우리 꼬마 신랑, 뭐 하나?"

그는 다름 아닌 은도끼 두령이었다. 그 인사를 나는 예의 바르게 받아주었다.

"보면 몰라?"

"푸헤헤, 요 건방진 녀석, 내 나이 서른으로 다른 두령보다 젊기야 하다만 나에게 반말을 하는 놈은 우리 산채에 너 하나뿐일 게다."

"응, 칭찬 고마워."

"엥? 푸헤헤헤! 하여튼 미워할 수 없는 꼬맹이라니까! 푸헤헤!"

은도끼 두령은 쇠수레 두령의 품 안에 있던 나를 빼내서 자신의 어깨에 태웠다.

와, 높다. 기분 죽이는데?

"부자(父子)가 오붓한 시간을 보내고 있는데 뭐 하러 나타났냐?"

"거 삐치지 좀 마십시오. 우리 꼬마 신랑에게 결혼이 뭔지 가르쳐 주러 왔죠. 요놈아, 넌 결혼이 뭔지 아냐?"

"응, 남자가 잔소리하는 여편네랑 같이 한 집에서 사는 것."

내 말에 쇠수레 두령과 은도끼 두령은 눈을 동그랗게 뜨더니 이내 배를 잡고는 낄낄거렸다.

어라? 틀렸나?

"아냐? 난 그렇게 들었는데?"

"아니, 네 말이 맞다. 하지만 네놈은 어려서 모르는 게 하나 있지. 알고 싶냐?"

"응, 가르쳐 줘. 나 어린애 아냐."

내 대답에 은도끼 두령은 뭐가 그리 좋은지 음흉한 미소를 지으며 가슴을 탕탕 주먹으로 쳤다.

"좋아, 이 몸이 특별히 교육시켜 주지. 단, 그 대신 숨소리도 내서는 안 된다? 알겠지? 꼭 약속해라. 산적 대 산적으로."

"응, 산적 대 산적으로 절대 숨도 쉬지 않을게. 에? 숨 쉬지 않으면 죽는다던데?"

역시 바보 같은 질문이었을까? 은도끼 두령은 약간 짜증나는 말투로 대답했다.

"큰 소리를 내지 말라는 말이야. 알겠지?"

"응, 알겠어."

그때 쇠수레 두령이 끼어들었다.

"우리 로빈을 어디로 데려가려는 게냐?"

"좋은 데가 있어. 두령도 와. 요즘 마누라랑 사이도 안 좋다며. 아아, 인상 쓰지 말고. 이상한 데 아냐. 설마 애를 데리고 내가 그런 데 가겠냐? 나참, 그냥 눈요기만 하는 곳이야. 그럼 꼬맹아, 출발한다."

"응, 가자, 가."

나는 어디로 가는지도 모르고 마냥 기분이 좋아 보채기만 했다.

"여긴……."

이곳은 산채에서는 약간 떨어진 곳에 있는 호숫가였다.

가끔씩 깊은 밤 오줌이 마려워서 잠이 깨 화장실을 가려다 만난 누나와 형들이 어김없이 당황해하며 그냥 달 보러 간다던 그곳.

"자, 어딘가 두어 마리 짐승들이 있을 텐데?"

한 오 분이 지났을까? 도둑답게, 아니, 우린 산적이지? 하여튼 산적답게 발소리 하나 내지 않고 조심히 움직이던 은도끼 두령은 목표물을 포착한 듯 회심의 미소를……. 저건 내가 봐도 좀 역겹다.

"쉬이이이잇. 잘 봐두렴. 아직 어린 꼬맹이에게는 피와 살이 되는 거야."

손가락을 입에 갖다 대며 조용히 하라는 행동을 취한 뒤 살짝살짝 풀을 헤치기 시작했다.

"으음, 으으읍."

"하아! 읍!"

그곳에는 한 남자와 한 여자가 있었다. 목소리로 보아 대충 누나, 형 뻘이겠지? 누나의 얼굴은 이쪽에서는 반대쪽이라 보이지 않았지만 저 형은 분명히 내가 사는 고아원 처소의 앞집에 살고 있는 린드 형이었다.

"아니, 저놈은 매일 비실비실거리는 린드 녀석이잖아. 나참, 이 축제

날에 저런 놈이랑 눈이 맞은 계집애가 있다니."

"쉬이이잇, 조용히. 쇠수레 두령, 제발 잠자코 그냥 보기나 해."

어떤 누나와 린드 형은 서로 얼굴을 갖다 붙이고 두 손으로 서로를 끌어안고 계속 입을 비벼대고 있었다.

꿀꺽.

두 두령의 침 삼키는 소리가 들렸다. 계속해서 입을 비벼대고 있던 둘은 곧 입을 떼더니 이쪽으로 다가왔다.

"드, 들켰나?"

은도끼 두령이 낮은 목소리로 말했지만 내가 보기에는 전혀 그렇지 않았다.

두 사람은 뭐라 떠들면서 우리 바로 코앞이라고 할 만한 위치에 있는 나무 근처로 온 뒤 먼저 형이 나무에 등을 대고 앉았고, 곧 형의 앞에 누나가 앉았다.

"나이스! 훔쳐보기 경력 십 년 만에 이렇게 멋진 신의 각도는 처음이야. 요게 다 이 꼬맹이 덕분이라니깐. 요 귀여운 것."

왜 은도끼 두령은 눈물을 흘리면서 동시에 웃고 있는 건지 그 이유가 엄청 궁금했지만 어른의 사정을 나 같은 어린아이가 어떻게 알겠어? 그냥 입 다물고 있자. 헤헤, 역시 나는 어른스럽단 말이야.

그렇게 생각하고 있는 동안에도 두 사람의 입 비비기는 계속되었다.

형은 누나보다 머리 하나는 큰 키를 가진 터라 그림자에 의해 누나의 얼굴은 아직도 잘 드러나지 않더니 이내 고개를 돌려 형과 다시 입 비비기를 하는 바람에 이제는 더 알 수가 없었다.

쳇, 그럼 누나 얼굴 알아맞히기는 포기하지 뭐.

누나의 배를 더듬고 있던 형의 손이 움직이기 시작하며 누나의 가슴을 만지기 시작했다.

그 모습을 보니 나도 모르게 흥미가 생겨서 더욱 그 움직임을 자세히 관찰하기로 마음먹었다.

귀한 보물처럼 혹 지문이라도 묻을까 봐 조심스럽게 옷 위를 훑어가던 두 손은 시간이 지나자 떡을 반죽하듯 정성 들여 가슴을 힘껏 주물럭주물럭 만지기 시작했다.

그리고 곧 그 손은 누나의 웃옷의 단추를 세 개 정도 풀더니 그곳으로 오른손을 집어넣었다.

"후후, 꼬맹아, 잘 봐라. 저게 결혼하는 남자랑 여자가 하는 일이야."

이야, 결혼이라는 거 꽤 좋은 거잖아?

나는 어제 에쎄의 가슴을 만졌을 때의 그 느낌을 떠올리자 절로 웃음이 나왔다.

그 잠깐 사이 입 비비기가 끝이 나자 형은 옷 안으로 집어넣은 손을 얼른 꺼내면서 어깨를 잡고 떨어졌다.

"하아! 하아!"

유난히도 큰 심호흡을 하는 형의 숨소리로 보아 저 입 비비기는 보기에는 좋아도 호흡 곤란을 일으키는 무시무시한 기술로 추정되었다.

"저어기, 게, 계속 해야 해?"

"뭘, 보는 사람도 없는데 어때? 어허, 손이 점점 멈췄다. 똑바로 안 해?"

자주 들어본 듯한 목소리. 언뜻 누구인지 알 것 같기도 한 누나의 말에 멈춰 있던 형의 손이 다시 움직이기 시작했다.

"저, 저런! 여, 여자 쪽이 공이라니? 빌어먹을 정도로 부럽잖아."

"허허, 이런 남자 망신이 다 있나? 누군지는 몰라도 저 계집이랑 저런 허약한 놈을 사위로 둘 부모들이 불쌍하구나."

이상하게 또다시 눈물을 흘려대는 은도끼 두령과 무척 화가 난 듯 옆에 잘 자라고 있는 애꿎은 잡초를 그 커다란 손으로 단숨에 뽑아버리는 쇠수레 두령.

이 아저씨들이 오늘 왜 이러지? 영감들이나 걸린다는 치매에 걸려버렸나?

"저어기, 더 이상은 안 돼. 오늘 네 아버지도 계시잖아. 마, 만약 이런 짓을 하다가 들키기라도 하면……."

"사내자식이 정말! 콱! 내가 너 덮쳤을 때 뭐라고 했어? 내가 너 한 명 정도는 책임진다고 했지? 내가 칼로 목 그었냐? 그 눈이 많은 곳에서 몰래 데리고 나왔으면 어느 정도 너도 예상하고 있었을 거 아냐? 쓰읍, 닥치고 빨리 바지나 벗어!"

"아, 안 돼. 그러다가 혹시 아기라도 생기면……."

"하아, 정말 스팀받게 만드네. 이게 다 너 좋으라고 하는 거지 내가 좋아서 하는 줄 알아? 그리고 내가 분명히 너 책임진다고 했지? 빨리 안 벗어? 어쭈? 이것 봐라? 좋아, 그럼 내가 벗겨주지."

누나는 힘차게 일어서서 네 발로 엉금엉금 거북이보다 느리게 도망가는 린드 형을 잡아다가 그대로 옆으로 내동댕이치고는 옷을 난폭하게 벗기기 시작했다.

찌익! 찌지직!

"제발 이러지 마! 안 돼! 흑흑!"

"짜식, 앙탈 부리긴. 다 너 좋으라고 하는 일이야, 임마. 자, 마지막 하나면 끝."

뚝뚝.

어라? 뭐지, 이 빗방울이 떨어지는 소리는? 궁금중에 나는 살짝 뒤를 돌아보자 정말 놀라운 광경이 벌어지고 있었다. 와, 신기하다. 어떻게 두 두령이 동시에 저렇게 쌍코피를 흘리고 있지? 역시 어른은 대단하구나. 저런 재주도 부릴 줄 알고.

"나의 솔로 인생 삼십오 년. 그동안 애인 없이 훔쳐보기 인생이었으나 더 이상 꿈이 없도다. 우씨, 저 멍청한 새끼는 왜 저렇게 반항하고 지랄이야."

"도대체 누구 딸년인지. 쯧쯧쯧. 어떤 무식한 부모가 저렇게 가르쳤는지 한심하구나."

무슨 말인지 이해 불가이므로 패스.

그러는 동안 형은 마지막 빤쮸 하나도 점점 누나에 의해 벗겨지더니 쫘악 하는 소리가 나면서 빤쮸가 결국에는 찢어졌다.

그 순간 두 두령은 우리가 숨어 있다는 사실도 잊고 그만 어헉 하고 낮은 소리를 질렀다.

확실히 나도 놀랐다.

밝은 보름달에 비춰지는 그 인간 같지 않은, 크다는 말조차 용납하지 못할 거대(巨大)한 크기의 고추! 저것이 정말 내게도 달려 있는 오줌을 누는 그 물건이란 말인가? 혹시 말 고추를 갖다 붙인 게 아닐까?

"우와아아!"

나의 자연스런 감탄사에 조금 전 자신들이 지른 소리는 이미 잊어버린 듯 나의 입을 동시에 두 두령이 손으로 막으면서 남은 한 손을 똑같이 입에 갖다 대며 '쉬' 하고 조용히 하라는 의사를 표했다.

싱크로율 200%인 것처럼 어느새 깊은 유대감이 생긴 듯 보이는 두 두령이다.

"후후, 고것참, 탐스럽게도 생겼다. 누가 이런 진흙 속에 진주가 있는 줄 알았겠어? 이런 보물이 있는지도 모르고 다른 년들은 토끼만한 것에 정신이 없겠지? 후훗."

"아, 안 돼, 거, 거길 그렇게 만지면! 아흑!"

누나는 급기야 린드 형의 말투가 짜증나는 듯 신경질적인 목소리로 말했다.

"너 또 울거나 도망가려고 하면 전에 했던 그거 또 한다? 알겠어?"

"흡!"

형은 크게 놀라면서 얼른 자신의 두 손으로 입을 가렸고, 잠시 후 한 손으로 맺혀 있던 눈물을 닦아내었다.

헤에, 전에 했던 게 뭔데 저렇게 놀라는 걸까?

궁금증이 무럭무럭 꽃피는구나.

"이런 멍청이 같은 놈! 사내 노릇을 못하면 입이라도 다물 것이지. 흑흑, 신은 어째서 저런 놈에게 저다지도 훌륭한 보물을 줬을꼬."

"검도 쓰지 못하는 저런 애송이에게 신검을 주다니. 아, 하늘이 정말 원망스럽구나."

여전히 맛이 간 이쪽 두령들은 패스하도록 하자.

"자, 그럼 시작해 볼까? 우후후."

"제, 제발."

꿀꺽.

꿀꺽은 두령 아저씨들의 침 삼키는 소리이다.

누나가 슬쩍 몸을 일으키며 웃옷을 홀쩍 벗어버리자 새하얀 피부의 등이 환하게 드러났다.

"제, 제발 한 번만 용서해 줘. 흑흑."

"우후후, 내가 죽이기라도 한데? 그냥 재미 한번 보자는 거잖아. 이미 경험도 있으면서 짜식. 하나도 안 아파. 나만 믿어."

두근두근두근.

이럴 수가? 나는 방금 두 두령이 입으로 심장 뛰는 소리를 흉내 내는 줄 알았다. 세상에, 내가 잡은 개구리보다 더 시끄럽네.

그나저나 도대체 뭘 하는데 저렇게 무서워하는 거지? 혹시 지금 형의 배를 째서 내장을 꺼내 불에 지지고 줄넘기라도 하려는 걸까? 그게 아니면 저렇게 무서워할 이유가 없는데? 으음, 에라이, 모르겠다. 보면 알겠지 뭐.

"소피아, 부, 부드럽게 해줘. 거, 거친 건 싫어."

"문답무용. 자, 그럼 잘 먹겠습……."

소피아?

아, 역시 그랬구나. 어쩐지 목소리가 자주 듣던 목소리다 싶었지.

목소리는 분명히 소피아 누나였다. 음, 그러고 보니 소피아 누나는 분명 쇠수레 두령의 딸이잖아?

그 순간 나는 무지 뜨겁게 달군 돌처럼 얼굴이 새빨갛게 익어 있는 쇠수레 두령의 악마 같은 얼굴과 그 옆에서 입을 쩍 벌린 채 놀라고 있는 은도끼 두령의 모습을 볼 수 있었다.

얼른 먼저 정신을 차린 은도끼 두령은 쇠수레 두령이 폭주하지 않도록 못 움직이게 하기 위해 쇠수레 두령을 팍하고 덮쳐 버렸지만 쇠수레 두령은 은도끼 두령을 어깨에 멘 채 그대로 자리에서 벌떡 일어나는 괴력을 발휘하며 소리를 질렀다.

"소피아!!"

산이 무너질 듯한 메아리가 몰아쳤다.

두령의 모습을 본 소피아 누나는 깜짝 놀라며 황급히 자신의 옷으로 가슴을 가리고 뒤를 돌아보았다.

"아, 아빠? 거짓말. 왜 이런 곳에?"

누나는 두목이 변비로 이 주 가깝게 화장실에 가지 못했을 때와 똑같은 표정을 하고 있었다.

역시 부녀지간인가 보다.

"이 계집애가 오냐오냐 키웠더니 남자나 덮치고 있어? 이 엉덩이에 뿔난 년! 오늘 다리몽둥이를 부러뜨리고 머리카락을 몽땅 태워주마."

"꺄아아악! 아빠, 미안! 잘못했어! 용서해 주세요! 꺄아악!"

옷도 제대로 입지 않은 채 민망하게 큰 가슴을 덜렁이며 도망가는 소피아 누나와 쫓아가는 쇠수레 두령, 그리고 동료가 존속 살해범이 되는 것을 막기 위해 최대한 쇠수레 두령에게 들러붙어서 질질 끌려다니는 은도끼 두령.

쳇, 치사하게 나만 빼고 술래잡기 하나? 에이, 더럽다, 더러워. 괜히 놀 사람이 없어진 나는 바지를 챙겨 입고 있는 린드 형에게 다가가 조금 전 생긴 나의 궁금증을 물어보았다.

"저기, 형, 어떻게 하면 고추가 그렇게 커지는 거야?"

"……."

형은 잔뜩 붉어진 얼굴로 아무런 말도 못하고 나의 눈을 피하면서 조용히 무릎을 꿇었다.

후담이지만 그 다음날 나의 결혼식은 나 말고 예정 외의 결혼식을 올리는 사람들이 있었으니 바로 소피아 누나와 린드 형이었다.

린드 형의 부모는 쇠도끼 두령에게 한사코 자신의 아들을 잘 봐달라고, 보기에는 미흡하지만 그래도 청소, 빨래 못하는 게 없는 착한 녀석이라며 눈물을 흘렸고, 소피아 누나는 당당히 린드 형은 자신이 잘 보살피겠다고 걱정하지 말라며 위로하였다.

그에 비해 나와 에쎄는 둘 다 고아라서 저렇게 울어주는 엄마나 아빠는 없었지만 많은 사람들이 좋아해 주었고—그런데 그들의 웃음이 이상하게 기분 나빴던 것은 왜일까?—특히 두목과 쇠수레 두령은 눈물을 흘리면서 나를 반겼다.

"흑흑, 그래, 내 아들, 이런 어린 나이에 내가 널 결혼시키다니 이 아버지의 가슴이 찢어지는구나."

"아들아, 결혼은 해도 우리는 함께 사니 이 아비를 잊지 말아라."

그렇게 눈물을 흘리던 두목과 쇠수레 두령은 갑자기 감정이 격해졌는지 서로를 다독여 주기 시작했다.

"우리 로빈이 왜 네놈 아들이냐?"

"흥, 두목이면 다냐? 로빈은 원래 내 양아들이야."

"헛소리. 언제 로빈이 네놈 양아들 한다고 했냐? 했어?"

"그럼 네놈은? 앙? 네놈은?"

"그래, 좋다. 오늘 주먹으로 누가 로빈의 아빠가 될지 결판을 내자."

"오라? 거 좋지! 나도 바라던 바다, 이 망할 두목아!"

두 사람은 갑자기 피가 휘날리는 난투를 벌여댔다. 나는 얼른 두 사람을 말리려 했지만 주위 어른들이 원래 결혼식이 끝나면 저렇게 싸우는 게 일종의 피로연 행사이니 말리지 말라고 했기에 응원하는 사람들 속에 묻혀서 같이 환호성을 질렀다.

가끔씩 '것 봐라. 지금 로빈은 날 응원하고 있어', '웃기지 마. 로빈이 응원하는 것은 바로 나야' 라는 말이 들렸던 것 같기도 하다.

결과? 결과는 예상대로 무승부였다.

모든 소란이 끝이 나고 어느새 깊은 밤이 찾아왔다. 원래 부부는 한 집, 한 방에서 잠을 자는 것이라는 이유 하나로 지금까지 내 집이나 마찬가지였던 남자 고아원 처소에서 쫓겨나와 어쩔 수 없이 어른들이 지어준 새집으로 향했다.

집은 상당히 넓은 편으로 안에는 달랑 침대 두 개 외에는 텅텅 비어 있는 진짜 새집이었다. 안에는 이미 에쎄가 먼저 와서 자신의 짐을 풀고 있었다. 에쎄는 나를 보고도 아무 말도 안 했기에 나 또한 심통이 나서 아무 말도 하지 않고 제법 시간이 흘렀다.

한 시간? 아니, 두 시간이 지났을까? 세상에 이렇게 오랫동안 아무 말도 안 하다니. 이거 정말 너무하잖아? 나는 그래도 멋진 산적 사나이니까 에쎄가 말은 안 해도 삐치지 않고 먼저 입을 열기로 마음먹었다.

음, 먼저 무슨 인사를 할까? 밥은 먹었어? 아, 아까 전에 애들이랑 같이 먹었지? 그럼 잘 잤어? 이건 아냐. 아침도 아닌데 무슨. 그럼 무슨 말을……. 아, 그렇지.

그제야 나는 좋은 생각이 떠올랐다.

바보같이 왜 이런 생각을 못했을까? 나는 두 두령에게 결혼이 뭔가에 대해서 충분히 배웠잖아? 하하하! 좋아, 에쎄는 나이만 많은 바보니까 아직 결혼이 뭔지도 모르고 있겠지?

나는 자신만만하고 당당하게 에쎄를 바라보며 말했다.

"가슴 만져도 되지?"

"……."

찰싹!

주위 아저씨들이 그렇게 중요성을 강조하던 나의 결혼 첫날밤은 1라운드 KO로 지고 말았다.

얼굴에 새긴 붉은색의 손바닥 자국과 함께.

최근 들어 자주 말하는 것 같지만 나의 이름은 로빈. 멋진 산적이 되기를 바라는 열 살의 사나이다. 좋아하는 것은 산적 놀이와 식사 시간. 싫어하는 것은 에쎄.

내가 살고 있는 이곳은 험악하기로 유명한 텐텐 산맥의 시작점이라 할 수 있는 텐텐 산으로 어른들이 말하길 이곳은 칼리엄 남작의 영지 근처에 있어서 최대한 행동을 조심해야 한다는 말을 몇 번 들어본 적이 있다.

뭐, 그런 건 상관없고 나는 지금 무척 화가 나 있다. 왜냐하면 에쎄 고년이 어제 내가 가슴 좀 만지자고 한 말을 온 동네방네 소문을 퍼뜨렸다는 것을 알게 되어서다.

그게 지금 어느 정도냐 하면,

예 1.

"어이, 꼬맹이, 어제 마누라 가슴 만지려다가 한 방 맞았다며?"

예 2.

"호호호, 요 야한 꼬맹이 왔니? 이 아줌마 가슴 만지게 해줄까? 호호호."

예 3.

"어머, 저기 봐. 그 밝히는 꼬마야. 생긴 것부터 음흉하다니깐."

예 4.

"애구, 될 잎은 떡잎부터 알아본다고, 뻔하다 뻔해. 에쎄만 불쌍하지 뭐."

이 정도로 나 같은 어린애가 들어도 한눈에 놀리고 있다는 것을 쉽게 알 수 있었다.

거기에 길을 가다 만나는 사람마다 야한 꼬마다, 뺨에 아직도 남아 있는 빨간 손바닥 자국이 멋지다는 둥 놀려대니 더 이상은 나도 짜증이 나서 참을 수가 없었다.

그래서 나는 또다시 복수를 하기로 마음먹었다. 특히 나를 집중적으로 놀려대던 에쎄와 그 동료들부터 말이다.

"집합! 빨리 이리 모여!"

내가 소리를 질러서 부하들을 모으자 열 명 정도의 또래 아이들이 쫄래쫄래 내 앞으로 모여들었다.

"어쭈, 이것들이? 똑바로 줄 서지 못해?"

다시 한 번 더 소리를 지르자 이제야 일렬로 보기 좋은 모양이 나왔다. 짜아식들, 군기가 빠져 있어서 말이야.

"지금 우리 산채에는 나를 시기하여 괜한 유언비어로 나를 비하하며 괴롭히려는 세력들이 점점 생겨나고 있다."

유식한 척 아저씨들이 쓰던 문자까지 넣어가며 무게있게 말하자 내가 말하고도 왠지 멋있게 들렸다.

"저기, 대장, 유언비어가 뭐예요?"

"이런 무식한 놈, 유언비어란 에… 그러니깐… 그게 음… 아, 맞아! 거짓말! 그래, 거짓말이다!"

에휴, 괜히 어려운 말 쓰다가 하마터면 무진장 쪽팔릴 뻔했네. 지금 질문한 놈 누구야? 두고 보자.

"대장, 대장이 에쎄 누나 가슴 만지려고 한 거는 거짓말이 아니잖아요."

우씨, 요놈도 스팀받게 만드네. 나는 그 녀석에게 다가가서 양 주먹으로 머리를 꽉 눌렀다.

"아우우욱!"

"한 번만 더 토 달아봐. 다음에는 꿀밤 다섯 대야."

녀석은 두 손으로 머리를 감싸며 눈물이 글썽거리는 얼굴로 억울하다는 듯이 나를 쳐다보았다.

억울하면 네가 두목 해. 어디서 상관이 말하는데 태클을 걸어? 쓰읍.

"그래서 나는 나를 괴롭히는 이들에게 복수를 하면서 동시에 우리는 즐거울 수 있는 일을 고민 끝에 떠올릴 수 있었다."

부하들은 오오~ 라고 소리를 지르면서 나의 고조된 분위기를 한층 더 업시켜 줬다.

"그 방법이란 바로 이것이다!"

라고 소리를 지르며 나는 주머니에서 하얀 무엇인가를 꺼내었다.

"응? 저건 뭐지?"

"글쎄. 넌 혹시 아냐?"

"나도 모르겠는데?"

내가 꺼낸 이 하얀 천이 뭔지 아는 녀석이 하나도 없었다. 이런 무식한 것들. 나는 천을 앞으로 뻗으며 양쪽으로 쫙 펼쳤다.

"이게 뭔지 궁금하겠지? 이건 바로 여자들이 입는 빤쮸다."

그리고 지금 들고 있는 이것은 에쎄의 빤쮸였다.

"헤에, 내 빤쮸보다 작네? 저걸 어떻게 입어?"

"그런데 빤쮸가 뭐 어쨌다는 거지?"

기다림의 미덕을 모르는 무지한 부하들을 탓할 정도로 나는 사악한 놈이 아니었기에 '흠흠' 하고 목을 가다듬은 뒤 다시 말했다.

"지금부터 우리들은 산채에 있는 계집애들의 빤쮸를 훔쳐서 들고 온다. 빤쮸 한 개당 사탕을 무려 열 개씩 교환해 주마."

"우와아아!!"

"사탕, 그것도 열 개씩이나?"

"대장 만세!"

후후후, 역시 애들 아니랄까 봐 사탕에 약하군.

나는 이 통쾌한 복수 작전과 사악한 음모에 웃음이 절로 나왔다. 우리들이 빤쮸를 훔쳐 오면 계집애들은 분명히 입을 빤쮸가 없어져서 엄청 곤란해하겠지? 나만 해도 빤쮸 없이 바지를 입으면 옷에 고추가 계속 긁혀서 무지 아팠던 경험이 있었단 말이야?

게다가 이 빤쮸 하나에 왕사탕을 무려 열 개씩이나 주는 잉크 두령이 있다. 이거야말로 실로 꿩 먹고 알 먹고 아니겠어?

"로오비인~ 로오비인~"

마음속으로 회심의 미소를 짓던 도중에 저 멀리서 누군가가 내 이름을 부르며 다급히 달려오고 있는 것이 보였다.

그는 맥스였다. 맥스는 나보다 한 살이 많은 아이로 '계곡 산채'의 골목대장이었다.

텐텐 산맥은 대륙의 절반을 나누고 있다고 말할 정도로 거대한 산맥으로 텐텐 산채는 수십 개의 산채로 이루어져 있다.

그중에서 우리가 살고 있는 이곳은 바로 그 수십 개의 텐텐 산 도적들의 본채이다. 또한 이 본채는 두 개의 산채로 이루어져 있는데 어른들은 그 두 곳을 가리켜 각각 산중턱에 있는 골짜기에 위치한 곳을 '계곡 산채', 높은 곳에 자리를 잡은 곳을 '구름 산채'라고 불렀다. 우리들은 그냥 간단히 아랫 산채와 높은 산채라고 부르고 있지만.

우리들은 일주일에 한 번은 아랫 산채의 아이들과 가위바위보로 악의 편—기사나 산적 토벌대—과 정의의 편—산적—으로 나누어서 서로 전쟁놀이를 즐겼기에 평소에는 늘 라이벌 의식을 가지고 있었지만 맥스는, 특히 며칠 전 내가 에쎄에게 엉덩이를 두들겨 맞았을 적 유일하게 나를 도와준 녀석이라 나는 그를 진정한 친구로 여기고 있었다.

　"헉헉, 로빈, 헉……."

　"어, 맥스? 무슨 일이 생겼어? 왜 이렇게 급하게 달려와?"

　"하아하아! 후우우우! 아, 로빈, 지금 이럴 때가 아니야! 빨리 도망쳐! 무조건 어른들이 있는 산채 안으로 도망가란 말이야!"

　"응?"

　맥스는 나를 거칠게 끌어당기며 말했다.

　왜 그러지? 설마 내가 에쎄의 빤쮸를 들고 나온 게 들켰나? 아니, 맥스는 방금 아래 산채 쪽에서 뛰어왔으니 그럴 일은 없을 것 같은데?

　"이틀 전에 출장 갔다가 돌아온 청년대의 칼이라는 형이 지금 반 미친 상태로 널 찾고 있어! 지금 상태로 보건대 분명히 너를 보면 적어도 반쯤은 죽여놓을 거야! 그러니깐 당장 두목이나 다른 두령들이 있는 산채 안으로 도망가!"

　칼?

　청년대의 칼에 대해서는 나도 잘 알고 있다.

　'청년대'란 성인식을 치른 열여섯 살부터 열아홉 살의 남자들로 이루어진 부대로 산적으로서 갖추어야 할 기본 소양에 대해 집중적인 훈련을 받고 진짜 산적이 되기 전까지 있는, 그러니까 한마디로 견습 산적인 것이다. 그들이 하는 일은 용병으로 위장한 뒤 마을로 나가서 정보를 수집하거나 거래를 주 업무로 하며 가끔 마을 내 의뢰를 해결하거나 몬스터를 없애는, 사실상 온갖 일을 다 하고 있었다. 하지만 최근에 와서 안 좋은 평가를 많이 받고 있는데 그 원인이 바로 칼이라는 사람 때문이었다.

칼은 열일곱 살이지만 검술과 싸움에 재능이 있어서 쟁쟁한 다른 이들을 모두 제치고 현 청년대를 이끄는 대장이었다. 소문에 의하면 칼은 맨손으로 오크를 때려잡을 정도로 굉장한 실력을 지닌 전사라는데 그런 사람이 왜 나를?

"에이, 말도 안 돼. 내가 잘못한 게 없는데 왜?"

"거짓말 아냐. 지금 밑에서 형들이 너를 찾으러 올라오고 있다니깐. 내가 겨우 지름길로 올라와서 빨리 올 수 있었던 거야. 빨리 도망가."

나는 영문도 모르는 채 그저 필사적인 맥스를 따라 산채로 향하려고 했다.

"그러면 안 되지, 맥스. 겨우 이렇게 이야기를 나눌 수 있게 되었는데 말이야."

낯선 이의 목소리가 들렸다. 변성기가 막 찾아온 듯한 약간 이상한 남자 목소리. 고개를 돌리자 그곳에는 어느새 열일곱 살 정도로 보이는 열 명이 내 부하들의 머리나 목을 잡고 괴롭히고 있었다. 여덟 살 정도의 어린아이들에게는 그 정도도 충분히 고통스러웠다.

"무슨 짓이야? 내 부하들을 당장 놓아주지 못해!"

나는 맥스의 손을 뿌리치고 크게 소리쳤다.

'엄마', '대장 구해줘' 라면서 나를 부르는 부하들의 목소리가 들려왔다.

"로빈이라는 망할 변태 꼬맹이가 너냐?"

껄렁껄렁한 목소리와 함께 한 남자가 나에게로 걸어왔다. 깔끔한 옷

차림과 꽤 반반한 외모는 겉보기만으로 어린애들을 잡는 이런 치졸한 방법을 쓰는 사람으로는 전혀 보이지 않았다.

그는 나와 맥스를 번갈아 흘겨보았다.

"맥스 너는 먼저 내려가. 어른들에게 이르거나 하면 너도 가만히 안 놔둔다."

"칼 형, 이러면 안 돼. 로빈은 두령들이 무척 좋아하는 아이란 말이야."

"시끄러워. 나는 청년대 대장이야. 그런 노물들 따윈 무섭지 않아. 너도 잘 생각하는 게 좋을걸? 그런 노물에게 귀여움받는 이런 꼬마보다는 내가 산채의 두목이 될 가능성이 더 많다는 것을 말이야. 그리고 너, 로빈이라고 했나?"

"그래, 왜!"

나의 대답에 날아온 것은 그의 주먹이었다.

픽!

"컥!"

나는 배를 움켜잡으며 간신히 바닥에 쓰러지지 않고 버텼다. 무지하게 아팠지만 그것은 단지 시작일 뿐이었다. 칼의 주먹이 나의 배에 꽂히자 다음으로 계속해서 쉴 틈도 없이 수많은 주먹과 발길질이 이어지기 시작했다.

나의 두 배에 달하는 덩치와 키를 가진 이가 날리는 주먹은 에쎄에게 엉덩이를 맞았을 때와는 비교가 안 될 정도로 고통스러웠다. 살이 부풀어 오를 정도로 한참 동안 얻어터진 뒤에서야 겨우 발길질이 멈추었다.

"무릎 꿇어, 이 꼬맹아!"

무릎을 꿇으라고? 무슨 농담 따먹기 하냐?

"웃— 기— 지— 마—!"

죽을지언정, 차라리 에쎄에게 또다시 망신을 당할지언정 이 남자에게는 굴복하고 싶지 않았다. 내 부하들을 인질로 잡는 이런 비겁한 인간에게는 절대로.

"얼마간 마을에 가서 좀도둑질이나 하고 왔더니 에쎄가 네놈 같은 꼬마랑 결혼을 했다는 미친 소리에 내 염장이 얼마나 타 들어갔는지 아냐, 이 새끼야!"

이미 고통에 의식이 물에 빠진 듯 반쯤 잠기면서 그의 말이 잘 들리지 않았지만 대충 그가 나를 때리는 이유가 바로 에쎄 그 마녀 때문이라는 것은 알 수 있었다.

"오 년이다. 자그마치 오 년이 넘도록 짝사랑하다가 이제 겨우 고백할 마음이 들어서 최고 예쁜 반지까지 준비해 놓았는데 네놈 같은 꼬맹이가 에쎄를! 에쎄를! 제길!"

다시 발길질이 시작되었다. 그의 폭력은 처음보다 더 심하면 심했지 더 약해지지는 않았고, 더 이상 방어할 힘도 없어진 나의 몸은 땅바닥을 뒹굴며 발길질에 그대로 노출되어 있었지만 신기하게도 몸에 감각과 고통이 조금씩 사라지고 있었다.

주위에 칼의 동료로 보이는 이들이 나를 쳐다보고 낄낄 웃어대는 모습이 보였다. 그들의 손에서 아직도 이리저리 휘둘려지고 있는 내 부하들도 보였다. 옆에서 안절부절못하는 맥스의 모습과 거의 반쯤 뒤집혀진 눈으로 아직도 나를 짓밟는 칼의 모습도. 그리고 마지막으로 에쎄의 모습도 보이는 것 같았다.

"약해 빠진 놈. 퉤!"

이건 칼의 목소리인가? 계속해서 이어지는 폭력 속에서 나의 정신은 그렇게 점점 사라지기 시작했다.

짹짹짹짹.

새소리가 들려온다.

어느새 아침이 되었나? 그날 정말 그대로 하늘나라로 갈 뻔할 정도로 얻어맞은 날 이후 두 번째 맞이하는 아침이었다.

'크윽.'

몸을 일으키려다가 또다시 느껴지는 통증에 움직여 보지도 못하고 포기할 수밖에 없었다.

시야에 들어오는 것은 지겨운 천장뿐. 그날 너무 많이 얻어맞은 탓인지 나는 지금 손가락 하나 움직이기는커녕 눈동자조차 쉽게 돌리지 못할 정도로 몸 상태가 안 좋았다.

"좋은 아침이야, 에쎄. 로빈은 좀 어떠니?"

집 밖에서 소피아 누나의 목소리가 들렸다.

소피아 누나는 내가 가장 좋아하는 사람 중 한 명인 쇠수레 두령의 외동딸로 얼마 전 나의 결혼식이 있던 날 피치 못할 사정으로 인해 우리와 같이 공동 결혼식을 올리고 지금은 바로 옆집에서 살고 있다.

"아직 그대로예요. 다행히 죽을 먹기는 하지만 언제 정신을 차릴지……."

에쎄는 모르고 있지만 나의 정신은 아주 멀쩡했다. 아니, 정신만 말짱했다.

왜 내 몸은 이렇게 움직이지 않는 걸까? 정신을 차린 지도 벌써 이틀이 지났지만 이상하게 나는 죽을 받아먹는 것 외에는 말조차 한마디

나오지 않았다.

"역시 충격이 컸겠지? 두령들도 나도 솔직히 맞아서 쓰러져 있는 로빈의 모습을 보고 죽은 줄 알았으니까. 그게 다 칼 그 못된 놈 때문, 아, 미안."

"…괜찮아요. 신경 쓰지 않는걸요. 그보다 로빈이 빨리 정신만이라도 차렸으면."

이틀 동안 문병 와준 주위 사람의 이야기를 들어보니 칼은 내가 기절했는데도 불구하고 계속해서 나를 짓밟았다고 한다. 그리고 내가 죽은 것 같으니 그의 패거리들은 후에 문책을 받을 것이 두려워서 칼을 데리고 아래 산채로 돌아갔고 남아 있던 아이들과 맥스가 서둘러 어른들을 불러온 덕에 나는 겨우 살 수 있었단다.

"맞아. 여기 애들이랑 산속에서 약초랑 버섯 좀 캐왔어. 어른들에게 받은 거랑 마른 약초도 많겠지만 그래도 갓 따온 것이 좋을 것 같아서 말이야. 그리고 지금 우리 엄마가 꼬맹이들이 잡아온 미꾸라지를 갈아서 죽을 만들고 있어. 조금 있다가 가지고 올 테니 같이 먹자."

소피아 누나는 항상 나와 에쎄에게 신경을 써줬다. 나를 위해 약초를 이렇게 직접 가져와 주기도 하고 잘 챙겨 먹지도 않고 몸을 많이 혹사시킨 에쎄를 위해서 매일 저녁마다 우리 집에 와서 에쎄랑 함께 저녁 식사를 해주었다.

"하아……."

멀어져 가는 발자국 소리와 함께 에쎄가 집 안으로 들어왔다.

뜬금없는 말이지만 솔직히 에쎄는 꽤 예쁜 편이다. 단, 잔소리가 많고 툭하면 폭력을 휘둘러서 싫어하기도 하지만. 사실 그러한 점이 에쎄에게 더 어울렸다. 하지만 지금 에쎄의 얼굴에서는 씩씩함은 전혀 찾아볼 수가 없었고 오히려 야윈 듯 항상 내가 고개를 홱 젖히고 쳐다봐야 했던 그 몸이 마치 개미처럼 작게 느껴졌다.

"아직 차갑구나."

에쎄는 스윽 손을 내밀어서 나의 손을 잡아주었다.

몸은 움직일 수 없었지만 온도를 느끼는 정도의 감각은 아직 남아 있었기에 에쎄의 따스한 손의 열기를 금세 느낄 수 있었다.

사실 칼이라는 놈에게 죽도록 맞을 때만 하더라도 나는 에쎄를 욕하고 미워했다. 왜냐하면 그놈이 에쎄를 좋아해서 내가 얻어터지고 있다는 것을 대충 알아차렸기 때문이다. 하지만 정신을 차린 뒤 자신의 몸은 보살피지도 않고 나를 돌봐주는 에쎄의 모습을 보면서 정말 부끄럽지만 잠깐, 아주 잠깐 동안 천사가 아닐까 하는 생각을 했다.

한참 그렇게 손을 잡아주고 있던 에쎄가 자리에서 일어나 어디론가 향했다. 아마 옷을 갈아입으려는 거겠지.

뚜벅뚜벅뚜벅. 끼이이익.

에쎄가 옷을 갈아입으러 들어간 사이 발자국 소리와 함께 문이 열리는 소리가 들렸다.

엇? 에쎄도 들었나 보네? 마침 찌찌 가리개를 풀던 에쎄는 문 열리는 소리에 흠칫 놀라며 얼른 찌찌 가리개를 다시 하고 옷을 입었다.

"에쎄?"

저 자식은? 내 마누라 이름을 함부로 부르는 저 얼굴. 가차없이 폭력을 휘두르던 저 주먹과 발을 내가 죽어서도 잊을까?

남의 집에 노크도 없이 함부로 들어온 그 무례한 인간은 다름 아닌 나를 이렇게 만든 장본인 칼이었다.

"칼? 네가 여기에는 왜?"

"오랜만이야, 에쎄. 잘 지냈어?"

"으응, 미안해. 나 옷 갈아입는 중이야. 그러니깐 나가줘. 그리고 이곳에는 두 번 다시 나타나지 마."

푸헤헤헤, 꼬시다. 에쎄는 마치 응가를 보는 것처럼 더러운 것을 보았다는 듯이 불쾌한 얼굴로 그 인간의 얼굴을 쳐다보지도 않고 대답했다.

"난 널 좋아해, 에쎄. 그러니 나랑 좀 더 이야기를 해줘. 분명 대화를 하면 좀 더 좋은 수가 생길 거야. 그러니……."

더 이상 듣지 않겠다는 듯 에쎄는 단호히 말했다.

"나가. 난 너랑 할 이야기가 없어. 그리고 난 이미 결혼했고 내 남편을 죽이려고 한 사람은 바로 너야."

잘한다. 에쎄 만세!

"네가 원한 결혼이 아니잖아!"

"……."

왜? 왜 아무 말 안 하는 거야?

"넌 어른들의 장난에 그냥 이끌려 다녔을 뿐이야. 저딴 꼬맹이가 남편이라고? 웃기지 말라고 해."

"두목의 명령에 절대적으로 따르는 게 우리 산채의 규칙이야. 그러니까 너도 빨리 나가줘."

왜 가슴이 아픈 걸까? 그런 거였나? 나를 간호해 준 것도, 자기는 먹지 않고 나를 챙겨준 것도 하기 싫지만 명령 때문에?

"아냐. 방법이 있어. 나와 결혼해 줘. 지금 두목에게 가서 너와 결혼하겠다고 말하겠어. 이런 바보 같은 장난은 그만 하라고 정식으로 말하겠어. 좋지? 너도 그걸 원하지?"

"안돼! 난 그런 거 원하지 않아! 그만 해줘. 더 이상 다가오면 나 소리 지르겠어!"

에쎄의 외침에 칼의 얼굴이 새파랗게 질리더니 그는 덜덜 떨리는 손을 그녀에게 내밀었다.

불쾌해하는 그녀의 얼굴. 싫어하는 그녀의 모습은 분명 칼을 거부하고 있는 것임이 확연히 드러나는데도 불구하고 칼은 믿을 수 없다는 표정을 지으며 다시 한 번 더 매달렸다.

"어째서? 너도 날 좋아하잖아? 그렇지? 그렇잖아?"

칼이 에쎄에게 다가가 야윈 어깨를 두 손으로 잡아 자신에게 끌어당기려 했지만 에쎄는 오히려 그를 밀어냈다.

"소리 지르기 전에 당장 나가! 칼! 마지막 경고야!"

"젠장, 이년이! 바보처럼 굴지 말고 솔직하게 말하란 말이야!"

"꺄악! 사람 살… 읍!!"

갑작스럽게 칼이 난폭하게 달려들어 에쎄를 덮쳤다. 나무 바닥에 쓰러진 에쎄는 당장 소리를 지르려고 했지만 칼은 그 입을 커다란 손바닥으로 단숨에 막아버렸다.

"왜, 왜 이토록 나를 거부하는 거지? 난 널 위해 무엇이든지 해줄 수 있어! 그런 내 맘을 너도 잘 알고 있을 거 아니야! 그럼 적어도 내게 기회를 줘!"

"나, 난 이미 결혼을 했어."

"크윽, 젠장. 그래, 이딴 꼬맹이가 그렇게 좋아? 이딴 꼬맹이가 그렇게 좋아서 그동안 내 고백을 깡그리 무시했단 말이야!"

칼은 거친 숨소리와 함께 몸을 일으키며 한 손으로는 에쎄의 입을 막고 또 한 손으로는 목을 조르기 시작했다. 그것도 잠시, 곧 자신이 무슨 짓을 저질렀는지를 깨닫고 놀라며 얼른 손에서 힘을 뺐다.

"콜록콜록콜록!"

호흡을 방해하던 칼의 손에 힘이 빠지자 이제야 숨이 쉬어지는 듯 에쎄는 숨을 몰아쉬면서 연신 기침을 터뜨렸다.

"좋아, 그렇게 나온다면 나도 더 이상 참지 않겠어. 나와 결혼할 수 없다고? 그렇다면 결혼을 하게끔 만들어주지. 범해주겠어. 얼마 못 가 네가 임신을 하게 되면 과연 사람들은 누가 그 아이의 아빠라고 믿을까? 설마 아직도 정신 못 차리고 있는 이 꼬맹이가 아기 아빠라고 믿는 사람은 아무도 없겠지? 너를 내 여자로 만들겠어. 지금 네 이 꼬마 신랑이 있는 이 옆에서 너를 몇 번이고 범해주겠어. 우리 산채에서 불경한 짓을 한 여자는 쫓겨난다는 규칙은 잘 알고 있겠지? 과연 그래도 네가 나를 거부할 수 있을까?"

"그만, 콜록콜록, 둬! 콜록! 제발! 콜록!"

격한 감정에 시달리는 듯 칼은 다시금 그녀의 목을 조르기 시작하며 한 손으로는 에쎄의 몸을 가리고 있던 옷을 우악스럽게 찢기 시작했다.

찌이익! 찌익!

점점 드러나는 에쎄의 살결. '젠장, 이 짐승 새끼! 멈춰! 멈추지 못해' 라고 소리쳐 주고 싶건만 나의 몸은 움직이지 않고 목소리조차 여전히 나오지 않았다. 이대로 멍청한 놈처럼 보고 있어야 한다고? 말도 안 돼. 이대로 있을 수는 없어.

내가 에쎄를 좋아하는지 싫어하는지는 모른다. 하지만 분명한 건 나는 칼 저놈을 죽여 버리고 싶을 정도로 싫어한다는 것이다.

"아름다워, 에쎄. 너의 이 새하얀 살을 나는 언제나 혀로 맛보고 싶었지. 너를 떠올리면서 밤새 자위행위를 수도 없이 했지. 마을에 출장

을 나가 멍청하게 밤늦게 돌아다니던 한 계집년을 강간해도 너를 향한
나의 갈증은 씻을 수 없었어.”

내가 누워 있는 침대 밑으로 재수없는 칼의 목소리가 계속 들렸다.
그는 이제 에쎄의 마지막 남은 속옷마저 찢어버리려 하고 있었다. 그
때 급하게 문이 열리는 소리와 함께 한 사람이 안으로 들어왔다.

“너 지금 당장 멈추지 못해! 이게 무슨 짓이야!”

목소리의 주인공은 소피아 누나였다.

“젠장, 이제는 별 년까지 나타나 나를 방해하는군.”

“뭐, 뭐? 기가 막혀! 너 이제 보니 완전히 미쳤구나? 두목들은 어떻
게 저런 놈을 겨우 하루간 집에서 근신시킬 생각을 했지?”

소피아 누나의 말에 칼은 에쎄에게서 떨어지며 마치 늑대 같은 날카
로운 눈동자로 누나를 노려보았다.

“그래, 미쳤다! 질투에 미쳤고 겨우 이깟 꼬마에게 질투심을 느끼는
내가 바보 같아서 미치지 않을 수가 없었다! 나도 미친 거 알아! 그런
데 왜 네깟 년에게 그딴 소리를 들어야 하는 거지?”

칼은 당장이라도 폭력을 휘두를 듯 반 뒤집힌 눈으로 소피아 누나를
향해 한 걸음 한 걸음 다가갔다.

“콜록콜록! 어, 언니, 도망가.”

“네년에게 관심없어! 잠시 기절만 시킬 테니까 걱정 말고 잠이나
자!”

말을 끝내고 그가 힘껏 소피아 누나를 향해 달려들려고 할 때 다시
문이 열리며 한 사람이 안으로 들어왔다.

“린드 형?”

“칼, 그쯤 해! 이번 일은 두령들에게도 아무 말 하지 않겠다. 하지만

두 번 다시 오늘 같은 일이 벌어진다면 나는 이 산채에 다시는 발을 못 들이도록 만들고 말겠어. 네가 저지른 일들을 지금껏 눈감아주고 처리해 준 게 누군지 잊지 않았지?"

저 안하무인 격인 칼이 놀랍게도 린드 형의 눈치를 보다가 이내 분한 듯 쾅 하고 벽을 주먹으로 힘껏 쳤다.

"니미럴, 이젠 형도 방해꾼이군. 알겠어. 오늘은 이만 가지. 나도 고향에서 추방당하고 싶지는 않으니까 말이야. 하지만 에쎄는 내 거야. 에쎄도 나와 함께하기를 원하고 있어. 나도 여자에게 손을 휘두르고 싶지는 않아. 하지만 이 꼬맹이만큼은 용서 못해. 이놈을 죽여서라도 나는 에쎄를 가지고 말 거야."

"너!"

정말 드물게 린드 형이 크게 소리쳤다.

"형이 지금까지 나에게 얼마나 잘해주었는지 잘 알고 있어. 하지만 에쎄만큼은 내가 죽기 전까지 포기할 수 없어."

칼은 곧바로 나가려다가 마음이 바뀐 듯 갑자기 내게 다가왔다. 소피아 누나가 달려들어서 칼을 붙잡으려 했지만 린드 형의 제지로 원하던 바를 이루지 못했다.

"지금 뒈져 버리지 않은 것을 죽도록 후회하게 해주마, 꼬맹아."

내게 다가온 칼은 마치 마녀가 저주를 걸 듯 차가운 목소리로 속삭이고는 떠났다. 난데없는 불청객은 그렇게 에쎄와 나의 이 보금자리를 태풍처럼 휘젓고는 자기는 아무 일도 없었다는 양 그렇게 떠났다.

"에쎄, 괜찮니?"

"예, 예. 전 괜찮아요."

"그래그래, 괜찮아. 너도 로빈도 모두 다 별일없으니 됐어. 저 망나니 같은 녀석이 자기에게 꼼짝도 못하다니, 우리 남편 다시 봤는데?"

칼이 나가고 난 뒤 놀란 에쎄를 다독거리며 진정시키던 소피아의 말에 린드 형은 별거 아니라는 듯 대답했다.

"그냥 저 녀석하고는 빚이 있거든."

"빚?"

"그냥 그런 게 있어. 다음에 이야기해 줄게."

린드 형이 아직도 놀란 기운이 남아 있는 터라 마음을 가다듬고 있는 에쎄를 살짝 바라보면서 눈치를 주자 소피아 누나는 고개를 끄덕였다.

그 후 두 사람은 에쎄와 함께 저녁밥을 먹고 밤이 깊어질 때까지 함께 있어주었다. 이런 생활은 내가 침대에서 일어나게 된 날, 그러니까 정확히 일주일 동안 계속되었다.

"그럼 조심하거라. 가벼운 운동은 하되 가급적이면 집에서 멀리 나가지 말고."

쇠수레 두령은 누가 봐도 충분히 걱정스러운 얼굴로 내게 몇 번이고 신신당부를 한 뒤에서야 손수 만든 목발을 내게 주고 밖으로 나갔다.

애초에 죽는 게 이상하지 않을 정도의 상처였기 때문에 혹시 이대로 더 악화되지 않을까 하고 많은 이들이 걱정을 해주었지만 다행히 그들의 근심을 덜어내듯 나의 몸은 순조롭게 회복 중이었다.

"크으윽."

쇠수레 두령도 에쎄도 나가고 텅 비어 있는 집 안에서 나는 목발에 의지하며 일어서서 힘겹지만 한 발짝 한 발짝 걷는 연습을 시작했다.

나에게는 시간도 여유도 없다.

부하들이 전해준 소문에 의하면 칼은 내가 자리에서 일어나 이제 몸을 움직인다는 것을 알고 얼마 후 내가 좀 괜찮아진다 싶으면 또다시 나를 반 죽여 버릴 거라고 공공연히 떠들고 다닌단다.

나는 직감적으로 그 소문이 사실임을 알 수 있었다.

칼이 에쎄를 찾아 이곳에 온 그날, 진심으로 나를 미워하고 당장 검을 뽑아 내 심장을 찌를 것 같은 그 독기 어린 모습으로 보아 절대 농담이나 허언이 아니다.

틀림없이, 틀림없이 그는 나를 죽이려고 들 것이다.

당연히 나는 죽고 싶지 않다. 그리고 이상하게도 에쎄를 그 녀석에게 주기도 싫다. 그렇다면 내가 칼을 쓰러뜨리는 길밖에 남지 않았다.

나는 그와 맞서 싸우기로 마음먹었다.

늦은 밤 나는 산채의 모든 이들이 대부분 잠들 시간이 되자 슬쩍 자리에서 일어나서 호숫가 옆에 있는 비밀 기지를 향해 목발에 의지해서 걸어가기 시작했다.

워낙 여기저기 잘 싸돌아다녔던 나는 나밖에 모르는 몇 개의 비밀 기지를 가지고 있었다. 이번에 가려는 비밀 기지는 저번에 린드 형이 소피아 누나의 가슴을 마구 주물럭거리던 곳과는 정 반대쪽에 있어서 혹시 가다가 다른 사람과 마주칠 일은 없었다.

저벅저벅저벅.

평소에는 바람처럼 달려서 금방 도착할 수 있는 곳을 온몸이 땀으로 젖어서 이제 곧 쓰러질 정도가 되어서야 나는 원하던 곳에 도착할 수 있었다. 무지하게 힘들었지만 바람에 살랑대는 넓은 갈대밭과 그 너머로 은은한 달빛에 반사되어 마치 빛이 나는 것만 같은 호수가 오랜만에 나를 반겨주는 것 같아 피로가 금방 사라졌다.

하지만 계속 감상에 빠져 있을 정도로 여유가 없는 나는 머리를 털고 이 주위에서 가장 큰 엄마나무가 있는 곳으로 다시 향했다.

나는 칼에 비해 어리고 힘도 약하며 키도 작다. 싸우기 위해서는 힘이 필요하다. 내가 칼을 쓰러뜨리기 위해서는 힘이 가장 우선적으로 필요했고 힘을 갖기 위해서는 운동으로 육체를 단련시키는 것이라고 어른들이 하는 말을 들었다.

처음에는 육체 단련이라는 것이 어떤 것일까 매우 궁금해하며 어른들을 따라가 몰래 훔쳐봤는데 실망스럽게도 육체 단련이라는 것은 그냥 흔히 아저씨들이 아침마다 하는 팔 굽혀 펴기나 주먹, 혹은 검 휘두르기, 기마 자세로 버티기 정도를 평소보다 훨씬 더 오래하는 것뿐이었다.

가끔 두 사람씩 짝을 지어 서로 대련이라는 싸움질을 하는 것은 재밌었지만 나는 그 누구도 모르게 은밀히 힘을 쌓고 싶은 터라 그 방식은 내게 도움이 되지 못했다.

그렇게 나는 육체 단련을 시작했다.

처음에는 팔 굽혀 펴기 삼백 회.

"우윽! 크! 칫! 카악!"

오, 신이시여!

팔 굽혀 펴기 삼백 회라는 것이 이토록 괴로운 것이었습니까? 하나 남자로 태어나 한 번 정한 결심을 바꿀 수는 없는 법. 나는 수없이 땅바닥에 주저 누워버리면서도 몇 번이고 다시 일어서서 기어코 삼백 회를 끝냈다. 팔이 후들후들 떨리고 당장이라도 찢어질 것처럼 아파온다.

다음은 한 시간 동안 기마 자세로 버티기.

"으그그그그그그!"

이것 역시 볼 때와는 전혀 다르게 무지 고통스러웠다. 세상에, 정말 이 극악한 고문을 한 시간이나 버텨야 되는 거야? 게다가 말도 안 돼. 삼십 분은 지난 것 같은데 모래시계의 떨어진 양을 보건대 이제 겨우 사 분 지났다고? 혹시 고장난 건 아닐까?

그 후 한 시간 동안 나는 지옥과 천국을 몇 번이고 왕복했다.

마지막으로 주먹 휘두르기 삼천 회.

"우헥! 우헥! 꾸에에에에에에엑!"

이제는 더 이상 내 입에서 인간의 언어가 흘러나오지 않고 있었다.

가장 쉽다고 생각했던 주먹 휘두르기에서마저 그 지옥 같은 경험을 한 뒤라 그런지 부들부들 떨리는 다리로 중심을 잡고 팔을 휘두를 때마다 온몸의 근육들이 비틀린 비명을 질러대었고 그 비명은 고스란히 나의 입을 통해 밖으로 새어 나왔다.

"2998, 2999, 3000!! 끝— 났— 다—!"

단 세 종류만 행했을 뿐임에도 불구하고 어느새 시간은 네 시간이 훨씬 넘었고 온몸은 땀으로 두어 번 샤워를 한 듯 빤쮸까지 홀딱 젖어 있었다.

"헉헉헉, 좋아. 무지하게 아프긴 하지만 그래도 조금은 강해진 것 같은 기분이 들어. 두고 봐라, 칼 이 자식."

실은 강해졌다고 하기보단 정한 목표를 그대로 실천해 냈다는 만족감 같은 느낌이었지만 뭐, 그게 그거 아니겠어? 후후, 칼 이 자식, 두고 보자. 얼마 안 가 나의 주먹으로 엉엉 울도록 만들어주겠어!

"칼 따위는 내가 때려눕힐 테다!"

희망찬 포부를 외치고 나서 집으로 돌아왔다.

내일부터 계속 이 훈련을 반복해야지라고 속으로 다짐을 하면서. 하나 나는 유감스럽게도 그 소박한 꿈을 이룰 수 없었다.

왜냐하면 다음날,

"잉크 두령님, 로빈이 왜 이렇게 더 아파 보이는 거죠?"

"이상하군. 아무리 봐도 단순한 근육통인 듯싶은데. 아직 잘 움직이지도 못하는 애가 무슨 근육통이란 말인지……."

그랬다. 나는 태어나서 처음으로 무리한 운동으로 근육통이 생겨 자리에서 일어나지도 못했던 것이다.

"모, 몸을 못 움직이겠어. 으가가가!"

그렇게 나는 복수를 미룰 수밖에 없었다.

하루가 지났다.

근육통으로 인해 한참 괴로워하고 있을 때 나는 주위 사람들로부터 그야말로 기절할 만한 이야기를 들었다. 그 이야기는 바로 내가 칼을 때려눕히기 위해 밤마다 몰래 수련을 하고 있다는 내용의 소문이었다.

누가 그 사실을 알고 소문을 퍼뜨렸는지에 대해서 불편한 몸을 이끌고 겨우겨우 돌아다니면서 그 소문의 시발점을 찾기 위해 애를 썼지만 끝내 아무런 수확도 거두지 못했다.

"아, 맞아. 혹시 애들이 알고 있을지 모르잖아?"

애초에 내가 훈련하던 장소는 분명 비밀 기지이지만 그곳을 아는 것은 나뿐만 아니라 또래의 아이들이라면 모두가 알았다.

부하들을 의심하는 것은 아니지만 뭔가 단서라도 알아낼지 모른다고 생각한 나는 이를 꽉 깨물고 곧장 우리들이 평소 모여서 자주 놀던 장소로 향하기 시작했다.

"이야, 이거 천하무적 변태 꼬맹이님 아냐?"

중간쯤에 다다랐을까?

어떤 목소리에 내가 고개를 돌려보자 그곳에는 저번에 나를 발로 짓밟았던 칼 패거리들 중 네 명이 기분 나쁘게 웃으면서 나에게 다가오고 있었다.

"칼 대장을 박살 내기 위해 열심히 훈련을 하고 있다지? 어떻게 하나? 우리 대장 목숨이 남아나질 않겠네?"

"아이고, 무서워라. 변태 꼬맹이님, 제발 저희들은 살려주십시오. 크크."

"으드드득!"

"푸하하! 방금 소리 들었냐? 지금 이 가는 소리였지? 네가 화내면 뭘 어쩔 건데? 응? 응?"

"제법 믿는 구석이 있나 본데? 얼마나 열심히 훈련을 했나 한번 볼까?"

얼굴을 내게 들이밀고 빈정대던 그는 나의 목발을 발로 팍하고 차버렸고, 덕분에 중심을 잃은 나는 땅바닥에 쓰러질 수밖에 없었다.

"치사한 놈들!"

중심을 잃고 쓰러진 충격으로 잠시 멍히 있다가 분을 참지 못하고 외치자 곧바로 답변이라도 하듯 놈이 나의 얼굴을 걷어찼다.

퍽!

"크윽!"

그 한 번의 발길질에 나의 몸은 다시 한 번 더 나자빠져 버렸다.

입술이 많이 찢어진 듯 짭조름한 피가 혀를 타고 들어와 식도로 넘어갔다.

제길, 아프다. 발에 부딪친 얼굴이 산산조각날 것 같다. 근육통으로 인해서 보이지 않는 무엇인가가 사지를 찢어버릴 듯 잡아당기고 있다.

그러나 가장 고통스러운 것은 스스로 한심하다고 느껴질 때마다 욱신거리는 지독한 수치심과 두통이었다.

"입만 살았냐, 꼬맹아? 분하면 말만 하지 말고 직접 덤벼봐. 그렇게 열심히 수련을 하고 고작 우리 네 명도 쓰러뜨리지 못해서 어디다 쓰겠어?"

욱신욱신욱신.

크윽! 시끄러워! 제발 닥쳐! 머리가 아프단 말이야!

"곧 죽을 병아리도 이보다는 오래 버티겠다. 재미없게 벌써 뻗어버렸냐?"

욱신욱신욱신.

"에이, 저 새끼가 얼마나 소문난 독종인데 겨우 이 정도에 쓰러지겠어? 아직 시작도 안 했다고."

욱신욱신욱신.

그만! 머리가 부서져! 제발 그만!

"끄으으윽!"

순간 저도 모르게 혀를 깨물어 버릴 만큼 두통 못잖은 고통.

나의 두 눈에는 인간의 탈을 쓴 채 나를 죽이려고 드는 네 명의 악마가 보였다.

잔뜩 원한에 사무친 칼만큼은 아니었으나 충분히 고통스러운 발길질은 근육통 덕분에 그 고통은 평상시의 몇십 배로 느껴졌다. 지금껏 용케 기절은 하지 않았지만 그것도 이제는 한계.

"……."

멍해지는 감각.

점점 흐려지는 시야.

메아리와도 같은 환청.

저번처럼 점점 의식이 사라지려던 그 순간,

나는 '독종 새끼', '비명이라도 질러봐' 라는 등등의 소리와 함께 마치 고막을 터뜨려 버릴 것 같은 큰 소리를 들었다.

지지 않아!

난 절대 도망치지 않아.

"으아아아악!!"

어디선가 들려오는 한없이 낯설면서도 그리운 목소리에 응하듯 나는 힘껏 소리를 내질렀다.

"그래, 이제 좀 말이 통하는 것 같군. 여기서 가만히 있으면 재미없잖아?"

"이렇게 아파하는 걸 보니 진짜 근육통인 것 같은데? 하하, 웃기네? 쬐그만 게 뛰어봤자 얼마나 강해질 거라고. 이거 바보 아냐?"

아, 더없이 상쾌한, 그리고 더없이 더러운 기분이다.

나는 왜 저들에게 이런 소리를 들어야 하는 걸까?

나는 왜 저들에게 이렇게 밟혀야만 하는 걸까?

"단련하신 귀한 분의 몸을 그냥 놔둘 수는 없지. 야, 벗겨!"

"이거 놔!!"

"이 새끼가!"

내가 악을 쓰며 반항하자 이번에는 그들의 주먹이 나의 얼굴과 배를 몇 번이고 쳐댔고 거기다가 쇠수레 두령이 만들어준 소중한 목발도 처참하게 부서뜨리고는 그 잔해로 나의 몸을 두드렸다.

아팠다. 몸도 아팠지만 왜 그들이 나에게 이렇게 하는지 그 의문이 더욱더 나를 아프게 만들었다.

"우씨, 이제 조용해졌네. 진짜 독종이라는 말이 딱 어울린다니깐. 야, 그보다 이 옷 어떻게 할까?"

"뭘 어떻게 해. 들고 가서 태워 버리지 뭐."

"그 멋진 몸을 다른 사람들에게 잘 보여주도록 해. 키키키."

왜 나를 괴롭히는 거야?

"힘없는 꼬맹이 하나 가지고 노는 건 정말 재밌다니깐."

내가 잘못한 게 있으면 말로 해줘야 알 거 아냐?

"아아, 재수없는 놈. 그래도 너무 쉬웠어. 조금이라도 반항을 하면 더 재밌었을 건데. 난 몸도 풀지 못했다고. 뭐, 심심하지는 않아서 좋았지만."

하하, 그냥 심심해서?

내가 재수없고 약해서?

그래서 나를 괴롭히고 상처를 준 건가?

그럼 만약 내가 강했다면?

내가 너희들 넷이 합친 것보다 훨씬 더 강했다면? 지금 이 자리에 서 있는 자와 누워 있는 자가 거꾸로 된다는 것뿐이잖아.

그럼 뭐가 남는데?

네놈들은 어째서 이런 비참한 인생을 살고 싶어하는 건데?

"으아아아아아아아아아악!"

나는 모두가 떠나 버린 곳에서 혼자 소리를 질렀다. 그것은 울분 이상의 감정이며 한탄 이하의 감정이었다.

이 울부짖음은 나의 의지, 그리고 결의, 그리고 각오.

너희들의 지금 이 행동이, 동료들로부터 배척당하지 않으려고 집단으로 하나를 괴롭히는 이런 행위가 너희들이 말하는 힘이라면 그깟 힘 가져주겠어.

그리고 똑같이 맛보게 해주겠어.

강자가 약자를 괴롭히는 그런 것을 원한 것은 바로 너희들이니까.

그러니까.

"후회는 이미 늦었어!"

무언가에 홀린 듯 그 말을 내뱉었다.

쿠르릉! 쾅! 샤아아아아아!

하늘이 찢어지는 소리와 함께 얼마 안 가 번개의 빛이 거센 비가 내리는 세상을 잠깐 비췄다가 다시 암흑으로 돌아갔다.

때 아닌 폭우가 쏟아지기 시작하고 벌써 오 일째지만 비는 조금도 사그라질 줄 몰랐다.

"마치 하늘이 울고 있는 것 같아."

에쎄는 무의식적으로 그렇게 중얼거리며 창문에서 눈을 떼고 침대가 있는 곳으로 고개를 돌렸다.

"……"

그곳에는 로빈이 이불을 돌돌 말고 거의 죽은 듯이 잠을 자고 있었다.

어둡기는 하지만 시간은 분명 아침.

지금까지의 로빈이라면 모두가 우울해할 법한 이런 날씨에도 힘을 주체 못하고 떠들어대다가 결국 어른들에게 눈물이 찔끔 나올 만큼 혼이 나고, 더해서 힘겨운 벌을 받아야만 조금은 얌전하게 돌아왔지만 최근 들어 벌써 오 일째 제대로 밥도 먹지 않고 이렇게 잠만 자고 있었다.

말을 전혀 하지도 않고 비가 쏟아지긴 하지만 다른 친구들과 함께 어울려서 놀려고 하지도 않았다.

이제 열 살밖에 안 된 어린애가 갑자기 인생이 얼마 남지 않은 노인 같아졌다고나 할까?

로빈이 왜 이러는지 에쎄도 모르는 것은 아니었다.

올해 열여섯 살. 어리다면 어린 나이지만 시집을 가기에 결코 이르지 않은 이 연령대의 여자 아이들은 남자 아이들에 비해 훨씬 더 조숙하고 어른스럽다. 게다가 에쎄는 그 보통을 뛰어넘어서 정말 열여섯 살짜리 여자애가 맞는지 의심이 갈 정도로 똑똑하고 야무진 아이였다.

로빈이 저렇게 된 이유는 바로 어른들이 재미 삼아 이야기하는 '로빈 이차 패배' 건 때문임이 분명했다.

그때 사람들은 모두 그 모습을 쉽게 잊을 수 없을 것이다.

갑자기 쏟아져 내리는 폭우 속에서 서로의 가족을 확인했고, 그중에서 유일하게 로빈만이 제외되어 있었다.

로빈의 몸 상태가 좋지 않았다는 점을 생각해서 얼른 건장한 어른 서른 명으로 이루어진 정찰대가 로빈을 찾기 위해 막 나서려는 순간, 산채로 돌아오고 있는 아이가 보였다.

그 모습은 가히 처참했다. 온몸은 마치 청개구리를 연상시킬 정도로 푸르스름한 멍이 새겨져 있었고 한 손에는 부서진 목발과 또 다른 손에는 어디선가 주운 나무 지팡이에 몸을 의지해 오며 그렇게 아무것도 입지 않은 나신으로 절뚝절뚝 걸어오고 있었다.

그러나 사람들을 그토록 놀라게 만든 것은 이 차가운 빗속을 맨몸으로 버티며 돌아온 것도, 산채로 오면서 도중에 몇 번이나 넘어졌는지 흙과 상처투성이의 몸도, 사람들에게 다가오자 목발을 내밀며 쇠수레 두령에게 지키지 못해서 미안이라고 당당히 말한 것도 아닌 바로 그 아이의 눈빛이었다.

아이에서 갑자기 어른이 된 듯한 눈빛? 아니, 겨우 그 정도가 아니다. 그것은 마치 평범한 인간에서 한순간에 그 누구도 거부하는 괴물이 된 듯한 그 도태적이고 탈력적인 눈빛은 오랫동안 믿어왔던 자에게 배신을 당했거나 혹은 너무나 강력한 증오 앞에 눈에 아무것도 들어오지 않는 자만이 자아낼 수 있는 눈빛이었던 것이다.

그들은 대개가 농민이었다가 산적으로 변할 수밖에 없었던 자들이다.

한때의 치기나 남의 것을 뺏고 신나게 놀아보려는 생각을 가진 쓰레기들이 아닌 산적이 될 수밖에 없었던 이유와 아픔과 사연을 지니고 있는 자들이기에 그 누구보다 로빈의 눈빛에 담긴 변화를 쉽게 알아낼 수 있었다.

그때부터다, 로빈이 이렇게 변한 것은. 그리고 폭우가 멈추지 않게 된 것도.

"으윽… 으음… 으윽……."

언제 깜빡 졸은 걸까? 로빈의 신음 소리에 잠을 깬 에쎄는 얼른 로빈에게 다가가서 그의 몸을 살펴보기 시작했다.

"여, 열이 굉장히 높아. 어떻게 해야 하지? 당황하지 마, 에쎄. 그래, 이, 일단 열이 내려가도록 몸을 차게 해야……?!"

그것을 보게 된 것은 로빈의 열을 식히기 위해 이불을 걷어 내리면서였다.

로빈의 두 손에는 돌돌 말린 붕대가 감겨져 있었다. 그 어설픈 모양이나 당장이라도 흘러내릴 것 같은 모습으로 보아 혼자서 이빨을 이용해 가며 감은 것이 틀림없어 보였다.

"세, 세상에?!"

호기심이었다. 왜 이런 붕대를 감아놓았을까 하는.

하지만 그 붕대를 푼 순간 본 그 끔찍한 모습에 에쎄는 절로 다리가 후들후들 떨리기 시작했다.

아직 고운 고사리와도 같은 손이 있어야 하는 곳에는 마치 노인의 손처럼 뼈와 가죽만 남은 채 온통 핏자국과 무언가에 찢기고 박힌 흔적만이 있었다.

게다가 이 역한 냄새는 분명히 피고름 냄새. 붕대에 검게 말라비틀어진 피고름이 묻어 있는 것으로 보아 아마 소독도 안 하고 그대로 방치한 지 오래된 것 같았다.

"아, 안 돼. 사람을 불러야 해."

도저히 자신의 힘으로 어찌할 수 없다는 것을 깨달은 에쎄는 가까스로 마음을 진정시키며 도움을 청하기 위해 얼른 옆집인 소피아의 집으로 달려갔다.

잉크 두령은 급히 챙겨온 몇 종류의 약초를 그 자리에서 조제하여 로빈의 상처에 바른 뒤에 새 붕대로 단단히 묶고 해열제를 먹였다. 이제 자신들이 할 일은 모두 끝이 난 것이다. 앞으로 남은 것은 로빈의 의지에 달렸다. 그렇게 말을 마친 두령은 소피아와 린드, 그리고 에쎄에게 잠깐 쉴 것을 권했다.

"뭐야? 그렇다면 로빈이 제 스스로 손을 저렇게 했단 말인가?"

어디선가 들려오는 굵직한 목소리에 에쎄는 눈을 비비며 자리에서 일어났다.

"쉿, 조용히 좀 하게. 로빈을 간호하느라 한숨도 못 잔 애들이 이제 겨우 잠들었는데 또 깨울 생각인가? 하여튼 진정하고 내 말을 들어보게나."

에쎄가 주위를 둘러보자 한쪽 의자에서는 린드 오빠가, 그리고 자신의 옆에서는 소피아 언니가 새근새근 잠을 자고 있었다. 어제 밤새도록 고열과 발작을 일으키던 로빈을 간호하고 있었는데 언제 이렇게 잠이 들어버렸는지는 생각조차 잘 나지 않았다.

"지금 붕대로 감아놔서 그렇지 자네도 보면 알겠지만 이 상처는 맞아서 생긴 게 아니고 오히려 나무나 바위같이 단단한 것을 계속해서 내려쳐서 생긴 상처들이야. 뭐, 듣자 하니 이 녀석이 새벽에 수련을 한다면서? 아마 차가운 비를 맞으면서 나무를 상대로 계속 주먹을 휘둘렀겠지. 하지만 제대로 치료를 안 해서 이렇게 상처가 곪아버린 것이고. 그나마 지금이라도 발견을 해서 다행이지 하루라도 더 늦었다면 두 손을 잘라내야만 했겠지. 아니, 지금 상태에서도 만약 상처가 더 악화되면 바로 잘라내야 할 걸세."

두 손목을 잘라내야 하다니, 이 무슨 말인가? 그야말로 청천벽력 같은 말에 에쎄는 숨이 멈춰 버릴 것만 같았다.

"아, 안 돼요!"

에쎄가 일어나면서 소리치자 두 두령은 흠칫하면서 뒤를 돌아보았다.

"두 손을 자르다니, 저 작은 손을 어떻게! 안 돼요! 절대 자르게 할 수 없어요!"

"얘야, 진정하렴. 이렇게 소리를 지른다고 될 일이 아냐."

에쎄가 소리를 지르자 두 두령은 각각 어쩔 줄 몰라 하며 일단 에쎄를 진정시키는 데 최선을 다했다.

"너무 흥분하지 말고 잘 들으렴. 로빈의 손을 당장 자른다는 말이 아니라 만약 로빈이 이런 어리석은 일을 또다시 해서 상처가 악화된다면 어쩔 수 없이 두 손을 자를 수밖에 없다고 말한 거란다. 썩어버린 상처로 인해서 로빈의 목숨이 위험해질 수 있으니까 말이야. 그러니까 앞으론 절대 이런 바보 같은 짓을 하지 못하도록 잘 감시해야 한다는 거란다."

그 말에 잠깐 안도를 했지만 본질적인 문제가 해결된 것은 아니었다.

에쎄는 쇠수레 두령과 잉크 두령의 사이를 지나 로빈에게 다가갔다.

침대에 누워 있는 로빈의 모습은 어제에 비해 매우 안정되어 보였다. 고열도 많이 가라앉았고 그 끔찍하던 두 손은 깨끗한 붕대로 훌륭하게 치료가 되어 있었다.

순간 에쎄는 로빈의 멱살을 잡고 일으킨 뒤에 마치 부모의 원수를 대적하듯 힘껏 그 뺨을 때렸다.

찰싹!

"일어나!"

찰싹!

"일어나란 말이야, 이 바보 멍청이 얼간아!"

눈물을 글썽이며 살벌하게 바라보는 에쎄의 모습에 두 두령은 할 말을 잃고 그저 지켜볼 수밖에 없었다.

"…아파~"

찰싹!

그녀의 뜻대로 일어났음에도 불구하고 다시금 불꽃이 튀어 오를 것 같은 강렬한 소리가 들려왔다.

"아프긴 뭘 아파? 겨우 이 정도에 우는소리 하면서 그 손은 왜 그렇게 만든 건데? 어린애면 어린애답게 놀아야지 왜 이딴 짓을 하는 거야?"

"…강해지고 싶으니깐!"

사내라면 아이 어른 할 것 없이 가지는 소망. 하지만 그 말은 에쎄의 화를 돋우는 데 오히려 기름을 붓는 격이었다.

"너! 너어어!"

"강해야만 빼앗기지 않아! 그 누구에게도 줄 수 없어! 널 그 녀석 따위에게 절대 주기 싫어!"

그런 거였나? 겨우 그런 것 때문에?

에쎄는 적잖은 충격에 그대로 굳어버렸다. 아니, 애초에 모든 것이 자신의 탓이다. 처음부터 로빈이 칼의 구타에 이미 한 번 죽을 뻔한 것도, 엉망진창인 몸으로 옷 하나 없이 그 차가운 빗속을 뚫고 살아 돌아온 것도, 그리고 이렇게 두 손을 잘라 버려야 할 만큼 망가진 것도 모두.

차라리 원망하면 좋으련만, 차라리 자신을 미워하면 마음이라도 편할 거라는 생각이 들었다. 하지만 로빈은 오히려 그녀를 지켜주기 위해 손이 저 모양이 될 때까지 바위를 때리고 나무를 내려치며 수련이라고 위장된 자해를 저지르고 있었던 것이다. 그런데 자신은 아무것도 해준 것도 없으면서 오히려 로빈에게 화를 내다니…….

"이 무식한 꼬맹이, 누가 그런 걸 바랐어! 누가, 누가 그딴 걸 시켰냐고? 왜 넌 항상 나를 못 괴롭혀서 안달이냔 말이야! 정말 너 같은 건 꼴도 보기 싫어!"

찰싹찰싹!

매서운 소리가 연달아 터져 나왔다.

"…그럼 왜 우는데?"

"흑, 흐윽, 흑……."

이런 느낌은 태어나서 처음 느껴보는 기분이었다.

고작 열 살밖에 안 된 싸가지도 없고 건방지기만 한 어린아이가 옆에 있다는 것만으로 마음이 안정되고 편안해지는 듯했다. 그래서인지 마치 거센 빗줄기에 강둑이 무너져 버리듯 그녀의 두 눈에서는 눈물이 쏟아져 나오고 있었다.

그제야 흥분이 가라앉은 듯 그녀는 여러 가지 감정을 한꺼번에 느낄 수 있었다.

미안함, 서운함, 기쁨, 행복함, 그리움, 그리고 정(情). 오랫동안 남에게서는 단 한 번도 보여준 적이 없었던 내면에만 간직하던 비밀스러운 수십 가지의 감정들.

"강해질 거야. 그래서 꼭 지켜주겠어. 넌 내 마누라니깐."

그제야 깨달았다.

너무나도 은밀한 곳에 숨어 있었기에 본인 스스로도 자각하지 못했던 진실.

바로 에쎄는 오래전부터 로빈을 좋아하고 있었다는 그 사실을 말이다.

모두가 잠들어 있을 시간에 일어난 나는 무심결에 비밀 기지로 향했다. 작은 언덕에 있는 커다란 엄마나무에 등을 기대고 말없이 갈대밭을 바라보면서 생각에 잠겼다.

지금 내 두 손은 붕대로 돌돌 말아놓고 있었다. 문제는 손이 이렇게 되었으니 더 이상 다른 수련을 하기도 무척 힘들게 되었다는 거다.

주먹으로 바위를 내려치면 더 강해진다는 말을 들은 나는 그대로 행동했다. 손에서 피가 나고 뼈가 부서질 것 같은 고통을 느끼면서도 이를 꽉 깨물고 나는 계속해서 수련했다. 조금만, 조금만 더 하면 나는 틀림없이 강해질 거라는 미련한 믿음 때문이었다. 그러나 건진 거라고는 두 손을 잘라 버리게 될지도 모른다는 두령들의 엄중한 경고와 멍청이라는 낙인뿐이었다.

다른 모든 사람들의 말대로 어린 내가 칼을 이긴다는 것은 정말 불가능한 일일까? 수련도 하지 못하게 된 이상 나는 패배를 시인해야 하나? 아니, 그것은 안 돼. 그러면 도대체 어떻게 해야 내가 그 녀석들을 이길 수 있는 걸까?

그때였다. 갑자기 부스럭거리는 소리와 함께 무엇인가가 나의 얼굴을 덮었다.

"뭐, 뭐야!"

나의 시선을 가려 버린 옷감에 힘껏 반항을 하자 곧바로 뒤에서 익숙한 목소리가 들려왔다.

"쉿, 조용히 해, 로빈."

"에쎄?"

놀랍게도 그 목소리의 주인공은 에쎄였다.

그녀가 이 시간에, 그것도 내가 여기에 있는 줄은 어떻게 안 것일까? 나의 비밀 장소인 이곳을 아는 사람은 아무도 없을 텐데.

"어떻게 이곳에?"

"뭐, 꼬맹이인 네가 가는 곳은 다 내 손바닥 안이지."

말은 그렇게 했지만 에쎄의 몸이 상당히 차가운 것으로 보아 내가 집을 나올 때 아마도 따라나온 것 같았다.

"뭐야, 이건? 아무것도 안 보이잖아? 빨리 치워."

내가 내 시야를 막고 있는 이 천을 치우려고 손을 들자 그 두 손을 잡으며 에쎄가 말했다.

"가만히 있어봐, 로빈. 할 말이 있으니까. 조용히 입을 다물고 두 눈을 꼭 감아봐."

"뭐?"

"어차피 지금도 앞이 안 보여. 그리고 왜 내가 네 말을 들어야 하는데?"

"제발 한 번만 눈을 감아줘 봐."

평소라면 이때 주먹이 날아와야 정상이건만 웬 부탁?

오늘따라 이 마녀가 왜 이런지 나는 정말 그 이유를 알 수 없었지만 일단 지금처럼 사근사근한 에쎄의 행동이 싫지 않았기에 일단 원하는 대로 눈을 감았다.

"감았어."

"그럼 로빈, 지금 네 주위에는 뭐가 있는지 한번 말해 봐."

"바보. 눈을 감았는데 뭐가 보여?"

내가 당연한 듯 반문하자 에쎄는 오히려 후훗 하고 작게 웃음소리를 냈다. 얘가 오늘 뭘 잘못 먹었나?

"로빈, 굳이 눈으로 보지 않아도 너는 알 수 있어. 자, 다시 한 번 더. 지금 네 주위에는 뭐가 있지?"

갑자기 수수께끼 놀이를 하는 건가? 눈으로 보지 않아도 알 수 있는 것? 그런 게 있을 리가 없잖아? 아아, 정말 귀찮아. 그냥 아무거나 말하지 뭐.

나는 먼저 내가 기댄 엄마나무의 드러난 뿌리 부분을 만지며 말했다.

"우선 나무, 그리고 저쪽에는 냇가가 있고 이 앞에는 갈대밭이 있어. 주위는 온통 산이고 내 옆에는 또 네가 있지. 자, 끝. 됐지?"

"좀 더 작은 것들이나 살아 있는 것들은?"

"…메뚜기, 그리고 저건 여치. 약간 멀지만 개구리도 있고 벌레들도 있어."

"좋아, 그럼 마지막으로 이것은 뭘까?"

에쎄는 주머니에서 무언가를 꺼내 들며 나의 얼굴 앞에다 갖다 대었다.

"안 보이는데 내가 어떻게 알… 어? 사과네?"

향긋한 사과의 향기를 내가 모를 리 없다. 게다가 지금은 배가 고파서 그런지 냄새를 더 잘 맡을 수 있었다.

"잘했어. 자, 이건 상. 배고프지?"

나는 그녀가 손에 올려주는 사과를 어정쩡히 두 손으로 받아 들고 곧장 깨물었다. 와삭 단맛과 함께 약간 행복해졌다.

"로빈, 칼을 이기고 싶지?"

"당연하지."

하고 다시 사과를 와삭 베어 물었다.

"그리고 너를 짓밟은 칼의 부하 녀석들도 이기고 싶지?"

"물론."

"그럼 냉정하게 생각을 해. 너는 칼보다 키가 작아. 키도 몸집도 작아. 더군다나 칼은 오랫동안 경험을 쌓아왔지. 한마디로 말해서 너는 단순히 육체로 승부한다면 절대 칼을 이길 수 없어."

그건 나도 잘 알고 있는 사실이다. 그래도 왠지 마녀에게 이런 말을 들으니까 기분이 무척 나빠졌다. 뭐야? 그놈 자랑을 왜 나에게 하는 건데?

내 불만을 알아차린 모양인지 곧 엄하게 에쎄가 대답했다.

"불만스러워하지 마. 현실을 잘 인지해야지. 하지만 로빈, 생각해 봐. 꼭 칼과 직접 싸울 필요가 있을까? 너는 산적이잖아. 정정당당한 결투는 얼간이 기사들이나 하는 거라고 떠들고 다녔어. 하지만 지금 내 눈에는 칼은 훌륭한 산적으로 보이고 너는 얼간이 기사에 지나지 않아."

그녀의 말에 나의 머리 속에서부터 무언가 빛이 번쩍 하고 지나갔다.

맞아. 그 녀석은 훌륭한 산적답게 비겁한 일은 모두 저지르고 있는데 나는 지금껏 도대체 뭘 한 거지? 혹시 처음부터 나는 그 녀석에게 완전히 휘둘린 건가?

"잘 들어. 눈을 감았어도 너는 주위에 있는 것들을 대부분 맞혔어. 어떻게 그럴 수 있었을까? 그 답은 바로 너에게는 눈 하나만이 아닌 다른 감각들이 있기 때문이야."

"감각?"

"너는 보지도 않고 주위에 벌레들과 내가 들고 온 게 사과라는 것을 알아맞혔어. 어째서일까?"

그야 당연히 귀뚜라미나 개구리가 우는 소리가 들렸으니까. 또 사과

향기와 내 손 위를 지나가는 잔벌레들을 통해서 알 수…….

"알았니? 너에게는 눈만 있는 게 아냐. 냄새를 맡는 코도 있고 소리를 듣는 귀도 있어. 맛을 보고 사과라는 것을 확신하는 혀도 있고 손이나 몸으로 느끼고 물체를 구별할 수도 있지."

나는 에쎼의 말을 좀 더 귀담아듣기로 마음먹었다.

"이야기 하나 해줄까? 어느 날 평범한 두 사람이 깊은 숲 속에서 하루아침에 맹인이 되었어. 첫 번째 사람은 눈이 안 보이는 대신 냄새를 맡아서 과일을 따 먹고 물 냄새로 계곡을 찾아서 내려오다가 다른 사람들에게 구조가 되었지. 그는 그 후에도 비록 보이지는 않지만 숲 속에서처럼 냄새를 맡거나 손으로 더듬는 등 다른 감각을 이용해서 먹을 것을 찾아 먹고, 할 수 있는 일을 찾아서 남은 생을 행복하게 지냈어. 그러나 두 번째 사람은 앞이 보이지 않는다는 현실이 믿기지 않아서 '조금만 있으면 내 눈은 곧 원래대로 돌아올 것이다' 라고 수천 번을 마음속으로 되새기며 앞이 보이기만을 기다리다가 그만 미련하게 굶어 죽고 말았지. 로빈, 너는 어느 쪽의 사람이 되고 싶어?"

부끄러웠다.

쥐구멍이라도 있으면, 아니, 개미 구멍에라도 들어가고 싶은 심정이 바로 이러한 것이구나 싶을 정도로 부끄러웠다.

눈에는 눈, 이에는 이가 곧 선책만은 아니다.

사람에게는 저마다 자신이 뛰어난 부분이 있고 남들에게는 있지만 남들보다 모자란 부분도 있기 마련이다. 그런데 굳이 폭력으로 당했다고 해서 절대 강자가 될 수 없는 허약 체질이 폭력으로 갚아줄 필요가 있을까? 오히려 더욱 보복을 당할 수 있는데?

"네 키와 몸이 작거나 힘이 약한 것은 단점이 아냐. 그건 시간과 성장이 해결해 주는 문제니까. 하지만 그런 것에 얽매이고 나이가 어린 것에 푸념만 하고 있는 건 잘못된 거야. 너의 다른 장점을 찾아봐. 그것이 네가 칼을 이길 수 있는 방법이야."

"나의 다른 장점? 눈이 안 보이면 코나 귀로 찾는 것처럼 다른 장점을 찾으라고? 그런 게 있을 리가 없잖아?"

끝내 나는 '나는 외톨이인걸' 이라고 조그맣게 말했다.

비록 다른 마을처럼 부모도 없는 놈이라고 돌을 던지는 애들은 없었지만 그래도 모두에게 있는 것이 나에게는 없었다. 그러니 애당초 남들은 다 있는 장점 또한 나에게 있을 리가 없다. 이곳에 와서 또래 아이들의 대장이 된 것도 실은 다 운인걸.

"그럴까? 나는 이미 네가 싸워서 이길 가장 큰 장점 중 하나를 아는데? 가르쳐 줄까?"

장난스럽게 미소를 짓는 에쎄의 표정에 나는 얼굴이 화끈 달아올랐다.

괜히 어린애 취급받는 게 부끄러워서였다.

쳇, 아무리 내가 어리다고 해도 결혼이란 잔소리만 하는 여편네가 하늘 같은 서방을 모시고 사는 거라고 들었는데 에쎄와 나는 약간 다른 것 같다. 어른들이 말하는 신혼이라서 그런 건가?

"조금 전 눈을 감았을 때 너는 굳이 냄새나 듣지 않고도 이곳 주위의 풍경을 아주 잘 알고 있었어. 그건 아마도 네가 자주 이곳에 왔기 때문이겠지. 그것이 바로 너의 장점 중 하나야."

내가 의문을 띠고 에쎄의 얼굴을 멍하니 바라보자 그녀는 갑자기 웃음을 터뜨렸다.

"바로 한마디로 지혜와 경험이야. 지혜는 경험에서 나오고 경험은 지혜에서 나와."

무슨 말인지 알아듣겠지만 이해가 가지 않았다.

"…어려워."

"음, 그럼 좀 더 쉽게 말해서 조금 전 네가 눈이 안 보이는 데도 귀 뚜라미가 주위에 있다고 알아맞힌 것은 네가 귀뚜라미의 울음소리를 먼저 들은 경험이 있고 또 그게 귀뚜라미라고 알고 있는 지식을 가지 고 있었기 때문이야. 보고 듣고 느낀 그 모든 게 지식이고 지식은 곧 경험과 지혜로 바뀌는 거야. 나이가 많다고 해서 지혜나 경험이 많다 고는 볼 수 없어. 너 자신은 아직 깨닫지 못하고 있지만 난 알고 있 어. 네가 그 녀석들을 능가하는 멋진 지혜와 경험을 가지고 있다는 것을."

나는 당장이라도 가르쳐 달라고 외치고 싶었다. 하지만 이상하게도 끝내 나의 입은 열리지가 않았다. 마치 마음속에서부터 그 말을 꺼내 기를 거부하는 듯이 말이다.

"최소한 네가 그와 맞설 수 있는 게 뭘까 생각해 봐. 그것을 알게 되 면 너는 최고의 산적이 될 거야."

쪽.

이마에서 느껴지는 부드러움에 나는 놀라며 눈을 번쩍 떴다.

"이건 위로의 선물. 그리고 이 후드도 내 선물이야. 아마 네가 제대 로 싸울 방법을 떠올린다면 무척 쓸모가 많게끔 신경 써서 만들어놨어. 그리고 너무 늦게 들어오면 안 돼. 어린애는 일찍 자고 일찍 일어나야 한다고."

그 말을 끝으로 에쎄는 뒤로 돌아 산채 쪽으로 걸어가기 시작했다.

나는 후드를 쓴 채로 고개를 돌려 그녀의 뒷모습을 바라보았다. 그

때 그녀의 등 뒤로 천사 같은 한 쌍의 흰 날개가 달려 있는 착각에 휩싸이며 그녀가 시야에서 완전히 사라질 때까지 멍하니 그곳을 바라보고 있었다.

제3장
배틀 필드

배틀 필드

태초의 인간은 자신을 보호하기 위해 도구를 사용하고 옷과 집을 만들었다.

어떻게 그런 일이 가능했을까?

그것은 바로 인간이 신에게 선택받았기 때문이다.

어떤 것이든 쥘 수 있는 두 개의 손과 현명한 지혜를 가지고 있는 게 바로 그 증거라 볼 수 있다.

왜 갑자기 이런 말을 꺼내느냐 하면 지금껏 무식하게 나무와 바위와 주먹 다툼을 한 내가 너무 바보 같았기 때문이다.

에쎄의 말을 듣고서야 깨닫게 된 것들이지만 맨몸으로 아직 어린 내가 한창 성장하고 있는 그들을 당해낼 수 있는 것은 애초에 말도 안 되는 일이다. 그런 내가 굳이 그들과 맨몸으로 싸울 필요는 없었다.

그들에게 강한 주먹이 있다면 나는 강한 주먹을 만들면 그만이다.

그렇기에 나는 잉크 두령을 만나기로 마음먹었다.

쾅쾅쾅!

"잉크 두령? 잉크 두령 없어?"

"응? 로빈이냐?"

잉크 두령의 집으로 찾아가 문을 두드리자 금방 안에서 피곤한 목소리와 함께 잉크 두령이 문을 열고 나왔다. 껄끄러운 수염이 삐죽삐죽 튀어나와 있고 눈이 반쯤 잠겨 있는 걸로 보아 잉크 두령도 나처럼 밤새 잠을 자지 못한 것 같다.

"지금 뭐 해? 바빠?"

"하아암! 뭐, 잠깐 일을 하던 도중이었으니깐. 그래, 무슨 일이니?"

졸린 듯 손으로 눈가를 비비며 겨우겨우 말을 하는 잉크 두령을 보자 괜히 미안한 마음이 들었다.

"응, 부탁 좀 하려고."

"부탁? 일단 들어오렴."

나는 잉크 두령이 열어준 문 안으로 들어갔다.

잉크 두령의 집 안은 언제나 책 곰팡이 냄새로 가득 차 있다. 언젠가 아줌마들이 하는 이야기를 들었는데 잉크 두령이 인기가 없는 이유는 항상 환기도 잘 안 되는 집 안에서 책 곰팡이와 함께 살고 있기 때문이라고 했다. 이 냄새가 어디가 이상해서 그렇게 싫어하는 걸까?

그다지 도움이 안 되는 생각을 잠시 하며 잉크 두령보다 먼저 서재로 달려가서 항상 내가 앉는 의자를 꺼내어 그 위에 걸터앉았다.

"또 글 쓰고 있었어?"

"녀석, 마치 내가 소설가나 되는 듯이 말하는구나. 글 쓰는 게 아니고 필사(筆寫)라는 거란다."

"필사(必死)? 누구 죽여?"

약간 어려운 단어에 내가 되묻자 잉크 두령은 알기 쉽게 설명해 주었다.

"책이라는 것은 조금만 관리를 잘못해도 망가져 버리기 쉬우니까 그전에 일단 이렇게 책의 내용을 그대로 베껴놓는 것을 말하는 거지. 그러면 나중에 책이 어떤 실수로 인해 망가져 버려도 또 비싼 돈을 들여서 살 필요가 없어지니까 말이야. 종이 값이 아무리 비싸더라도 책값에 비하면 아주 싼 편이거든."

"으응."

나는 알겠다는 듯이 고개를 숙였지만 잉크 두령은 마치 내가 그냥 고개만 끄덕이는 줄 알고 웃음을 지으며 자리에 앉았다.

"그래, 뭘 부탁하려고 그러니?"

"붕대 좀 풀어줘. 그리고 혹시 저번에 그 이상한 끈 아직 있어? 쓸데없으면 잠시만 빌려줘."

"음, 그 묘한 물건이라면 손을 댄 적이 없으니 찾아보면 금방 나올 것 같구나. 그런데 붕대는 왜 풀려고 그러니? 혹시……?"

그가 무슨 걱정을 하는지 대충 짐작을 한 나는 우선 말했다.

"아냐. 걱정 마. 나도 두 손이 잘리기는 싫어. 다만 알아서 조심할 거니깐 이렇게 무식하게 감아놓은 붕대를 조금 풀어달라고. 최소한 무언가를 잡을 수 있을 정도만 말이야."

"……."

잉크 두령은 의심쩍은 시선을 보냈지만 찔리는 거 하나 없기에 부담 없이 그 시선을 받으며 이내 딱 움직일 수 있을 정도만 붕대를 풀 수 있었다.

그 이상한 줄을 찾기 위해 잉크 두령이 창고로 간 뒤 나는 심심해하다가 그 필사인가 뭔가 하는 것을 구경하기로 마음먹었다.

"역시 하나도 모르겠네. 잉크 두령도 참 불쌍하지. 이렇게 재미없고 무지 어려워 보이는 것을 계속해서 적고 있다니. 음, 좀 도와줄까?"

"로빈, 책에 장난치면 혼날 줄 알아?"

움찔하고 놀라면서 앞을 보니 잉크 두령이 먼지를 뒤집어쓴 채 서 있었다.

"이런, 그것을 내가 두목에게 잠깐 빌려줬다는 것을 잊고 있었네. 두목에게 갔다 올 테니 너는 이곳에서 얌전히 있거라. 아니, 최소한 이 필사본만은 손대지 마."

말을 마친 잉크 두령은 서둘러서 밖으로 나갔다.

평소라면 내가 가서 두목에게 달라고 하면 그만이지만 지금 두목은 나와 만나는 것을 피하고 있다고 한다. 평등을 위해서라나? 뭐, 확실히 두목이 나를 귀여워하는 것은 다들 아는 사실이니까.

시간이 얼마 지났다.

"음, 심심한데 잉크 두령은 왜 이렇게 안 오는 거야?"

지루해진 나는 이상하게 눈을 돌리려고 애를 쓰면 쓸수록 필사본이라는 것에 자꾸 신경이 쓰였다.

"우우, 역시 하지 말라고 하면 괜히 하고 싶어지는 법이라니깐. 에라이, 모르겠다. 나는 절대 장난치는 게 아니라 잉크 두령을 도와주려고 하는 것뿐이라고."

그렇게 스스로를 납득시키며 나는 필사본과 책을 번갈아 보았다.

"뭐야? 생각보다 쉽네? 옆에 있는 그림을 똑같이 이곳에 옮기면 되는 거잖아? 무지 간단한 일이네."

나는 잉크 두령이 글을 쓰듯이 멋지게 펜을 잡아서 잉크를 쿡 찍고 휘갈기기 시작했다.

"…왜 이렇게 안 오지? 절반 이상 그렸는데. 음, 에라이, 할 때까지 해보지 뭐."

그리고 다시 한 십오 분이 지났을까?

탕!

"헉! 잉크 두령이 왔나?"

얼른 펜을 제자리에 꽂아놓고 자리에서 일어나 원래 내가 앉아 있던 의자로 날아가듯 재빠르게 앉았다.

"많이 기다렸지? 두목 집은 워낙 개판이라서 찾는 게 쉽지 않더구나."

쫙쫙 늘어나는 이상한 줄을 받은 나는 얼른 이곳을 빠져나가야겠다는 생각에 사로잡혔다.

"고마워, 잉크 두령. 이 은혜, 꼭 갚을게. 아, 그리고 미안."

나는 보았다.

미안이라는 말에 흠칫하고 굳어지는 잉크 두령의 얼굴을.

후닥닥 필사본을 향해 달려가는 잉크 두령의 비장한 모습이란…….

미안. 정말 미안해, 잉크 두령.

"로오오오오오비이이이인! 이 말썽꾸러기 녀석!"

나는 허겁지겁 잉크 두령의 집 밖으로 뛰쳐나왔다.

잠시 후,

"허허, 이것 참. 도저히 이걸 어떻게 받아들여야 할지."

잉크 두령은 로빈이 장난을 쳐놓은 필사본과 원본을 같이 놓아두고 그저 놀랍다는 듯 바라보면서 한 장씩 같이 넘기고 있었다.

처음은 분명히 자신이 써놓은 부분이었다.

아무리 산채 내에서 명필인 자신의 글자라도 원본인 책을 쓴 사람이 자신이 아닌 이상 글자체가 다른 것은 당연했다.

하지만 어디에서부터는 놀랍게도 글자 하나하나가 원본과 약간의 차이점도 없이 마치 글자를 그대로 옮겨놓은 듯이 똑같은 것이다. 아니, 그 정도면 차라리 놀라움은 덜했다. 중간에 들어 있는 화가 급의 삽화는 문외한인 그가 보아도 보통 그림 솜씨가 아닌 이상은 불가능할 정도로 정교한 것이었다. 로빈은 그림을 그려보기는커녕 붓조차 잡아본 적이 없는 아이다.

"도대체 이걸 어떻게 받아들여야 할지."

혹시 신이나 다른 초월한 존재가 와서 고생하는 자신을 위해 그대로 책 한 권을 만들어준 것이 아닐까 하고 생각했지만 굳이 스스로를 속일 정도로 잉크 두령은 어리숙한 사람이 아니었다. 그렇다면 분명히 누군가가 이 필사본을 완성시켰다는 말일 텐데 하필이면 그 누군가가 바로 로빈이라는 이제 열 살배기 꼬마라는 사실에 있었다.

로빈이 나이에 비해 머리가 영특하다는 것은 그도 잘 알고 있지만 그래 봤자 아이 수준에서이지 어른도 할 수 없는 이런 일을 할 수 있으리라고는 믿지 않았다. 하나 상황은 로빈이 아닌 이상 불가능한 일이고 글자를 모르는 로빈이어야만 중간에 있는 낙서나 얼룩 무늬도 적어놓았다는 게 말이 되었다.

평균 세 시간이 넘게 걸리는 필사를 글도 모르는 어린아이가 약십오 분이라는 짧은 시간에 마치 마법처럼 뚝딱 해내었다. 그것도 글은 물론 마치 천재 화가인마냥 삽화마저 완벽하게?

"이거 산채에서 둘도 없는 천재가 나타난 게 아닌지 의심스럽군. 두목에게 꼭 말을 해야겠어."

독백을 끝낸 그는 다시금 두목을 만나서 이 이야기를 하기로 마음먹었다.

오늘도 이른 새벽에 깨어난 나는 옆에 에쎄가 정말 자고 있는지 확인을 하기 위해, 정말 그것만 확인하기 위해 에쎄가 누워 있는 침대로 가서 에쎄의 가슴을 두 손으로 조물락거렸다.

새근새근.

음, 자는 것 같은데? 아냐. 믿을 수 없어. 좀 더 강하게 확인해야 해.

이번에는 좀 더 강도를 높여서 두 개의 부드러운 찌찌를 주물럭거리기 시작했다.

"흐으음, 음냐."

정말 자고 있겠지?

음, 아냐. 여자는 믿어도 마누라는 믿을 게 못된다고 했잖아? 마지막으로 확인해 보자.

나는 아예 맞을 각오로 에쎄의 옷을 위로 확 젖혔다. 그러자 내가 즐겨 가는 언덕이 떠오를 정도의 두 개의 살로 이루어진 언덕과 그 위에 작은 건포도가 보였다. 묘한 호기심을 일으킨 나는 검지와 엄지로 건포도를 잡아당기며 나머지 손으로는 에쎄의 가슴을 계속해서 만졌, 아, 아니, 에쎄가 정말 잠이 들었는지를 확인했다.

약간 부드러우면서도 딱딱한 느낌의 건포도와 살덩어리를 마음껏 만진 나는 착실히 옷을 원래대로 해놓고 집을 나왔다.

비밀 장소에 도착한 뒤 제일 먼저 한 일은 주위에 있는 내 주먹만한 돌들을 모으는 것이었다.

인간은 도구를 사용한다. 그러나 마음가짐에 따라 그 도구는 나처럼 연약한 손을 강하게 만들어줄 수도 있다. 물론 더할 경우 사람을 해치는 흉기가 될 수도 있지만 굳이 나에게 흉기까지는 필요치 않다.

그렇기에 나는 활이나 검 같은 무기가 아닌 돌멩이를 나의 두 번째 손으로 만들기로 마음먹었다. 물론 그 속에는 구하기도 쉽고 어른들이 딱히 제약을 하고 있지 않는다는 계산도 들어 있었다.

나는 앞에 있는 나무를 향해 돌을 힘껏 던졌다.

만약 이 돌멩이를 내 손처럼 내가 원하는 대로 날릴 수 있게 된다면 나는 그토록 원하던 힘을 손에 넣게 될 것이다.

내 손이 엉망진창이 된 이후에도 칼의 부하들은 틈만 나면 나를 노리고 있었지만 이제는 나도 만만치 않은 준비가 되어 있었다.

바로 도망칠 준비와 숨을 준비가 말이다.

낮에는 최대한 어른들의 눈에 띄는 곳으로 행동반경을 잡았고 매사에 조심스럽게 행동했다. 일단 그들을 이기기 위해서는 보통 준비가 필요한 게 아니었기 때문이다.

그러던 도중 나에게 기회가 찾아왔다. 바로 청년대 인원이 모두 출장을 나가는 시기가 돌아온 것이다.

출장을 한 번 나갔다 돌아오면 길게는 한 달이 넘을 때도 있지만 이번에는 일주일 정도라고 했다. 그들은 나에게 '일주일은 목숨을 벌었구나', '운이 좋군'이라고 말하는 등등 협박과 함께 나를 놀렸지만 과연 어떨까?

그동안 어른들에게 숨어 지내면서 모든 계획을 짜놓은 터라 당분간은 돌 던지는 연습에만 몰두했다.

내가 가장 두려워한 것은 칼의 폭력도 부하들의 협박도 아닌 내 계획이 사전에 그들에게 누출되는 것이었다. 하나 다행히 그들은 나를 얕보고 있었고 출장으로 인해 내 계획을 알 수도 없게 되었기에 계획은 아주 빠르게 진행되었다.

"휴우, 힘들다."

오늘도 몰래 창고에 들어가서 훔쳐 온 삽으로 땅을 파던 일을 멈추고 잠깐 휴식을 취했다.

"나는 과연 칼이나 청년대를 모두 이길 수 있을까?"

내 자신에게 묻자 잠시 후 답이 튀어나왔다.

'당연하지.'

나는 주먹을 꽉 쥐었다. 승리의 예감, 아니, 확신이 들었다.

"좋았어. 그럼 마지막 준비를 해보자."

자리에서 일어나 나는 주위를 바라보았다.

겉으로만 보면 보통의 숲과 다를 바 없지만 이 속에는 지금 한 발자국만 잘못 움직여도 즉시 발동되는 함정이 사방천지에 깔려 있고 그 위치는 정확히 내 머리 속에만 입력되어 있다.

아마 에쎄가 자신에게 가장 말하고 싶었던 것이 이것이리라.

약자가 강자와 싸우는데 정정당당이란 말은 필요없다는 것.

그것이 모두가 인정하는 또 하나의 생존 법칙이었다.

"이곳이야말로 나의 전장, 나의 영역. 이곳은 나만의 Battle Filed."

승리할 것이다, 나는.

일주일 후.

출장을 마치고 돌아온 칼에게는 전혀 예상치 못한 소식이 기다리고 있었다.

"도전장?"

도저히 믿지 못하겠다는 듯 칼은 방금 자신에게 소식을 전한 부하의 말을 다시금 반복하게 했다.

"예. 시간은 내일, 장소는 산채 뒷산의 갈대밭에서 승부를 벌이자고 합니다. 단, 승부에서 패배 시 패자는 승자의 말에 무조건 따르기로."

쾅!!

말이 끝나기도 전에 무섭게 칼의 주먹이 책상을 후려치자 빠지직 하는 소리와 함께 책상의 일부분이 움푹 들어가 버렸다.

"이 꼬마 새끼가 미쳐도 단단히 미쳤나 보군."

"그리고 또……."

"말해 봐."

"애당초 너희들이 이길 리가 없으니 핸디캡으로 청년대 인원을 모두 끌고 오라고 말했습니다. 그 정도는 돼야 어느 정도 승산이 있지 않겠느냐면서."

우물쭈물거리며 아주 조심스럽게 로빈의 말을 모두 전한 전령의 말에 분노한 것은 칼보다는 청년대에 속해 있는 인원들이었다.

열여섯 살의 나이로 자신보다 나이가 많은 자들을 잘 다루고 있는 칼은 한 단체의 우두머리가 되기 위해서 가장 중요하다고 볼 수 있는 카리스마와 힘을 가지고 있었고, 그 때문인지 청년대에 속해 있는 이들은 모두 칼을 자랑스러워하며 그를 위해서라면 어린아이를 공격하는 인정머리없는 녀석들이라는 욕을 얻어먹을 배짱도 있었다.

그런데 이제 열 살 꼬맹이가 그들의 프라이드와 우상을 깔아뭉개려고 하니 참을 수가 없는 것은 당연했다. 어떻게 보면 질투에 눈이 먼

폭군이나 그만한 충성을 받는 게 당연할 만큼 칼은 유능한 인재였다.

같은 편일 경우 가장 안심이 되지만 적이 되면 가장 두려운 사람. 바로 칼이 그러한 경우에 속하는 자였고, 당연히 적대하고 있는 로빈에게는 최악의 상대라고 볼 수 있었다.

"좋아, 청년대 모두 나가주지. 어디, 얼마나 견디는지 똑똑히 지켜보겠다."

그리고 사랑하는 그녀를 되찾고야 말겠다.

칼은 이를 으드득 갈며 다시 한 번 더 마음속으로 다짐, 또 다짐했다.

칼과 로빈의 대결.

아니, 정확히는 청년대와 로빈의 대결이 내일 벌어진다는 소문이 삽시간에 퍼지자 청년대는 당혹감을 금치 못했다. 이런 소문이 퍼진다면 그들에게 아주 불리하다는 것을 스스로도 잘 알고 있어서다.

그렇게 소문은 그 발생지가 어디인지도 알지 못한 채 한 시간도 안 돼서 아랫 산채 사람들에게까지 퍼졌으며 모두 그 일에 관해 이야기를 나누거나 자신들의 생각을 주고받았다.

그러나 재미있는 것은 모두 하나같이 로빈이 보냈다는 도전장에 관해서는 아무것도 모른 채 지금껏 이 사태에 무관심했던 이들도 대부분 로빈을 마냥 불쌍한 아이로 동정했고, 청년대는 어린애를 괴롭히는 가장 몹쓸 녀석들로 치부되어 대부분의 청년대원들은 그냥 지나가다가도 남들에게 면박을 받을 정도로 수모를 당하고 있다는 것이었다.

이에 관해 청년대의 몇 명이 이것은 로빈이 먼저 보낸 도전장이라면서 사태를 만회하려 했지만 사람들은 그에 대해 '그렇다고 네놈들은 이제 열 살인 꼬마애랑 싸우냐!', '로빈이 얼마나 괴로웠으면 에쎄랑

헤어지려고 하겠느냐 는 등의 반응을 보이며 오히려 더욱 청년대를 싸잡아 먹으려고 달려들었다.

그 사태를 보면서 유일하게 웃음을 짓는 자가 있었으니 그는 바로 로빈이었다.

"영악한 녀석, 단순한 도발로 평범한 애들 싸움을 전쟁으로 바꿔놓았어."

두목의 말에 잉크 두령을 제외한 나머지 두령들은 영문을 모르겠다는 듯이 고개를 갸우뚱거렸다.

"싸움이란 개인과 개인이 주를 이루는 것. 하기에 백날 치고 싸워봤자 큰 의미는 없다. 하지만 전쟁이라면 이야기가 달라지지."

무언가 회상에 빠진 듯이 그는 나지막하게 말을 이어갔다.

"싸움으로 이겨봤자 얻는 것은 약간의 관심과 프라이드를 지켜냈다는 자기 보상 심리뿐이다. 물론 상대가 누구냐에 따라 약간의 차이가 있지만 전쟁과는 스케일을 비교할 수 없지. 전쟁에서는 승자와 패자의 모습이 확연히 나누어지는 법. 승자는 패자의 살을 도려내고 그것을 먹어서 배를 채워 새로운 힘을 갖지. 반대로 패자는 살이 잘린 것도 모자라 철철 흘러내리는 피마저 빼앗길까 봐 최대한 몸을 사리지만 그러는 동안에도 피는 계속 바닥을 적시지. 처음에는 보이지 않아. 하지만 조금씩 조금씩 그 힘의 차이는 더욱 벌어지고 끝내는 통째로 잡아먹히는 종말이 기다리고 있을 뿐. 그렇게 패자는 사라지고 승자는 살아남는, 오직 승자만을 위한 것이 바로 전쟁이다."

나지막하게 말을 내뱉는 그의 모습에서는 낯선 한기조차 느껴졌고 더러는 저도 모르게 몸을 부르르 떠는 이도 있었다. 도대체 무슨 한이 있어야 단순한 몇 마디 속에 숨겨진 슬픔과 울분이 이렇게도 느껴지는 것일까?

"그러나 승자가 되는 것은 결코 쉽지 않지. 전쟁에서 승리하기 위해서는 숨겨져 있는 수많은 불특정 요소를 모두 계산하고 미리 볼 수 있어야만 가능하다. 그런데 로빈은 처음에는 단순히 겁을 먹은 척 도망만 다니다가 청년대가 없는 틈을 타 산채에 소문을 퍼뜨려서 이미 전쟁에서 가장 중요한 승리 조건 중 하나인 명분과 민중의 지지, 그리고 정의 이 모두를 손에 넣었다. 게다가 군중 심리를 자신의 쪽으로 끌어들여서 겉으로는 로빈 한 명과 청년대 모두의 대결로 보일지 모르지만 실상은 이미 산채 대부분의 사람들과 청년대의 대결이나 마찬가지가 되었지."

몇몇 두령들은 설마 이제 열 살 꼬마가 그런 계산을 했을까 하고 의심을 품었지만 두목의 입에서 나온 말인 이상 결코 빈말은 아닐 것이라 생각했다.

"게다가 로빈은 혼자서 청년대 전원을 모두 쓰러뜨리려 하고 있다."

아무리 두목의 말이 지금껏 그들에게 절대적인 신뢰를 주었다고 해도 이번 말만큼은 결코 믿을 수가 없었다.

"두목, 그건 말이 좀 안 되는……."

"청년대 아이들은 나이는 둘째 치고서라도 수가 오십이 넘는데 어떻게 로빈이?"

"상대는커녕 맞아 죽지 않으면 다행이지."

두목의 앞이지만 웅성거림은 더욱 커져 갈 정도로 두목의 한마디가 던진 파장은 실로 컸다. 청년대는 아직 햇병아리에 불과하나 실력 면에서는 평범한 영지의 병사쯤은 비교도 되지 않을 정도였다. 그렇게 되도록 만든 것이 바로 자신들이었으니까. 보통 마을에서 경비대장 정도는 쉽게 쓰러뜨릴 정도의 실력을 지닌 오십여 명을 로빈 혼자서 상대한다?

터무니가 없어도 어느 정도 없어야지, 차라리 내일 우주가 멸망한다는 쪽의 확률이 더 높을 것 같다는 게 대부분의 생각이었다.

"뭐, 어쨌든 대결은 내일이니 곧 결과가 나오겠지. 그러니 나는 오늘 이 자리에서 정식으로 말하겠다. 내일 로빈과 칼의 승부에서 이기는 자를 나는 우리 산채의 후계자로 삼겠다."

두령들의 마음은 모두 혼란스러워졌다. 두목이 평소부터 후계자 건에 신경을 많이 쓰고 있는 것은 다들 잘 알고 있는 사실. 그리고 두목의 자리에 있는 자는 단지 힘이 강하다고만 해서 되는 일이 아니라는 것 역시 지금 두목을 통해서 모두 잘 알고 있었다.

강한 무력과 능동적인 지력은 기본. 사람들을 다스릴 줄 아는 매력과 어려움을 헤쳐 나가는 지혜를 어려서부터 가르쳐 다음 세대를 이끌 후계자 양성 계획을 드디어 실천할 것이라는 말에 흥분과 기대가 앞섰지만 하필이면 그 대상이 칼과 로빈이라는 게 마음에 걸렸다.

아니, 차라리 로빈은 괜찮았다. 어리다는 것과 장난기가 유독 별나다는 것을 제외한다면 큰 문제가 없었다. 단, 눈에 띄는 장점도 단점도 없다는 게 문제일까? 그런 사소한 문제는 성장하면서 얼마든지 변하기 마련이니까 큰 걱정은 없었다.

그에 비해서 칼은 뛰어난 검술, 리더십 등등 여러 가지 장점이 뛰어난 만큼 반면에 집착이 너무 강하고 목적을 위해서라면 그 어떤 더러운 수법도 마다 않는 심성을 가지고 있었다.

굳이 어느 쪽이 낫다고 말할 수도 없는 상황. 하나 이들이 이토록 고민하는 이유는 로빈과 칼의 대결의 결과가 뻔하다는 것이었다.

결론을 말하자면 내일 대결에서 로빈이 승리할 것이라고 믿는 사람은 하나도 없었다.

"더 이상 내 결정을 번복할 생각은 없다. 이상 해산."

믿고 따르며 충성을 맹세한 이상 두목의 명령은 절대적. 하나 이 결정의 파장이 꽤 큰 돌풍을 불러올 것이라 예상한 두령들은 서로 한마디도 나누지 않고서도 모두들 마음속으로 이 일에 관해서는 침묵을 유지하기로 했다. 그렇게 수뇌급 두령들의 걱정과 우려 속에서 내일의 아침은 밝아오기 시작했다.

출장을 나갈 때처럼 완전 무장을 한 청년대 오십사 명. 그들이 결투 장소로 이동하는 동안 청년대의 얼굴은 하나같이 찡그려져 있었다.

아무런 이유 없이 남에게 야단맞았을 때의 기분을 아는가? 아니면 이유없이 길을 가다가 생전 처음 보는 이에게 욕을 듣거나 혹은 어떤 무뢰한이 휘두른 주먹에 맞아 분노를 느끼는 표정을 본 적 있는가? 우습게도 바로 지금 그들이 그러했다.

그들은 지금 운명공동체라는 말이 어떠한 의미를 가지고 있는지를 뼈저리게 느끼고 있었다.

실제로 로빈을 향해 직접적인 폭력을 쓴 것은 칼과 그를 열렬히 추종하는 몇몇 청년대원뿐이었다. 하지만 그 몇몇으로 인해 절반이 넘는 청년대의 단원들은 마을을 나와서 더 이상 모습이 보이지 않을 때까지 산채 사람들로부터 이유없는 야유와 욕설, 심지어 썩은 계란까지 맞아야만 했다. 그리고 그 속에는 자신의 지인이나 연인, 심지어 어머니와 아버지, 그리고 친형제들마저 속해 있었기에 그 아픔은 더욱 컸다.

하지만 어쩌겠는가?

이 일을 저지른 자는 바로 자신들의 대장인 칼이었다.

다신 떠올리기 싫은 그 상황 속에서 칼은 태연하게 웃음을 지으며 당당하게 걸어갔다. 그의 성격을 잘 아는 부하들은 알 수 있었다. 지금 그의 눈앞에는 아무것도 보이지 않고 오직 한 어린아이의 사지를 부러뜨리는 일만이 머리 속에 맴돌고 있는 게 분명했다.

청년대는 약속 장소인 갈대밭을 향해 산을 올라가고 있었다. 청년대는 아랫 산채에서 주 생활 터전을 잡고 있는 이가 많아서 이곳까지 올라오는 경우가 드물었고 그나마 길 안내를 하는 이들도 아주 오래전 아이였을 적의 기억을 되짚어 갈대밭을 올라가고 있었다.

언제부터였을까? 유난히 길에 진흙이 많아졌다. 하지만 그것을 이상하게 여기는 사람은 아무도 없었다. 최근 비가 많이 왔으며 현재 그들이 올라가고 있는 곳은 큰 나무가 많아 햇빛이 가려지고 습기도 많은 지역이라 저번 폭우로 아직 땅이 덜 말랐나 보다 하고 아주 대수롭지 않게 여겼다.

유난히도 찰진 진흙길의 끝은 보이지 않았고 아직 정상 부근에 오르려면 지금 온 거리의 1/3은 더 가야만 했다. 경무장이지만 그래도 갑옷까지 입고 있는 이들에게 약간은 부담이 되고 있었으나 자존심 때문인지 그 누구도 이에 대해서 한마디 하는 자가 없었다. 그렇게 로빈의 의도대로 들어맞고 있는 실정이었다.

청년대는 이것을 '승부' 라고 생각하지 않았다. 열 살짜리 어린아이 잡는 거야 이미 고된 훈련으로 육체 능력이 왕성해진 그들에게 있어서는 개울에서 가재를 잡는 것보다 훨씬 더 쉬운 일임이 분명했다.

자신들은 들러리일 뿐이다. 모든 것은 칼이 해결하고 아이를 죽여도 칼이 책임을 질 것이다. 그렇게 안일한 생각으로 칼의 명령에 대충 몸만 어슬렁 따라온 것이다. 자만심? 아니, 누구나 당연히 생각하는 현실이었다. 시간이 얼마나 지났을까? 뒤처진 몇 명은 힘겨워하는 표정으로 숨을 가쁘게 몰아쉬면서 올라왔다. 산적인 그들이 아무리 무장 좀 했기로서니 이렇게 체력이 약할까? 그 답은 바로 그들이 청년대라는 것에 있었다.

그들은 생각지 못했다. 어째서 로빈이 그들이 출장에서 돌아온 그날 바로 도전장을 내던졌고 하필이면 쉬지도 못하게 바로 다음날이었는지, 아니, 오히려 다음날이라는 것에 좋아하던 이도 더러 있었다. 왜? 애초에 로빈은 그들의 상대가 아니었으니까. 하루빨리 그런 사태가 사라지기를 바랐으니까.

그들은 간과했다.

갓 태어난 어린 강아지가 이빨이 나봤자 얼마나 나 있겠느냐고.

그리고 그들은 깨닫지 못했다.

비록 턱의 힘은 약하지만 그 강아지는 자신의 이빨 대신 사냥개의 이빨보다 훨씬 더 매섭고 날카로운 틀니를 가지고 있다는 것을.

드디어 진흙길의 끝이 보이자 청년대원들은 마치 사막에서 오아시스를 만난 것마냥 기쁨을 속으로만 표현을 하다가 문득 무엇인가를 발견할 수 있었다.

처음에는 오크인가 싶어서 약간 긴장을 했다. 하지만 자세히 보니 작은 체구의 누런색의 빛 바랜 로브를 두르고 있는 아이라는 걸 알 수 있었다. 얼굴은 아직 잘 보이지 않지만 오늘 만나기로 선약이 되어 있는 상대일 것임을 그들은 직감적으로 느낄 수 있었다.

"간덩이가 부었군, 변태 꼬맹이. 그렇게 죽고 싶었냐? 크흐흐."

칼의 얼굴에는 독기가 흘러넘치다 못해 이빨 사이로 곧 독사보다 더욱 무서운 독액이 흘러내릴 것 같았다. 하지만 로빈은 그 얼굴을 아무렇지도 않게 쳐다보며 말했다.

"지랄하고 있네."

평범한 꼬마였다면, 정말 평범한 아이였다면 저 무서운 얼굴에 울음을 터뜨리거나 어른을 불렀어야 정상이다. 하지만 아무렇지도 않은 듯 오히려 더 도발을 시키는 저 여유는 무엇일까?

그제야 처음으로 로빈이 평범한 꼬맹이가 아니라는 것을 깨닫게 된 청년대원들이었지만 하지만 그것뿐 달라질 건 없다고 생각했다. 하나 이 싸움이 끝난 뒤 얼마나 그것이 안이하고 어리석은 생각이었는가를 이들은 깨닫게 될 것이다.

"잡아서 끌고 와!"

칼의 명령에 청년대 인원 절반이 함성을 지르며 가파른 산길을 멧돼지처럼 거칠게 오르기 시작했다.

백전노장이라고는 할 수 없지만 나름대로 전투 경험이 많은 청년대원들은 칼의 명령 하에 항상 정해진 포메이션대로 이동했다. 후미는 덩치가 크고 한 방 한 방의 공격에 힘이 있는 이들이 이루고 선봉은 몸놀림이 빠르고 지구력에 강한 자들로만 구성되어 있다. 먼저 재빠른 이들이 빠르게 돌격해서 적을 당황시키고 움직임을 제한하는 동안 뒤에 있는 후미가 달려들어 적을 제압한다.

가장 기초적인 콤비네이션이지만 자신들이 자주 쓰는 전술이기에 이 돌격이 적에게 얼마나 부담감을 주는지 또한 잘 알고 있었고 실제로 다수와 붙었을 때 이 사나운 돌격 앞에서 적은 칼 한 번 휘두르지 못하고 그대로 목숨을 버린 꼴도 몇 번이나 보았다.

로빈과 선두의 청년대원들의 간격이 순식간에 반으로 좁혀졌다. 가파른 산길이라는 것을 감안해 봐도 상당히 빠른 속도였고 중압감도 그에 비례했다.

그러나 로빈은 미소를 지었다. 그리고 품속에서 세 개의 묵직한 주머니를 꺼내 힘껏 날렸다.

팍! 팍! 팍!

세 개의 주머니가 터지면서 갑자기 앞이 새하얗게 변했다.

"뭐, 뭐야?"

후미에 남겨져 있는 이들의 웅성거림이 갑자기 커졌다. 하지만 이내 그 하얀 연기의 정체를 알 수 있었다.

"콜록, 콜록, 콜록! 제, 젠장할! 밀가루와 후추야!"

"콜록콜록! 이, 이건 고춧가루잖아? 젠장, 괴, 괴로워."

밀가루와 후춧가루가 청년대 선봉의 목과 코, 그리고 눈에 들어가자 선봉의 움직임은 자연스럽게 멈췄다.

'나중에 혼날 것은 어쩔 수 없지만.'

밀가루랑 고춧가루는 둘째 치고서도 그 비싼 후춧가루를 전부 훔쳐 왔으니 당연한 일이다. 더구나 로빈 때문에 몇 달간은 후추를 뿌린 음식을 먹는 건 역시 불가능해졌으니까.

세 종류의 혼합 가루는 산의 하강 기류를 타고 빠르게 아래로 번졌다. 선봉으로부터 연막의 정체를 알게 된 순간 이미 그들도 후춧가루의 공격에 당한 뒤였다. 여기저기서 온갖 기침 소리와 눈을 비비거나 코와 목을 잡고 괴로워하는 모습이 보였다.

"너희들, 뭣들 하고 있는 거야! 당장 저 망할 새끼를 잡아오지 못해! 콜록콜록!"

워낙에 많은 양이라 숨을 멈추고 참는 데도 한계가 있었다. 하나 곧

빠르게 번진 만큼 빠르게 사라지는 모습을 본 로빈은 주저 않고 선봉에 서 있는 이 중 두 명을 향해 힘껏 돌을 던졌다.

"크아악!"

"으악!"

로빈이 던진 돌멩이는 중력 가속도마저 붙어 두 청년의 이마를 정확히 맞췄다.

"미, 미케! 라이! 정신 차려!"

불린 이름의 주인들로 보이는 두 청년의 이마에서는 붉은 피가 흘러내리고 당사자들은 뇌진탕을 일으켰는지 눈에서 검은자위가 보이지 않고 입으로 거품을 물고 있었다.

"이 자식! 너, 미쳤어! 사람을 죽이려고 작정을 한 거냐! 이 살인자 같은 놈!"

누군가가 외쳤지만 로빈은 왜 자신이 그런 말을 들어야 하는지 이유를 알 수 없었다.

"왜? 너희들도 나를 죽이려고 하잖아! 너희들은 나를 죽이려고 하는데 왜 나는 너희들을 죽이려고 하면 안 돼?"

너무나도 당연하다는 듯이 말을 하는 로빈의 태도에 일순간 청년대원들은 할 말을 잃었다. 애초에 틀린 말이 아니었다. 칼이 로빈을 죽이려고 하는 것을 뻔히 알고 있었는데 어째서 로빈은 우리를 죽이리라는 것을 생각하지 못했을까? 답은 약자였기 때문이다. 하지만 지금은 점점 저 작은 꼬마가 커 보이기 시작했다.

"애초에 이곳에 나왔으면 죽음을 각오해야 한 거 아니야? 너희들은 모르겠지만 적어도 나는 지금 죽을 것을 각오하고 여기에 서 있는 거야. 잘 들어. 몸 성하게 내려가고 싶은 놈은 지금 당장 내려가. 오늘 나는 너희 전원을 반병신으로 만들 거니까. 얼마 전의 나처럼."

하고 미소를 짓는 로빈. 어린아이의 미소가 저토록 처참하게 느껴진 것은 처음이었다.

"으아아아아! 이 망할 꼬마가 감히 내 친구를!"

누군가가 검을 빼 들고 달려들었다. 용기? 그것은 만용이었다. 증거로 그의 검은 떨리고 있었다.

"내가 그렇게 싫어? 잘 알아둬. 나는 지금 너희들 절반을 반병신으로 만들 수 있었어. 하지만 참은 거야. 너희들은 더욱 나의 괴롭힘을 맛봐야 해. 그러니까 알아서들 피해."

무슨 말이었을까? 처음에는 봐준다더니 이제는 알아서 피하라는 말이.

로빈은 여전히 자신에게 달려오는 이를 바라보더니 작은 단도를 꺼내 나무가 가려져서 보이지 않는 옆으로 들어가 무엇인가를 싹둑 끊어 냈다.

쿠쿠쿠르! 쿠르르르릉!

불안감이 흘러넘치다 못한 작은 소음은 이윽고 대지를 울릴 만큼 거대한 굉음으로 변했다.

"모, 모두 피해!"

칼의 다급한 목소리가 울려 퍼짐과 동시에 청년대원들은 그 소리의 정체를 알 수 있었다.

가파른 산길을 따라 어린아이의 한 아름 정도로 보이는 굵은 통나무 대여섯 개가 산사태처럼 청년대원들을 덮쳐 왔다.

"토, 통나무 함정?"

빠직!!

방금 전까지 로빈에게 달려들던 이가 얼이 빠진 채 중얼거린 순간 첫 번째 통나무가 그의 발을 내리 짓눌러 버렸다. 뼈가 산산조각나는 고통. 하나 그는 비명을 지를 수 없었다. 두 번째 통나무가 그의 머리를 덮쳤기 때문이다.

그 모습을 보며 선봉에 속해 있던 이들은 모두 침을 꿀걱 삼켜야만 했다. 그들이 돌격하고 있을 때 만약 저 통나무들을 풀었다면 과연 어떻게 되었을지 계속해서 머리 속에 떠올랐기 때문이다.

"나는 지금 너희들 절반을 반병신으로 만들 수 있었어. 하지만 참은 거야."

그 말은 결코 과장이 아니었다.

청년대원들은 불안한 기색으로 주위를 둘러보며 로빈을 찾고 있었다.

어느새 절반이라는 믿기지 못할 수가 당하고 남은 이는 스물세 명. 그중에는 증오심을 품으며 독기를 내뿜는 자도 있었고 더러는 당장이라도 도망가고 싶어하는 자도 있었다. 그들의 마음속에 공통적으로 깔려 있는 바탕은 고작 아이에 대한 두려움이었다.

이제는 그들도 어렴풋이 느끼고 있었다. 지금 자신들은 어린아이의 장난감이 되어 있다는 것을.

휙! 팍!

"크아악!"

또 한 명이 뒤통수를 부여잡고 앞으로 쓰러졌다.

"앞으로 스물두 명."

사신의 음성이 이러할까?

마치 요리사가 앞으로 자신이 잡아야 할 닭의 수를 세듯 말하는 로빈의 목소리에 찔끔 놀라면서 찾아봤지만 그들의 가슴에까지 이르는 갈대들 때문에 로빈의 모습은 보이지 않았다.

"귀, 귀신같은 놈."

그들 또한 정규 훈련을 받고 수십 번의 실전에 투입된 몸이다. 아무리 돌멩이라 해도 아이가 던지는 이상 뻔히 보이는 상태에서는 그것을 피할 수 있을 만큼의 실력은 충분히 있었다. 하지만 처음 만남 이후 더 이상 로빈을 추격하기는커녕 아이의 그림자조차 볼 수 없었다. 그럼에도 불구하고 자신의 동료들은 하나씩 쓰러져 갔고, 그 공격은 때론 양 옆에서, 때론 뒤에서도 시도 때도 가리지 않고 노려왔다.

"애초에 갈대밭에서 싸운다는 말에 아무 생각 없이 따라온 것부터가 잘못이야!"

누군가의 울부짖는 듯한 한탄 소리가 들려왔다. 그의 말이 맞았다. 갈대는 그들의 가슴에까지 올 만큼 컸고 그들의 허리밖에 되지 않는 로빈이 숨기에는 최적의 장소였다. 게다가 로빈에게는 에쎄가 손수 만들어준 로브가 있었다. 로브의 겉은 갈대와 비슷한 누런색이지만 그 속은 회색이었다. 그 점을 최대한 이용해서 잠깐 위험하다 싶으면 로브를 거꾸로 뒤집어써서 웅크리며 돌로 위장을 해 자신의 몸을 최대한 숨긴 것이다.

그런 것을 알 리 없는 청년대원들은 속절없이 로빈의 돌팔매와 혹은 트랩과 함정에 걸려 크게 다쳐야만 했다.

"으아아아아아악!"

그 순간 또 한 명이 트랩에 걸린 듯 한쪽 발이 밧줄에 묶여 거꾸로 뒤집혀진 채 삼 미터에 달하는 나무에 묶여서 떠올랐다가 무게로 인해 줄이 끊어지면서 그대로 저 멀리 산길로 내동댕이쳐졌다.

이번에는 운이 없었던 탓인지 부딪친 곳이 하필이면 잔돌들이 많아서 몸 여기저기가 찢어지고 가슴뼈가 세 개 정도 나가 버렸다. 대충 응급 치료와 한 명을 붙여서 아래로 내려 보냈지만 얼마 못 가 부축하기 위해 보내준 이의 비명 소리마저 들려왔다.

로빈은 진심이었다. 처음 경고했을 때 도망가지 않은 이상 단 한 명도 보내줄 생각이 없었다. 그게 설혹 부상자를 돕기 위해 같이 보내준 이라 할지라도 자신의 목숨을 노린 이 중 하나였기 때문이다.

"도, 독한 놈."

"정말 애가 맞는 거야? 젠장, 괜히 따라와서."

"뭐 저런 놈이 다 있어? 잘못 걸린 거 아냐?"

꿈을 꾸고 있는 듯한 심정이었다.

"모두들 닥쳐라!"

칼의 한마디. 인간이 과연 얼마나 독해져야 저런 독기를 내뿜을 수 있을까? 그의 모습을 본 순간 청년대는 느낄 수 있었다.

칼이 얼마나 로빈을 잔혹하게 살해할지 말이다.

"하아, 하아, 정신 똑바로 차리자. 이긴다. 나는 이긴다."

주문처럼 그 말을 되풀이했다.

지금까지 제거하고 쓰러뜨린 상대는 모두 서른네 명. 스스로가 생각해도 엄청난 쾌거지만 이 싸움은 어느 한쪽이 모두 쓰러지기 전까지는 끝이란 단어는 존재하지 않는다.

이만큼의 쾌거를 이룰 수 있었던 것은 두 가지의 큰 요인이 있었다.

하나는 내가 이곳 지리를 그 누구보다 잘 알고 있다는 경험과 또 하나는 나에 대한 적의 방심이었다.

이곳을 이용하려고 마음먹은 것은 에쎄의 도움 덕분이었다.

에쎄는 나의 장점을 찾으라고 했고 고생 끝에 내가 찾은 나의 장점은 바로 매일같이 이곳에서 뛰어놀았다는 것이다. 노는 게 자랑이냐고 의아해할 이가 있을지 모르지만 나는 그 덕분에 이곳 지리에 아주 능하게 되었고 그것을 좀 더 이용하기 위해 함정을 생각해 냈다. 그 결과 함정만으로도 스무 명이 넘는 적을 손 하나 까딱대지 않고 제압할 수 있었다. 이만하면 훌륭한 장점 아니었을까? 물론 그들이 나를 쉽게 생각하지 않았다면 이 정도의 결과는 결코 이루지 못했을 것도 사실이다.

그러나 반대로 말을 하면 그들이 진지해질수록 나는 그들의 사이를 파고들 틈이 없어진다고 말할 수 있었다.

역시나 반수 이상이 당한 이상 저들도 처음처럼 결코 만만하지 않았다. 아니, 오히려 위기감을 느낄수록 본 실력 이상의 힘을 발휘할지도 모르는 일이다.

정신을 똑바로 차렸는지 그들은 조금 전까지 미처 발견하지 못하고 그대로 당해 버린 트랩들을 하나둘 찾아내서 부숴 버렸다. 얼마 남지 않은 트랩들이 무용지물이 되는 꼴을 보자 무척 배가 아팠지만 어차피 처음 예상보다 인원이 훨씬 줄어 있었기에 그것에 안도할 수밖에 없었다. 그리고 작은 소리 하나 놓치지 않고 서로를 감싸며 두 번의 돌팔매 공격을 대신 막아내기도 했다.

바로 지금이 가장 위험할 때였다.

그토록 자신있던 돌팔매까지 막히자 나는 기운이 빠졌다. 더군다나 그들은 이번 일로 인해 오히려 사기가 상승하고 자신감이 생긴 듯 움직임이 활발해지기 시작했다. 무엇보다 문제는 스스로의 상태였다. 시간이 흐를수록 역시 중요한 건 경험치의 차이였다. 팽팽하게 당겨진 긴장감 속에서 나는 마치 심장이 입으로 올라올 것 같은 느낌을 몇 번이고 느끼면서 피로감은 겹겹이 쌓여만 가고 허기와 갈증이 심해졌다.

"더 이상 시간을 끌면 안 돼. 마지막 방법을 쓰는 수밖에 없어."

나는 그렇게 마음을 먹고 자리에서 일어섰다.

그들은 얼마 안 가 나를 발견할 수 있을 거다. 이제 내가 해야 할 일은 단 하나. 그들을 나의 최후의 영역으로 끌어들이는 것뿐이다.

"저기다! 잡아! 빨리 쫓아가란 말이다!"

니밋, 더럽게 빠르네. 저 인간들은 밥 먹고 달리기만 했나?

생각보다 나는 빨리 들켜 버렸다. 게다가 한 번 혼쭐이 난 덕분인지 한 번 발견한 이상 절대 놓치지 않겠다는 듯이 끈질기게 달라붙어서 더욱 나를 귀찮게 만들었다.

"여기다! 여기로 도망가고 있어!"

윽! 젠장! 또 걸렸다. 내가 자신들을 공격하지 않는 것을 알아챈 뒤 그들은 각각 이인 일조가 되어 나를 찾기 시작했다. 지금까지 방어만 하다가 산개해서 수색을 시작하자 나는 어이없게 간단히 걸려 버렸고 이렇게 쫓기는 신세가 된 것이다.

'잡히면 죽는다. 잡히면 죽는다.'

계속해서 머리 속에 맴도는 생각에 나의 다리는 후들후들 떨렸지만 겨우 균형을 잡아가며 젖 먹던 힘을 다해 달렸다.

좋았어!

속으로 쾌재를 부른 나는 드디어 목적지에 도달했다. 높이 사 미터 정도가 되는 계곡을 건너기 위해 만들어진 나무 다리를 별 힘들이지 않고 건넌 나는 숨을 진정시키며 여전히 멧돼지처럼 나를 잡으려 달려드는 이들의 모습을 구경하듯이 쳐다보며 외쳤다.

"헉헉헉! 야, 이 골 빈 굼벵이들아! 나이는 그렇게 처먹은 것들이 아직도 나 같은 꼬마 하나 잡지 못해서 그 난리냐? 으이구, 이 멍청하고 무능력의 대명사 같은 놈들아! 나 같으면 부끄러워서라도 그냥 접시 물에 코 박고 콱 죽어버리겠다!"

달려오는 그들의 얼굴이 다시 붉게 달아오르며 나의 독설에 맞받아치듯 고함을 꽥꽥 질러댔다.

"이 새끼! 잡아서 갈기갈기 찢어버리겠다!"

"도망가면 죽어!"

'바보 같은 놈들. 이렇게 쉽게 도발에 넘어가니까 멍청이라고 부르지.'

나는 속으로 얼씨구나 하고 좋아하면서도 이 한심한 광경에 혀를 찰 수밖에 없었다.

그들과 나의 거리는 약 이십 미터. 그리고 그 가운데에는 길이 약 칠팔 미터 정도로 보이는 나무 다리가 놓여져 있었는데 학습 능력이 그리도 없는지 가장 선두에 선 세 명은 거침없이 나무 다리 위로 올라왔다. 그 순간 타이밍을 노려 나는 외쳤다.

"무너져라!!"

그러자 나무 위에 있던 세 명이 갑자기 균형을 잡지 못하더니 그대로 다리와 함께 그들의 몸은 아래로 낙하하기 시작했다.

"뭐, 뭐야?"

"으아아아아악!"

"다, 다리가 무너져!"

쿠구구궁!

계곡 밑으로부터 들려오는 비명 소리와 신음 소리에 뒤따라오던 이들의 얼굴이 마치 쌍둥이들마냥 똑같이 굳어졌다.

그래, 당신들 마음 다 이해해. 저 튼튼해 보이는 나무 다리가 내가 건널 때는 아무 문제가 없더니 그들이 올라가는 순간 내가 주문을 외치자 다리가 무너져 버렸다. 그것도 곧 나를 잡을 수 있는 절호의 찬스 도중에. 그리고 나는 그 뒤에서 여유롭게 웃음을 짓고 있다. 이것을 우연이라고 믿을 천치 같은 놈이 세상에 과연 있을까?

물론 이번에도 나의 작품 중 하나였다.

경악에 물든 그들의 얼굴 표정을 보니 나를 사람으로 보는 눈치가 아니었다. 하하, 단순한 퍼포먼스가 이 정도로 잘 먹혀들 줄이야.

그들의 눈에는 나의 한마디에 다리가 무너진 것처럼 비춰지고 있었겠지만 실상은 나무 다리를 받치고 있던 기둥의 일부를 톱으로 도려낸 것뿐이었다.

나 같은 가벼운 몸무게는 견딜 수 있지만 어른 한 사람 분량의 몸무게에는 그대로 무너지게끔 하기 위해서는 아주 정교한 계산이 필요했는데 다리의 균형과 가중 시 견딜 수 있는 무게를 계산하고 적당량만큼의 기둥의 중간을 도려냈다. 그렇게 준비를 끝낸 뒤에 남은 것은 약간의 퍼포먼스뿐. 하지만 이 퍼포먼스가 그들의 사기를 꺾는 역전의 요소가 되기에 충분했다.

"뭐 하는 거야? 미친. 어디 마법사가 없어서 저딴 꼬맹이가 마법을 썼겠냐? 우연일 뿐이다! 겁먹지 말고 다른 길을 찾아봐!"

칼이 외치자 그제야 제정신이 든 듯 납득하며 최대한 빨리 좌우를 살폈다.

하여튼 산통 깨는 데 뭐 있다니까, 저놈은.

그들은 이내 약간 떨어진 곳에서 계곡 맞은편으로 갈 수 있는 또 다른 튼튼한 돌다리를 발견했다.

"저기다! 저곳으로 넘어가자!"

하암, 왜 그들은 내가 저 다리를 부숴 놓지 않았다고 생각하는 걸까? 하긴 이렇게 괜히 한탄할 필요는 없지. 다리에 가기도 전에 그 이유를 금방 알 수 있을 테니까 말이야.

푸식! 털썩! 퍼석! 풍덩!

"우와아아아악!"

"뭐야? 젠장, 이번에는 함정이야?"

"으아악! 분뇨가 가득 들어 있어!"

십여 명의 인원이 함정에 빠지며 모두 미친 듯이 소리를 질러댔다. 그도 그럴 것이, 함정 안에는 쉽게 올라오지 못하도록 미끌미끌한 분뇨를 벽 부분에 잘 뿌려두었고 옵션으로 그 속에 분뇨를 채워놓았기에 아무리 용을 써도 나올 수가 없는 것이다.

이것으로 남아 있는 인원이 이제 열 명도 채 안 되었다. 원래 멤버인 청년대 오십사 명이 동시에 지금 이곳에 있지 않는 이상 이미 발견된 함정을 건너뛰며 한 사람씩 뒤져 보는 것도 불가능했다.

"이제 슬슬 끝내는 게 어때?"

나는 주머니에서 검은 색깔의 돌을 꺼내서 힘껏 던졌다.

지금까지 그들을 노렸던 돌과는 달리 완전히 다른 방향으로 날아가는 돌은 내가 의도한 대로 정확히 안배해 놓은 곳에 부딪치면서 불꽃이 튀어 올랐고 그 불꽃은 발라놓은 기름의 선을 따라 옮겨 붙으며 곧 활활 타오르는 지옥 같은 거센 불길들이 그들의 퇴로를 막고 완전히 포위했다.

"체크 메이트."

이제부터 결투란 없다. 단지 응징만이 있을 뿐.

"너희들이 왜 나를 잡지 못하는지 가르쳐 줄까?"

나는 호주머니에서 잉크 두령에게 받은 이상한 끈을 꺼내서 양 끝 부분을 손에 쥐고 돌멩이를 하나 골라 두꺼운 헝겊에 장전한 뒤 머리 위로 빙글빙글 돌리기 시작했다.

"그건 바로 너희들은 칼의 명령 없이는 제 화장실도 가지 못하는 머저리들이기 때문이다."

콰직!

"끄아아악!"

눈 깜짝할 사이에 한 남자가 무릎을 부여잡고 땅에 쓰러져서 뒹굴었다.

지금껏 나의 돌팔매질과는 차원이 다른 파워와 빠르기로 돌멩이는 내가 노린 이의 무릎을 정통으로 부숴 버렸기 때문이다. 힘이 부족한 나는 그 부족함을 채우기 위해 대신할 힘을 찾아야만 했다.

그렇게 해서 찾은 것이 바로 이 물맷돌이라는 무기였다.

"그 정도 고통으로 쇠수레 두령이 만들어준 내 목발을 부순 죄를 용서할 순 없어!"

콰직! 우드득!

그리고 나의 물맷돌을 이용한 두 번째 돌멩이가 그의 어깨를 부서뜨렸다.

"으아아아악! 요, 용서해 줘! 제, 제발! 크흐흐흑!"

"늑대는 토끼를 잡을 때도 최선을 다한다라는 말 못 들어봤어? 그러니까 너희는 삼류야! 애초에 너희들은 나를 우습게 봤고 방심했잖아? 그리고 처음 마주쳤을 때 고작 두 명이 다친 것 가지고 나를 잡을 생각을 하기는커녕 멍청히 있다가 피해는 더욱 커졌지! 피하려면 확실히 피하고 덤비려면 확실히 덤비지 못했어! 마지막으로 나를 몰아넣고도 잡지 못하고 있지. 아니, 지금 과연 누가 누굴 몰아넣은 것일까?"

개도 자기 집에서는 삼 할을 먹고 시작한다고 했다. 더구나 이곳은 개 집이 아닌 내가 일으킨 불의 지옥이었고 그들은 등 뒤로부터는 당장 자신을 태워 버릴 것 같은 열기와 앞으로는 나의 물맷돌 사이에서 떨고 있는 가련한 버러지들이다.

웃음을 지었다. 그것은 승자의 웃음. 나는 지금 절대적으로 유리하다.

"아무것도 하지 않은 네놈들에 비하면 그나마 칼의 명령대로 나를 짓밟은 저 녀석이 훨씬 나아. 그런데 너도 딱 하나 실수를 했어. 내가 너였다면 영원히 일어서지 못하도록 두 다리를 부숴 버렸을 거야. 지금 내가 네 두 다리를 부숴 버릴 것처럼 말이지."

나는 다시 돌을 장전해서 머리 위로 돌렸다. 단순한 돌팔매질과는 달리 물맷돌을 이용한 공격은 뻔히 보고도 막을 수 있는 수준이 아니었다. 아니, 정확히는 그들의 눈에는 보이지도 않았다.

"제, 제발 다, 다리만은 안 돼! 린드 꼴만은 되기 싫다고!"

린드 형이 산채에서 낙오자로 취급받는 이유는 어떤 사고로 등을 다쳐서 산적의 활동을 하지 못하고 있는 데 있었다.

비록 우리 산채가 다른 산채에 비해 훨씬 더 좋다는 것은 알지만 산적이 아닌 산적은 그저 밥벌레에 지나지 않았다.

보통 산채는 그 자리에서 버림받게 되지만 우리 산채는 기회를 준다. 하나는 자진해서 나가는 것과 또 하나는 여성들이 맡은 일을 같이 하는 것. 린드 형은 후자를 택한 사람이다.

"이 정도는 나에게 폭력을 휘두를 때부터 이미 각오한 일 아니었어?"

폭력으로 흥한 자 폭력으로 망하리. 나는 거침없이 돌을 날렸다.

콰직!

"으아아아아악!"

그러나 아쉽게도 무릎을 보호한 손목에 의해 손목뼈만 부서졌다. 확실히 무릎을 부숴 버릴까? 나는 잠깐 생각에 빠졌다가 이것으로 은원을 모두 정리하는 게 더 낫겠다고 판단했다.

"이제 누구 차례일까? 이웃의 아내를 탐내지 말라는 말도 모르는 인간 말종! 뒤에서 숨지만 말고 이제 앞으로 나오는 게 어때?"

청녀대원들이 양쪽으로 갈라지면서 그 속에서 칼이 가운데로 걸어 나오기 시작했다.

"칼 빼고 남은 놈들은 모두 자진해서 함정 안으로 들어가."

"왜, 왜 우리가?"

"제정신이야? 그럼 그냥 있다가 불에 타 죽고 싶어?"

아무리 멍청하다지만 설마 죽고 싶어 환장한 녀석들이라고는 생각도 못했거늘. 나의 기대를 훨씬 뛰어넘는 그들을 향해 동정을 담아 아직 발동하지 않은 함정이 있는 곳을 가리켰다.

"그나마 인정을 베풀어서 안에 분뇨로 채워 넣었지 처음에는 기름을 채울 생각이었어. 빠져도 불에 타 죽어버리도록. 헤헤, 고마워하는 게 어때?"

눈물 나도록 고맙다, 이 악마새끼야. 그들의 눈빛은 이렇게 말하고 있었다.

그렇게 그들은 눈치만 보다가 더욱더 거세지는 불길에 하나둘 자진해서 함정 안으로 들어가고 이내 칼만 혼자 남았다.

"풍덩 하는 소리 한번 시원~ 하구먼. 그대로 한 삼 일만 있어. 그 뒤에 건져 줄 테니까."

내 말이 끝나기도 전에 '우릴 속였어!', '이 악마, 죽어라', '삼 일씩이나 이곳에 있어야 하다니, 이럴 순 없는 거야' 등등의 개가 짖는 소리가 들려왔지만 나는 인간이라 개의 언어는 하나도 알아들을 수 없었다.

"완전히 당해 버렸다. 변태 꼬맹이치곤 제법 머리를 썼구나, 로빈."

태연한 척할 필요 없어. 네 자신은 평정심을 유지하고 있는 것처럼 느낄지 몰라도 이미 얼굴부터 일그러질 대로 다 일그러져 있는데 뭘.

"너희들과 달리 이 어깨 위에 있는 것은 장식품이 아니거든. 뇌도 들어 있어. 부럽지?"

빠드드득!

헤에, 여기까지 선명하게 들리는 저게 이 가는 소리야? 하긴 그만큼 분하겠지. 저 잘나 빠진 칼님께서, 그것도 제 부하 모두를 데리고 나와 전멸당했으니 오죽하겠어?

"또 무슨 꿍꿍이가 있어서 다 이긴 게임을 질질 끄는 거냐?"

"없어. 다만 마지막으로 남은 게 있잖아? 설마 이대로 끝난다고 네 놈이 승복할 거라고는 처음부터 기대도 안 했거든."

"호오~"

나는 미리 내가 있는 쪽 나무에 단단히 묶어놓은 밧줄을 꺼내서 물맷돌처럼 빙빙 돌리다가 미리 몇 번이고 연습한 목표 지점을 향해 힘껏 날렸다.

탁!

연습한 대로 충실하게 날아간 밧줄은 Y자 모양의 갈라진 나무 사이로 들어갔다가 밧줄 맨 앞에 달아놓은 꽤 묵직한 쇠막대에 탁 걸리며 갈라진 계곡을 이었다.

줄을 몇 번 당겨서 제대로 걸렸는지 확인한 나는 가볍게 밧줄 위로 뛰어올라서 아슬아슬한 공중 묘기를 부리는 광대처럼 단 세 번의 도약만으로 건너편에 도달했다.

"지금까지 미꾸라지 새끼라고 생각했더니 원숭이 새끼였나?"

이런이런, 도발이란 상대방의 약점이나 숨기고 싶어하는 부분을 건드려야지 오히려 지금 이 순간을 위해 수십 번이 넘도록 연습한 걸 가지고 '아니, 저 녀석이 저렇게 빠른 몸놀림을 보이다니' 라는 식으로 놀라면 대놓고 나를 칭찬하는 거나 마찬가지잖아? 더구나 표정 하나도 잘 숨기지 못하다니, 쯧쯧.

어라? 그러고 보니 내가 언제 이렇게 능구렁이가 되었지? 이러다가 나중에 애늙은이라는 소리 듣는 거 아냐?

건너편으로 넘어온 나는 처음에 비해 절반 이상이나 가벼워진 돌 주머니를 버리고 지금을 위해 사용하려고 모아놓은 가장 던지기 쉽고 위력이 있을 법한 자갈들만 모은 자갈 주머니를 내보이고 그 속에서 하나를 꺼내 손에 쥐었다.

"검을 들어. 사나이 대 사나이의 승부다."

우와, 내가 해놓고도 상당히 멋진 대사잖아? 나 정말 갑자기 천재가 된 거 아냐?

"남자의 명예 따윈 신경 쓰지 않아. 널 죽이면 에쎄는 내 여자가 된다."

"웃기네. 죽어도 내 마누라야. 혹여 내가 죽어도 과부로 늙어 죽거나 순장을 안 하면 귀신이 되어서라도 평생을 따라다닐 생각이걸랑."

"꼬맹이치고 유식하다지만 순장에 아내는 들어가지 않아."

"내 맘이야."

별 의미 없는 말을 몇 번 주고받은 후 칼은 허리춤에 있는 검을 뽑았다. 그 순간 피부가 오싹오싹해지면서 살이 베이는 것 같은 아픔이 느껴졌다. 이것이 말로만 듣던 살기라는 건가?

"마지막으로 널 죽이기 전에 네 묘가 될 불바다 속으로 들어온 것은 칭찬해 주마. 그리고 후에 네 무덤은 내가 잘 돌봐줄 테니 걱정 말고 죽어라."

말을 끝내며 동시에 칼이 달려들었다.

무섭고도 날카로운 일격이 약간의 차이로 나의 머리 위를 비껴 나갔다.

빠르다. 그리고 강하다. 단 호흡 안에 이 정도의 움직임을 보여주다니 아무리 나이 차가 있다지만 이건 레벨의 차이가 너무 심하잖아?

땅을 구르며 칼의 공격 범위 안에서 벗어난 나는 얼른 정면을 바라보며 손에 쥔 자갈을 힘껏 던졌다.

챙!

하지만 그 공격은 흡사 검에 묻은 피를 털어내는 것 같은 가벼운 동작으로 무산되고 말았다.

"약해!"

겨우 이것밖에 안 되느냐는 듯한 말에 나의 자존심이 팍팍 꺾여 나갔지만 우선 살고 보자.

살기를 가득 머금은 칼의 검이 매섭게 나를 향해 몰아쳤다.

요 얼마 전부터 이상하게 머리가 맑아진 이후의 나라서 망정이지 예전의 나였다면 피하기는커녕 내가 죽었는지 깨닫기도 전에 목이 날아갔을 게 분명하다.

'분명히 칼을 쓰러뜨린다는 가능성이 낮아졌을 뿐 불가능한 것은 아냐.'

한 개의 돌은 막는다. 하지만 세 개, 네 개, 아니, 그 이상을 과연 막을 수 있을까? 아무리 작은 내 주먹이라도 짱돌이 아닌 한 최하 다섯 개 이상의 자갈을 손에 쥘 수 있었다. 돌의 크기는 작아졌지만 그 위력은 여전하다. 온 힘을 다해 미친 듯이 퍼붓는 돌 세례는 보기에는 영 좋지 않지만 그 위력만큼은 칼은커녕 기사조차도 완전히 방어하기는 무리일 것이다.

그래, 여기까지는 분명히 예상했던 일이다.

웅웅웅웅!

이것이 무슨 소리일까? 유심히 들어보니 소리의 근원지는 칼이 휘두르고 있는 검이었다. 검이 소리를 내고 있어? 지금 내 귀와 눈이 잘못된 것일까?

게다가 검이 소리를 낸 후로부터 지금까지 간신히 피할 수 있었던 공격이 이제는 눈에 비치지도 않을 만큼 더욱더 빠르게, 그리고 난해한 선을 그려 나갔다.

검명(劍鳴). 검이 울부짖는다라는 이 의미를 지금의 나는 알지 못했지만 칼이 갑자기 강해졌다는 사실 하나는 분명히 알 수 있었다.

스윽!

"끄윽!"

절로 비명이 터짐과 동시에 볼에 후끈한 열기와 욱신거리는 고통이 느껴졌다. 그 상처는 생각보다 깊은지 일 초도 지나지 않았을 것 같은 짧은 시간에 이미 뜨근뜨근한 액체가 볼을 적시고 바닥으로 뚝뚝 떨어지며 혈흔을 그려 나갔다.

"목을 노렸는데 아깝군."

처음과는 달리 원래의 음성으로 돌아온 칼의 모습은 여유로워 그지없어 보인다. 그 역시 자신이 강해졌다는 것을 몸소 느끼고 있는 게 분명했다. 그에 비해 나는 한 번 고통을 알아버리자 그만 몸이 굳어지고 말았다. 조금 전 추격전이 벌어질 때도 그러했지만 이만큼 절대적인 경험의 차이가 나는 것이 그저 원통할 뿐이었다.

물러선 뒤 이번에는 물맷돌에 자갈을 장전하고 날렸다. 물맷돌은 원심력을 운동 에너지로 바꿔주는 원리를 이용한 무기. 그로 인해서 근접전에서는 쓸 수 없다는 불리한 점이 있지만 거리만 벌어지면……?

챙캉!

"어떻게 하지, 불쌍한 로빈? 마지막 남은 네 비밀 무기도 이제는 소용없는 것 같구나."

제기랄.

온몸의 힘이 쭉 빠져드는 느낌이 이렇게 더러운 느낌이었다니.

계산 착오다. 칼의 실력은 어느 정도 예상을 했지만 중간에 갑자기 비정상적으로 강해지다니. 이런 어이없는 변수로 내가 죽게 되는 건가?

"잘 싸웠다, 꼬맹아. 하지만 너의 가장 큰 실수는 나를 적으로 돌린 거였다."

칼의 다리가 나의 두 발을 걸어차자 나는 체격과 힘에 무릎을 꿇으며 주저앉을 수밖에 없었다.

"기념으로 그 목을 깨끗이 잘라주지. 그리고 기억하마. 내 생애의 라이벌로 말이야. 영광인 줄 알아라."

생각해라, 로빈.

난 죽을 수 없어. 난 살아야 해. 기다리고 있어. 누가? 누구지? 누구지? 누구야? 왜 내가 살아야 하지? 왜 나는 죽기 싫은 거지?

"최소한 네가 그와 맞설 수 있는 게 뭘까 생각해 봐. 그것을 알게 되면 너는 최고의 산적이 될⋯⋯."

그래, 맞아. 내가 이겨야 하는 이유, 내가 살아남아야 하는 이유, 바로 그것은⋯⋯.

나는 바닥에 흩어져 있는 흙을 주먹으로 꽉 쥐고 그대로 칼에게 뿌렸다.

"크아앗! 이 비겁한 녀석이!"

가까스로 시야를 회복한 칼이 분노하며 검을 높이 들었다. 하지만 그 앞에는 이미 물맷돌의 끝과 끝을 잡고 아주 팽팽하게 끌어당긴 내가 있었다.

뭐야, 이건?

마치 그렇게 속으로 말하는 듯이 늘어나는 끈을 한 번도 본 적이 없는 칼은 놀란 듯 그 분노한 움직임이 잠깐 멈췄다.

"잘 싸웠다, 멍청아. 하지만 너의 가장 큰 실수는 나를 적으로 돌린 거였다. 나는 기념할 것도 없고 너를 기억도 하지 않겠다. 그리고 너는 내 생애에서 그냥 지나쳐 버린 머저리일 뿐이야!!"

조금 전 그 치욕스런 말을 그대로 돌려주며 힘껏 끌어당긴 자갈을 칼의 얼굴을 향해 놓자 늘어난 끈은 원래의 모습을 되찾았고 그 반동의 힘을 얻은 자갈은 엄청난 기세로 칼의 얼굴을 향해 날아갔다.

　콰직!!

　"아아악! 으아아아아아아아아아악!"

　믿을 수가 없는, 하지만 잔혹한 신음 소리가 들려온다.

　완전히 으깨져 흘러나온 왼쪽 안구와 꾸역꾸역 흘러나오는 피가 보인다. 그리고 칼이 쓰러졌다. 나의 목숨을 위협하던 사신을 나는 반대로 쓰러뜨렸다.

　생존의 기쁨, 승자의 환희, 어리지만 끓어오르는 전사의 피.

　"비겁하다는 말은 통하지 않아. 나는 약자니까. 또 가장 큰 장점이 바로 잔머리였거든."

　나 사나이 로빈. 오늘은 내 생애의 첫 번째 승전보를 올리는 날이었다.

　"정말 해낸 건가?"

　"이겼다. 젖비린내 나는 녀석이 청년대 대장 칼을?"

　제법 먼 거리에서 미리부터 자리를 잡고 은밀히 숨어서 지금까지 벌어진 일을 모두 본 그들조차 얼이 빠져 있을 지경이었다.

　칼의 검은 그들조차 쉽게 막을 수 없다고 생각이 들 만큼 섬광 같은 빠르기로 로빈을 공격했다. 당장 땅이 피로 물들어도 이상하지 않을 것만 같은 처절한 상황이 연속되어 벌어졌지만 끝내 웃음을 짓고 서 있는 자는 로빈이었다.

　지금까지 발동한 함정들과 돌을 던져 정확히 상대방을 처치해 나가는 실력, 그리고 온몸이 굳어져도 시원치 않았을 그 아찔한 순간 흙을 뿌려 모면을 하고 그것을 기회 삼아 역전에 성공한 로빈의 모습을 다시 떠올리자 절로 이마에 주름이 생겨났다.

나쁜 뜻은 아니다. 오히려 함정이나 조금 전의 상황에서 흙을 뿌리지 않았다면 지금 기절한 칼과는 달리 로빈은 저 세상으로 가 있을 게 분명할 테니까.

단지 그들이 이렇게까지 굳은 얼굴을 한 이유는 이제 고작 열 살짜리 아이가 지금 이 자리에 있는 그 누구보다 산적답고 또 산적다웠다는 것에 있었다.

텐텐 산에 터를 잡은 그들의 역사는 제법 오래되었다. 그리고 유능한 대장이 이끌어 나가면서 산채는 더욱 부흥하고 배를 곯지 않게 되자 어느새인가 늘어만 가는 것은 자존심이고 점점 훈련이나 산적질같이 귀찮은 일은 남들에게 미룬 채 그들은 길 값을 챙기기만 하거나 지나가는 장사치들에게서 돈을 뜯어낼 궁리만 하게 되었다.

그들은 잊어버렸다.

배를 곯지 않게 되자 왜 자신들이 배를 곯아야만 했는지 그 이유를.

이유? 그 이유는 바로 힘이 없기 때문이었다.

강한 귀족보다 힘이 약했기 때문에 그들은 자신들이 일 년 동안 힘들게 고생해서 노력한 수확물을 모두 빼앗기고 나무뿌리를 삶은 죽을 먹거나 심지어는 그것도 없어서 맹물을 끓여 마셔야만 했다.

그러다가 참지 못해서 가족과 함께 영지를 탈출하고 고생 끝에 이곳 텐텐 산의 산적이 되었거늘 배가 좀 부르고 따뜻한 곳에서 잠을 자게 되자 그 피눈물이 나오던 과거의 기억을 몽땅 잊어버린 것이다.

물론 그들을 탓할 일만은 아니었다. 굶주리다 굶어 죽은 제 자식을 땅에 묻어야만 했던 그 괴로웠던 과거. 차라리 잊을 수만 있다면 그보다 행복한 일이 어디 있겠는가? 그러나 그건 절대 잊어서는 안 되는 것이다.

'아픔을 기억하는 자는 강해진다. 망상에 젖어 있는 자는 도태해질 뿐' 이라고 두목은 피를 토하듯 외쳤지만 이미 도태해진 귀에는 아무런 소리도 들리지 않았다. 그러나 지금은 달랐다.

저 아이 로빈의 모습. 그것은 진정 산적이라는 말이 어울리는 자의 것이었다.

텐텐 산 산적의 진정한 모습이 과연 무엇일까? 산적도 인간이다. 칼에 찔리면 피가 나고 귀족들에게 건방지게 굴었다간 내장이 벽에 걸린 채 단두대로 향하게 된다. 하지만 그런 평범한 인간이지만 산에서만큼은 초인이 되어야 한다. 그 누구보다 빠르게 산을 누비며 산에서만큼은 그 어떤 적도 상대해 낸다. 손님들로부터 적당히 세금을 챙기고 그 대가로 그 산에서만큼은 안전을 보장해 주는 게 바로 텐텐 산의 산적들이었다.

돈 맛을 알고 훈련은커녕 뱃살만 늘어난 자신들과 이제 겨우 열 살이면서 청년들을 모두 전멸시킨 로빈. 과연 어느 쪽이 진짜 산적이라고 말할 수 있는가는 누가 봐도 뻔한 일이었다.

로빈이 일으킨 불은 점점 꺼져 가고 있었다. 아마도 애초에 번져서 대형 산불이 되지 않도록 어떤 장치를 해놓은 것이리라. 그들은 다시 한 번 더 감탄하며 움직이기 시작했다.

로빈이 청년대 대장 칼을 꺾었다.

이 믿을 수 없는 소식을 전해 들은 산채 사람들은 그만 모두 얼이 빠진 채 손에 쥐고 있던 구정물이 든 물통과 썩은 달걀 등을 그대로 바닥에 떨어뜨릴 수밖에 없었다.

대결의 승패가 알려진 이후 꽤 시간이 흘렀음에도 제일 먼저 달려나갔던 두령들이 돌아오지 않자 시간이 지날수록 더 더욱 궁금증은 커져만 갔다.

"에쎄, 넌 걱정도 안 되니?"

"이겼다는데 왜요?"

소피아와 다섯 살에서 스무 살가량의 다양한 나이 분포를 지닌 산채 처녀들은 모두 한가롭게 나물을 가리고 있는 에쎄에게 몰려들어 흥분한 듯 서로 이야기를 나누고 있었다. 대부분 첫마디는 에쎄에게 안도의 말을 건네는 것이었지만 그 누구도 로빈이 멀쩡하리라고는 생각조차 하지 않고 있었다.

"저기 말이야, 혹시라도 팔이나 혹은 다리 하나 정도는 잘려 있을 거라는 상상은 안 해봤어?"

"능력이 부족해서 그렇게 되었다면 그대로 살아야죠 뭐. 다 자기 팔자니까."

처녀들은 에쎄의 당연하다는 듯한 말에 모두 황당한 표정을 짓고 말았다.

"온다! 저기 두령들이 오고 있어!"

"와! 어디, 내가 먼저 볼 거야."

"꺄악! 꼬마 영웅의 귀환이야!"

방금 전까지 밤에 커놓은 횃불에 모여드는 하루살이만큼 모여 있던 수많은 인파가 빠져나가자 여전히 침착함을 유지하고 있는 에쎄와 소피아만이 남았다.

"응? 언니는 안 가세요?"

에쎄가 이상하다는 듯이 묻자 소피아는 귀신처럼 두 손으로 에쎄의 목을 살짝 잡았다.

"너, 솔직히 말해. 뭔가 숨기고 있는 거 있지? 아니면 그 꼬맹이는 절대 다치지 않았을 거라는 확신이라던가."

"그, 그런 거 없어요."

"아예 있다고 선전을 해라. 더듬긴. 가자. 사랑하는 네 남편이 돌아왔는데 아내가 가장 먼저 맞아줘야지."

"누가 그런 꼬마를 남편으로 인정하기나 한대요!"

얼굴을 붉히며 소리치자 소피아는 껄껄거리며 사내처럼 웃었다. 그 모습에서 역시 쇠수레 딸이라는 느낌을 강하게 받을 수 있었다.

"알고 있니? 이미 산채에 네가 로빈을 좋아하고 있다는 소문이 쫘악 퍼진 거 말이야."

"언니이!"

"그래그래, 영계 좋아하는 거야 다 똑같지 뭐. 그걸 가지고 욕하는 사람 있으면 부러우면 너희들도 영계를 잡으라고 말해. 자, 우선 가고 보자."

그렇게 소피아는 난리를 치는 에쎄를 겨우 달래면서 간신히 간신히 완력으로 끌고 갔다.

그것은 두 번 다시는 볼 수 없을 만큼 암담한 모습이었다.

밧줄에 손이 묶인 채 한 줄로 끌려오고 있는 청년대원들은 모두 하나같이 온몸에 분노를 가득 묻힌 상태였고, 그 모습은 가히 배를 잡고 웃기에 충분했다.

하지만 얼마 못 가 그들의 모습을 더 자세히 볼 수 있게 되자 그 웃음은 점점 사라지기 시작했다. 왜냐하면 그들의 몸에 난 상처의 흔적을 볼 수 있게 된 것이다.

"자자, 거기 비켜요. 먼저 부상자들부터 옮기고."

도대체 여기 이들 말고 부상자가 어디에 있단 말인가? 부목을 하고 있는 자가 전체의 반이고 붕대를 돌돌 감고 그 위로 붉은 피의 흔적이 훤히 드러나는 자가 나머지 절반이었다.

하지만 그 의문은 곧 들것에 의해 실려서 오는 진짜 부상자들의 모습을 보는 순간 바로 이해할 수 있었다.

실려오는 이들에 비하면 방금 언급한 이들은 명함도 내밀 수 없었다.

도대체 어떻게 당하면 저렇게 되는 것일까? 하나같이 자신의 피로 새빨갛게 물든 붕대를 감고 있지 않은 자가 없었으며 그들의 몰골은 마치 오래 쓰다 버린 걸레처럼 형편없는 거지 꼴로 신음 소리를 내며 실려오고 있었다. 특히 그중 몇몇은 실은 인간이 아니라 사지가 부러진 목각 인형이 아닐까 하는 생각이 들 정도의 끔찍한 모습으로 곧장 산채에서 가장 넓은 회관으로 이동했다.

"자, 잠깐. 이 사람들, 로빈과 싸운 거 맞지?"

"그랬던… 것 같은데?"

그제야 하나둘 의문이 생기기 시작했다. 이들이 정말 로빈과 싸운 게 맞는지 의문이 든 것이다.

로빈이 무슨 애들 동화책에서 나오는 용을 잡는 용사도 아니고 무슨 힘이 있어서 고작 열 살짜리 애가 제 나이보다 훨씬 많은 이들을 상대로 이렇게 완전히 뭉개 버렸단 말인가?

"저, 저기 좀 봐."

한 남자가 손을 가리킨 곳으로 수레가 들어오고 있었다. 그곳에는 여러 명의 청년대원들이 포개진 채 누워 있었는데 아무런 신음 소리도 내지 않는 걸 보아 정신을 이미 잃은 이들인 것 같다. 하지만 그중 가장 윗부분에 아주 눈에 띄는 이가 기절해 있었다.

"칼이다!"

"뭐야? 진짜 칼이잖아! 세상에 한쪽 눈을 완전히 잃었어!"

"그럼 정말 진 거야?"

놀람이 교차하고 의문이 가시지 않는 그 뒤로 수레가 지나가자 쇠수레 두령과 함께 걸어오고 있는 로빈의 모습이 보였다.

로빈 역시 정상이라고는 볼 수 없었다. 칼과 싸울 때 몇 번이고 땅을 굴렀기 때문인지 옷은 흙투성이였고 특히 피가 잔뜩 묻은 수건으로 얼굴을 감싸고 있어서 그런지 그 모습은 왠지 살벌하기 그지없었다.

"어이, 로빈!"

씩씩한 목소리와 함께 인파를 뚫고 소피아가 나타났다. 그리고 그녀의 손은 누군가의 팔을 끌어당기고 있었다. 에쎄였다.

"뭐야, 그 천은?"

뭔가 감동적인 재회를 기대했던 소피아는 퉁명스럽기 그지없는 에쎄의 말에 배신감을 느꼈지만 로빈은 별 상관이 없는 듯 담담하게 대꾸했다.

"아, 이거? 별거 아냐. 검에 베였는데 피가 많이 흘러내려서 지혈하는 중이야. 이젠 괜찮으려나?"

로빈이 수건을 내리자 그곳에는 코 옆에서부터 턱 밑까지 내리그어진 한눈에 보이는 상처가 자리잡고 있었다.

"누, 누가 이런?"

저도 모르게 언성을 높인 에쎄는 금방 자신의 두 손으로 입을 막았지만 이미 늦었다. 주위에는 음흉한 미소로 에쎄를 바라보는 사람들로 넘쳐흘렀고, 이런 태도에서 그녀의 마음을 읽지 못하는 자는 로빈 같은 어린애뿐이었다.

"그래도 칼 한쪽 눈을 내가 빼앗았어. 그러니깐 샘샘이야."

"오오오오!"

로빈의 말에 대답을 한 것은 에쎄가 아닌 산채 사람들이었다. 그들은 로빈의 입에서부터 자신이 칼을 쓰러뜨렸다는 말이 나오자 그만 저도 모르게 감탄을 터뜨린 것이다.

"아, 맞아. 후드 잘 썼어. 그리고 아마 끝내고 온 것 같아."

에쎄는 자신을 위해 노력해 준 작은 아이를 이 순간만큼은 꼭 안아주고 싶은 생각에 빠졌지만 체면상 보는 눈이 많아서 그것은 생략하기로 마음먹었다.

"수고했어, 로빈."

에쎄의 말에 로빈은 밝게 웃음을 지었다. 마치 그 한마디에 지금껏 고생한 것을 충분히 보상 받기라도 한 듯 말이다.

해가 지고 밤이 찾아왔다.

두령들을 통해 로빈이 청년대를 쓰러뜨린 이야기가 전해지자 사람들은 모두 놀람을 금치 못했다. 그리고 곧 이어지는 로빈을 산채의 소두목으로 삼는다는 소식에 다시금 커다란 잔치판이 벌어졌다.

"자자, 마셔. 우리 꼬마 영웅도 얼마든지 마시라고."

"헤에, 나 정말 술 마셔도 돼?"

"그럼, 물론이지. 비록 나이는 어리지만 넌 훌륭한 어른이라는 것을 증명했단다, 로빈. 크하하하!"

쇠수레 두령의 말에 나는 드디어 술을 먹어보는구나 하고 속으로 쾌재를 부르며 잔에 든 술을 한 번에 들이켰다.

"우엑, 맛없어. 말도 안 돼. 이런 걸 매번 마시면서 좋다고 웃는 거야? 어른이라는 거 전부 제정신이야?"

그 괴이한 맛에 나는 입 안에 들어 있는 내용물을 그대로 푸욷 하고 뱉어버렸다. 그러자 뭐가 그렇게 웃긴지 주위에 있던 이들 모두가 배를 잡고 바닥을 뒹굴며 웃었다. 괜히 그 모습에 기분이 뚱해진 나는 얼른 일어나서 내 부하들이 있는 곳을 찾기 시작했다.

"응? 에쎄?"

우연히 내가 쳐다본 곳에는 혼자서 산채를 빠져나가고 있는 에쎄의 뒷모습이 보였다. 다들 신나게 먹고 놀고 있는데 혼자서 어딜 가는 걸까? 나는 왠지 호기심에 그녀의 뒤를 밟기 시작했다. 에쎄가 향한 곳은 정말 의아스럽게도 나의 비밀 기지이자 근 십 일간 칼을 쓰러뜨리기 위해 특훈의 특훈을 거듭했던 바로 그곳이었다.

도대체 그녀는 왜 이곳에 온 걸까? 그 질문에 곰곰이 생각하고 있을 무렵 막 엄마나무에 기대앉은 에쎄의 입에서 작은 노랫소리가 들려오기 시작했다.

이 노래를 듣는 것은 지금이 처음이지만 나는 이 노래를 알고 있는 것 같은 기분이 들었다. 좀 더 제대로 들으면 알 수 있을까? 최대한 몸을 갈대에 숨기며 나는 조심조심 에쎄가 있는 곳으로 다가갔다.

"…당신께 내 모든 걸 주고 싶어. 아파하지 말아요. 나는 여기 있으니까. 그대를 닮은 이 하얀 장미를……."

갑자기 노래가 멈췄다. 하지만 어째서 나는 그 노래의 뒷 가사를 아는 것일까?

"더 안 불러?"

"응, 오늘은 여기까지만이야."

에쎄는 내가 있다는 것을 이미 알고 있었다는 듯 아무렇지도 않게 대답했다.

"그런가? 좀 더 듣고 싶었는데. 내가 지금껏 들은 노래 중에서 가장 훌륭했어."

"네가 들어본 노래라고는 대개 두령들이 술에 취해 부르는 소음이었으니 당연한 일이겠지만서도 뭐, 칭찬은 고마워."

읍, 젠장, 또 이런다. 왜 저 마녀가 이렇게 예뻐 보이는 거야, 젠장. 최대한 침착하자. 그래, 침착, 침착.

"노래, 좀 더 듣고 싶은데 안 불러줄 거야?"

"미안. 혼자 있을 때는 종종 부르지만 누가 듣고 있다는 것을 알면 엄청 부끄럽거든."

쩝, 그런가? 뭐, 남이 하기 싫다는 걸 억지로 해달라고 할 수는 없는 법이니.

"그럼 가끔씩 내가 잘 때 불러주는 건 어때? 애초에 자장가니까 들어주는 사람이 없으면 노래도 무척 실망할 거라고."

"후훗, 그래? 어? 로빈, 이 노래가 자장가라는 거 어떻게 알았어?"

에쎄가 두 눈을 동그랗게 뜨고 놀란 목소리로 나에게 말했다. 에? 어떻게 알았냐니? 그거야 나도 모르는걸?

"대충 변명할 생각은 하지 마. 하여튼 속마음이 얼굴에 다 나타난다니까. 무엇보다 이 노래를 처음 들은 사람은 모두 러브송이라고 생각하는 가사란 말이야. 우연히 자장가라고 생각하는 일은 결코 있을 수 없어."

"그래도 왠지 모르겠지만 나는 그 노래를 알고 있었는걸. 그보다 그런 걸 왜 물어보는 거야?"

에쎄는 크게 숨을 들이켰다.

"나도 너와 같은 고아지만 실은 나 어렸을 적의 기억이 하나도 없어."

기억이 없다는 건 기억상실증이라는 건가?

"하지만 유일하게 기억하고 있는 노래가 바로 이거야. 내가 즐겨 불렀다는 거랑 자장가라는 것. 이 두 개만이 어렴풋이 떠올랐어. 그렇지만 겨우 이 노래를 알고 있는 사람을 만났다고 생각했더니 이거 꽝이 잖아."

"꽝이라서 미안하네요."

내가 그렇게 심통 내며 말하자 에쎄는 어깨를 으쓱거리며 웃었다. 나는 그 자태에 이끌려 그만 나 스스로도 믿어지지 않는 엄청난 말을 내뱉고 말았다.

"최근에 와서 쭉 생각이 들었는데 너, 나 좋아하지?"

그리고 깊은 침묵이 흘렀다.

으아아악! 내가 미쳐도 단단히 미쳤어.

무슨 배짱으로 저 마녀에게 이런 말을 지껄인 거야?

설마 피를 많이 흘린 후유증으로 내 머리가 어떻게 된 거 아냐? 보복 당한다. 기필코 보복당할 거야. 아침에 일어나면 내 몸은 침대에 사지가 묶여 있겠지. 그리고 아침 식사라면서 살아 있는 개구리를 억지로 삼키게 할 거야. 으아악! 제발 살려줘요!

"…응."

"으아아아악! 미안! 잘못했어! 부디 용서해 줘… 가 아니라… 지금 뭐라고?"

잘못 들었을까?

믿기지 않는다는 듯한 표정으로 고개를 올린 그곳에는 아름다운 천사가 두 손으로 무릎을 안고서 나를 향해 미소를 짓고 있었다.

"응. 엄청 좋아해."

안 돼!! 나는 개그 캐릭터란 말이다!! 이런 반응에는 당연히 쩌적 하고 금이 가거나 온몸이 닭살과 함께 푸르게 변하면서 공포에 떨어야 하거늘. 으악! 내가 무슨 로맨스물의 주인공도 아니고 발그레라니! 발그레라니!

상상 속에서 내가 땅을 치며 통곡을 하든 말든 현실의 나는 그 모습에 숨이 막힐 듯 눈을 떼지 못하고 바라만 보고 있었다. 쑥스러워하면서도 당당한 저 모습은 사랑스럽기 짝이 없으며 동시에 그녀의 등 뒤로 은은한 빛을 뿌려주는 만월의 달빛은 그녀를 더욱더 성스럽고 기품 있는 여신으로 만들어주었다.

이 사건 이후 청년대는 로빈의 직속 부하들로 임명받게 되었다. 속마음이야 어쨌든 대놓고 불만을 터뜨리는 이는 단 한 명도 없었다.

칼이 깨어난 것은 삼 일이 지나서였다. 한쪽 눈을 붕대로 감고 나타난 그는 에쎄에게 사랑한다는 말을 남기고 그대로 산채를 떠났다.

한동안 산채를 떠들썩하게 했던 삼각관계의 결말은 그렇게 끝이 나는 듯 보였다.

그리고 삼 년이라는 세월이 흘렀다.

제4장
세라스의 반지

세
라
스
의
반
지

밥벌레.

그것은 산채에 있으면서도 어떠한 이유로 산적질을 하지 못하는 산
적을 싸잡아서 깎아내리기 위해 부르는 칭호였다.

그들은 대개 남들이 하기 싫어하는 궂은일이나 혹은 여인들이 채집
이나 빨래를 목적으로 산채에 나갈 때 일손을 거들어주면서 혹시 불순
한 마음을 먹은 패거리나 몬스터들로부터 망을 서주는 역할을 맡는다.

여기 있던 한 중년의 사내도 밥벌레라고 불리는 사람 중 하나였다.

"빨리 도망쳐! 오크다! 오크가 나타났……!"

숲에서부터 사내가 힘껏 외쳤지만 이내 무언가가 쩌적 하고 반으로
쪼개지는 소리가 나더니 더 이상 사내의 목소리는 들려오지 않았다.
그리고 곧바로 숲 속에서 피가 묻은 도끼를 든 오크들이 하나둘 사냥
감을 향해 다가가고 있었다.

"꺄아아악!"

비명을 지르며 산채의 젊은 아가씨들은 자신들이 하던 빨래를 모두 냇가에 내팽개치고 도망치려 했지만 이미 냇가는 이십여 마리로 보이는 오크들로부터 포위가 된 뒤였다.

"시, 신이시여, 제발 저희를 도와주세요."

"엄마, 어떡해… 흑흑……."

그들은 잔인하면서도 또한 어른 두 명이 한 마리를 상대할 정도로 강한 몬스터였다.

그 흉측한 외모와 죽이고 먹는 것밖에 모르는 난폭함에 목숨을 잃은 산채의 남자들도 부지기수. 하지만 그들로 하여금 가장 악명을 떨치게 하는 것은 바로 약탈에 있었다. 그것도 식량이 아닌 여자 약탈.

오크는 종족의 특성상 암컷의 개체가 적었다. 대신 그 암컷이 한 번에 여러 마리의 새끼를 친다지만 그중에서도 암컷이 태어나는 확률은 극히 희박했다. 그것은 하이에나를 능가하는 끈질김과 잔혹성, 그리고 동족마저 먹어버리는 식탐을 지니고 있는 그들에게 내려진 하늘의 벌이었다. 그래서 매번 제 짝은커녕 성욕조차 풀기 힘든 그들은 다른 몬스터들의 암컷은 물론이고 인어나 드라이어드—나무의 정령—심지어 엘프나 인간의 여자들조차 납치해서 자신들의 새끼를 갖도록 만들었다. 그중에서 피해가 가장 큰 종족은 당연히 수가 많은 인간들이었다.

그들의 눈은 벌써부터 붉게 달아오르고 있었고 제대로 가리지도 않은 하반신에서는 터질 것같이 단단하게 치솟은 성기가 훤히 드러나 있었다. 아직 나이는 어리지만 이미 어른들로부터 성이라는 게 무엇인지 배운 정신적으로 성숙한 소녀들이었기에 그들이 자신에게 무슨 짓을 저지르려고 하는지를 본능적으로 알 수 있었다.

"인간 암컷이다! 꾸룩꾸룩!"

"취이익! 운이 좋다! 취익!"

그것들은 냄새 나는 누런 이빨로 웃음을 짓는 듯 괴이한 표정으로 그녀들에게 점점 다가오기 시작했다. 그리 가까이 오지도 않았는데 벌써부터 맡아지는 고약한 악취로 코가 썩을 것만 같았다.

"흑흑흑……."

그녀들을 보호하기 위해 있던 남자는 이미 죽었다. 그리고 도망을 가자니 포위망은 이제 더 이상 굳건해지지 않을 정도로 단단해진 뒤. 이제 남은 것은 절망밖에 없었다.

그때였다.

"꿰에에에엑!"

돼지 멱 따는 비명 소리와 함께 검붉은색의 피가 대지를 적시면서 한 청년이 보였다. 그의 생김새는 유약하기 짝이 없다. 몸은 삐쩍 말라빠졌으며 선천적으로 겁이 많은 탓인지 안색이 새하얗게 변한 게 마치 화장한 여인네로 착각할 정도였다. 하지만 그럼에도 불구하고 청년은 물러서지 않았다.

"린드 오빠!"

우연히 그의 이름을 알고 있는 한 소녀가 기쁨을 감추지 못하며 크게 외쳤다.

청년은 속으로 평소에 아는 척도 안 해주던 소녀들이 자신의 이름을 부르고 또 뒤에 오빠라는 칭호까지 붙이자 잠깐 기분이 좋아졌지만 아직도 그의 앞에는 스무 마리가량의 오크가 살기를 띤 눈으로 자신을 바라보고 있었기에 마냥 들떠 있을 수가 없었다. 오크들은 하나하나가 타고난 전투 종족이면서도 집단 행동을 하는 아주 드문 케이스에 속했다. 그리고 그 말은 연합 공격에 매우 능숙하다는 말이기도 했다.

"쿠아아아아앙!"

거대한 고함 소리에 찔끔 놀란 순간 오크들은 린드를 향해 미친 듯이 달려들었다.

꿀꺽.

침을 삼켰음에도 불구하고 여전히 목은 찜찜했다. 오크들의 돌격은 땅을 울리고 산을 뒤흔든다는 생각이 들 정도로 무시무시한 것이었다.

"지금이야!"

피휘이이이힉!

린드가 외치자 어디선가부터 매서운 파공음과 함께 무엇인가가 가장 앞서 오던 한 오크의 머리를 그대로 관통했다.

한순간에 즉사한 오크는 요란한 소리를 내며 넘어졌고 그 덕분에 뒤따라오던 모든 오크들의 돌진이 멈추었다.

"쿠륵쿠륵! 뭐냐?"

오크들도 놀란 듯 그 시체를 바라보자 그곳에는 화살 하나가 절반이 넘게 머리를 관통하고 있는 게 보였다.

그게 바로 불행의 시작이었다.

피휘이이이힉!

시간의 차가 거의 나지 않을 만큼 세 개의 화살이 날아와 거의 동시에 정확히 세 마리 오크의 머리, 눈, 심장에 차례대로 박히며 그대로 죽음을 맞이하고 말았다.

"꾸륵꾸륵! 인간들이다!"

"취익! 도망… 취익, 가자!"

오크들은 복병이 숨겨져 있다는 것을 알아채고 훈련된 병사들처럼 재빠르게 후퇴하기 시작했지만 화살은 소름이 돋을 정도로 정확하고 집요하게 그들의 급소를 노렸다. 끝내 소녀들의 시야에서 사라지게 될 쯤 도망갈 수 있었던 것은 일곱 마리에 불과했다.

"사, 살았다. 어른들이 왔어."

"흑흑, 흐에에엥."

린드는 자신의 동생뻘 되는 소녀들이 안도감에 울음을 터뜨리자 잘 참아냈다고 다독여 주고 싶었지만 그것보다 먼저 칭찬해야 할 이가 있었다.

"휴우, 힘들어 죽는 줄 알았네. 형, 전부 괜찮아? 누구 다친 애들은 없고?"

아직 장난기가 남아 있는 듯한 남자 아이의 목소리와 함께 나무에서 누군가가 툭 뛰어내렸다. 나이로 보나 외모로 보나 이제 갓 열세 살 정도로 보이는 어린 소년이었다.

"잘했어. 실력이 더 좋아진 것 같아. 그 정도면 두목님에게 합격점을 받겠는데?"

"으엑! 이걸 또 하라고? 난 지금 팔이 아파서 죽을 지경이야. 애초에 화살 세 발을 연달아서 날릴 수 있는 인간이 그런 괴물 같은 사람들 말고 어디에 있어?"

나무에 가려져 있던 아이가 투덜거리면서 걸어나오자 그녀들은 잠깐 우는 것을 멈추고 자신들의 목숨을 구해준 두 사람, 특히 그녀들에 비하면 이제 아저씨나 다름없는 린드를 제외한 소년 쪽을 향해 몽롱한 눈빛으로 쳐다보고 있었다.

그 소년은 특이하게도 허리에는 비어 있는 검집과 한 손에는 활이 들려 있었고 등에는 텅텅 비어 있는 시복—화살집—을 메고 있었다.

산채에서 무장은 어른들에게만 허락이 되었다. 하지만 어린아이가 들고 있는 검이나 활은 아무리 봐도 그 아이 전용으로 만들어진 것으로 보이자 왠지 보통 아이가 아니라는 느낌이 들었다.

"저, 저기 다른 어른들은?"

소녀들 중에서 가장 나이가 많은 리더 격인 그녀가 정신을 차리고 물었다. 그리고 날아오는 대답에 그들은 전부 놀랄 수밖에 없었다.

"아, 로빈이랑 나뿐이야. 어른들을 부르러 간 사이 너희들이 위험해지는 것보다는 그 편이 훨씬 나을 것 같아서. 미안하구나. 좀 더 빨리 도와줬어야 했는데. 많이 놀랐지?"

"가, 감사합니, 흑, 다. 흑."

린드가 그 특유의 자상함으로 소녀들에게 말하자 그녀들은 감동을 받으면서 지금까지 린드를 밥벌레 중 한 사람이라고 우습게 본 자신들이 무척 창피했다.

'자, 잠깐. 로빈이라면……'

한 소녀가 로빈이라는 말에 기억을 떠올려 보았다. 왼뺨에 새겨진 상처와 어린아이, 그리고 로빈이라는 단어가 마치 퍼즐처럼 차례대로 맞아떨어가자 그녀는 떨리는 목소리로 물었다.

"호, 혹시 로, 로빈 소두목님이세요?"

"응, 맞아. 왜?"

그 말에 소녀들은 믿을 수 없다는 듯 모두 속으로 비명을 지르고 말았다. 왜냐하면 소녀들에게 있어 로빈은 삼 년 전 자신의 여인을 지키기 위해 오십 명이 넘는 이들과 결투를 해서 이긴 소설 속에서나 등장할 법한 영웅이었기 때문이다. 그런 로빈을 만나 도움을 받고 또 이렇게 이야기를 하고 있다는 것을 알게 되었으니 길을 가다가 우연히 일

확천금을 얻었다 해도 이만큼 기쁠 수 있을까. 적어도 그녀들은 지금 자신들이 까무러치지 않은 것에 대해 하늘에 감사하고 또 감사했다.

때는 화창하기 그지없는 봄. 푸른 나무들이 봄바람에 살랑일 때마다 따스한 햇살이 움직이고 있는 마차 안으로 들어왔다.

리켈푸스 맥시온. 제국의 큰손이라 불리우는 리켈푸스는 별명 그대로, 아니, 별명을 넘어서 제국뿐 아니라 대륙의 모든 상줄을 휘어잡을 수 있는 능력을 지닌 리켈푸스 상단의 주인이었다.

흔히 사람들은 부자들을 나쁘게 보는 경향이 있다. 여러 가지 이유가 있겠지만 단순히 정직하고 착실하게 살아서는 큰돈을 벌 수 없다는 것이 대부분의 생각이기 때문이다. 남을 믿으면 몰래 다가와 코 베어 가는 세상 인심이다. 그 속에서 리켈푸스 상회는 오직 정직과 신용만으로 부를 쌓아왔다.

그 부는 하루아침에 이루어진 것이 아니었다. 리켈푸스 상단은 제국의 역사와 함께 시작했다는 말이 있을 정도로 그 역사가 오래되었으며 중간 중간 상단의 존재가 사라질 뻔한 위기 역시 수도 없이 많았다. 그럼에도 불구하고 리켈푸스 상단은 끝내 살아남았고 손자의 손자의 대로 물려오면서 결국 현 13대 리켈푸스 맥시온의 대에 와서야 대륙의 상계를 지배하는 상회가 이루어진 것이다.

리켈푸스 13세는 현명한 사람이었다.

그는 욕심이 없었으며 무엇보다 독점이라는 단어 자체를 싫어했다. 천문학적인 부를 손에 넣고도 언제나 소박한 생활과 금욕주의적 생활을 즐기는 인물로도 알려져 있다. 또 절대 먼저 나서지 않는 것으로 유명한 그는 단 한 번 산적 친구가 있는 것을 유난히도 자랑한 적이 있었고, 이런 기행은 주변 사람들을 골치 아프게 만들면서도 동시에 리켈푸스에게 한없이 빠져들게 만들었다.

달그락달그락달그락.

마차 안에서 독서를 잠시 즐기고 있던 리켈푸스는 창문을 열어 밖을 바라보았다.

어느새 깊은 숲 속으로 들어왔지만 마차의 흔들림은 크게 느껴지지 않았다. 바로 그가 딱 한 번 자랑을 했다는 그 친구가 이 깊은 산속에 남몰래 길을 닦아놓았기 때문이다.

사람들은 언제나 자신을 보고 기인이라 수군거렸지만 스스로 생각하기에 그는 자신의 친구에 비하면 새 발의 피에 불과했다.

텐텐 산맥은 프하이엄 제국은 물론 미들랜드 왕국, 코롬 왕국, 호더 왕국, 신성왕국에까지 이어져 있는 서대륙의 심장이라고 불리는 곳이었다.

거대 산맥은 그 역할과 자원으로서의 그 의미가 아주 컸다. 길을 닦으면 그 통행료만으로도 부를 쌓는 데 크게 기여할 상품이 될 수 있으며 어디에 각종 광맥들이 숨겨져 있을지 모르는 일이었다. 그러나 과거 인간들이 영토를 넓히던 사이 자신들의 고향을 잃은 몬스터들이 이 텐텐 산맥으로 몰려들며 텐텐 산맥은 하나의 거대한 몬스터의 땅이 되어 있었다.

호더 왕국도 미들랜드 왕국도, 심지어 제국조차도 몇 번이고 토벌전을 벌였으나 어느 누구 하나 성공을 거두지 못하고 몬스터에게 죽임을 당하거나 겨우 목숨만 살아서 도망쳐야 했다. '몬스터 랜드의 몬스터들은 보통 몬스터들과는 차원이 다르다' 이것이 살아 돌아온 이들이 유일하게 할 수 있는 말이었다. 그런 텐텐 산을 이 보잘것없는 산적 무리가 간 크게 길을 만들었고 또 자신들만이 사용할 수 있도록 복잡하게 미로처럼 만들어 각 나라마다 옮겨갈 수 있는 최단 루트의 핫라인을 만들어 버렸다. 만약 이것을 각 나라의 수뇌부들이 알게 된다면 개거품을 물고 쓰러질 일이 아닐 수 없었다.

"후후후, 그때 참으로 놀랐지. 암, 돈을 버는 일이라면 세상 그 누구도 따라올 수 없을 거라고 자부하던 나조차 감을 못 잡고 있었으니. 참으로 엉뚱하면서 대단한 친구야."

이히히힝!

덜컹덜컹!

갑자기 놀란 말의 울음소리와 함께 다급한 목소리가 교차하기 시작했다. 무슨 일이냐고 물어볼 때 마침 문이 거칠게 열리면서 서기관이 얼굴을 내밀었다.

"큰일났습니다, 리켈푸스님! 리자드맨입니다! 어서 도망치십……! 컥!"

말을 다 마치지 못하고 그대로 상반신이 마차 안으로 엎어진 서기관의 등에는 숏 소드가 깊게 꽂혀 있었다.

심장을 향하지는 않았으나 갑자기 정신을 잃은 것은 아마 숏 소드에 발라진 마비독 때문일 것이다.

리켈푸스가 얼른 쓰러진 서기관을 마차 안으로 당기고 있을 때 앞으로 검은 그림자가 드리워졌다.

"늙.은. 인.간.이.다."

미묘한 파충류 특유의 음성과 함께 리켈푸스의 몸은 단번에 붕 떠올라 밖으로 내팽개쳐지고 말았다.

"으어어어엇! 크윽!"

정신을 얼른 차리고 주위를 바라보았다. 마부는 이미 죽은 듯 바닥에 피가 홍건했으며 용병 두 사람 역시 마비독에 당한 듯 부들부들 떨면서 바닥에 쓰러져 있었다.

어떻게 된 것일까? 그의 눈앞에는 거짓이 아니라는 듯 네 마리의 리자드맨이 두 다리로 땅을 밟고 서 있었다.

"인.간. 원.한.은. 없.으.나. 죽.어.라."

"전.사.의. 눈.물.로. 애.도.하.겠.다."

리자드맨은 강하지만 결코 먼저 습격하는 일이 없었다. 하지만 지금 여기 있는 다섯의 리자드맨은 마치 마족처럼 시뻘건 눈으로 기괴한 안광을 뿌리며 피를 탐내고 있었다.

여기서 죽는 것일까?

피히히히히힝!

그 순간 파공음이 들리며 하나의 화살이 정확히 리켈푸스를 죽이려고 막 숏 소드를 들어 올린 리자드맨의 오른쪽 눈에 꽂혔다.

"끼에에에에에에에엑!"

"적.이.다."

리켈푸스는 안도하며 자신의 목숨을 구해준 은인을 바라보았다.

"오늘 저녁은 도마뱀 구이인가? 배탈 나겠는데?"

그곳에는 들으라는 듯이 말을 하고 있는 한 열세 살 정도의 어린아이가 서 있었다.

'설마 저 아이가 방금 이 활을 쏘았단 말인가' 라고 의문을 가진 순간 곧바로 답변이 이어졌다.

한 번, 그리고 두 번. 두 번 연속 잇달아 날아온 활이 괴로움에 날뛰고 있는 리자드맨의 코와 입을 다시 한 번 더 정확히 꿰뚫었다.

놀라운 솜씨. 활을 쏘는 저 실력만큼은 이미 어른조차 당해낼 수 없는 경지에 오른 아이였다.

"동.족. 죽.인. 어.린. 인.간. 죽.여.라."

"끼에에에에에엑!"

귀를 틀어막고 싶은 따가운 소리를 내며 명령을 내린 리더 격인 이를 제외한 세 마리의 리자드맨이 달려들었다.

"로빈 가라사대, 모습을 보인 궁사를 의심해라. 알간?"

미동이라고까지 불려도 손색없을 아이가 마치 악마처럼 웃음을 지었다.

동시에 리자드맨들의 숏 소드가 당장 저 작은 아이의 몸을 해체할 것 같은 순간 나무와 숲이 흔들리며 그 속에서 다섯 개의 검은 그림자가 솟아 나왔다.

푸식! 푸숙! 파아앗!

다섯 명의 청년, 그리고 리자드맨의 등에서 배를 뚫고 나온 즉석에서 만든 듯한 목창의 모습이 보였다. 그 광경에 자신도 모르게 리켈푸스는 주먹을 꽉 쥐었다.

그들의 피는 땅을 충분히 적시고 있었으며 흘러내린 액체와 함께 전사로서의 영혼도 땅으로 되돌아갈 것이다.

"공부가 좀 되셨나? 항상 말하는 거지만 어깨 위에 있는 건 장식품이 아냐."

"치.사.하.다. 어.린. 인.간. 부.끄.러.운. 줄. 알.아.라."

아이는 미소를 지으며 어깨를 으쓱거렸다.

"에이, 서로 죽고 죽이는데 그런 게 어디 있어? 또 난 살아남는 게 강한 자라고 배웠는데 어쩌지?"

"너.를. 죽.여. 전.사.의. 혼.을. 달.래.겠.다."

"호오? 그래? 꼬치구이가 된 이 도마뱀들의 원수를 갚겠다면 어쩔 수 없지."

아이는 명백히 리자드맨을 도발하는 것처럼 말하며 허리에 차고 있던 검을 길게 뽑아 들었다. 크기로만 치자면 숏 소드의 1.5배 정도. 하지만 아이의 몸에 비할 때 그것은 명백히 롱 소드라 볼 수 있었다.

"차아아앗! 차아차아!"

예리한 기합 소리와 함께 리자드맨의 목 주위에 있는 비늘이 성이 난 듯 날카롭게 세워졌다.

"헤에? 뼈대있는 집안에서 태어나셨나 봐? 평범한 도마뱀이 아니라 목도리 도마뱀이었잖아?"

"끼에에에에엑!"

말이 필요없다는 듯이 리자드맨은 덤벼들었다. 허리 아래에서부터 머리를 대각선으로 가르는 일섬이 번쩍였다. 아이는 그것을 간발의 차이로 바닥에 주저앉아 버리듯이 피했다. 동료를 잃은 리자드맨의 공격은 필요 이상으로 냉정하고 집요했다.

긴 팔과 숏 소드를 이용한 현란한 공격은 단 몇 초 만에 제대로 공격당했으면 이미 아홉 번은 죽었을 만큼 맹렬했다.

휙! 번쩍! 챙강!

처음으로 아이의 검과 리자드맨의 검이 부딪쳤다. 그 순간 아이는 도망치듯 뒤로 물러났고 역시나 리자드맨은 곧바로 공격을 이어왔다.

이것은 검의 길이의 문제가 아니라 검을 쓰는 자의 숙련도 탓이었다.

달인끼리의 싸움에서는 검의 길이나 무기의 영향은 큰 차이가 없다.

아니, 달인 스스로가 단점을 없애거나 장점으로 승화시킨다는 표현이 맞을 터. 그러나 분명히 실력 차가 있는 자들 간의 싸움에서는 하수의 무기는 단점만이 보이게 된다.

검을 부딪친 순간 리자드맨의 무기가 아이의 검을 타고 올라 손목을 노리려고 했고, 아이는 그것을 깨닫고 뒤로 점프하듯 물러섰다.

"후우! 후우! 후우! 후우!"

당장 심장이 입 밖으로 튀어나올 것처럼 허덕이는 심장과 거친 호흡을 최대한 숨기려는 듯 이상한 작은 숨소리와 작은 몸이 들쑥날쑥 움직이고 있었지만 그것은 숨기려고 해도 참는 것만으로 숨길 수 있는 게 아니었다.

전투의 긴장과 몇 번이나 죽을 고비를 넘긴 터라 그 정신력은 상당히 소모했음은 물론 적에게 숨결조차 드러내고 있다는 것은 이미 적이 자신을 압도하고 있다는 증거였다.

그리고 상대는 야생의 유사 인간. 원숭이 이상의 지능을 가지고 있는 만큼 싸우는 상대의 숨소리가 이리도 크다는 것이 어떤 상황인지 모르는 얼간이가 아니었다.

리자드맨은 검을 끌어들였다가 화살을 쏘듯 그 긴 팔로 쭉 내밀며 아이에게 힘껏 달려들었다. 아마도 자신있는 회심의 공격일 터. 하지만 아이에게는 아직 마지막 변수가 남아 있었다.

"맥스!"

아이의 외침을 듣고 리자드맨의 얼굴에 살짝 의아함이 생겨날 무렵 머리로부터 내리꽂듯이 날아오는 한줄기의 빛이 있었다.

푸욱! 파아아앗!

높은 나무에서 뛰어내리며 무게를 실은 공격에 제아무리 비늘과 두

거운 두개골도 견디지 못하고 머리가 박살나며 창이 그 턱까지 뚫어버렸다.

"후아, 진짜 죽는 줄 알았네. 우습게 봤는데 무지 세잖아?"

아이의 발밑으로 간간이 경련을 일으키며 죽어가고 있는 리자드맨의 시체를 바라보며 아주 나지막하게 중얼거렸다.

"아직은 약하니까, 약한 걸 아니까 정정당당한 싸움 같은 건 못해. 하지만 잔머리라는 것도 내 힘의 일부였단 걸 알아줬으면 좋겠어. 언젠간 전사의 혼을 증명해 보일 멋진 전사가 될 테니까 편히 쉬어."

그 말을 끝으로 털썩 주저앉은 아이에게 어느새 나타난 한 소년과 좀 전의 청년들이 모여들었다. 아이는 일으켜 주려는 그들의 부축을 모두 마다하고 스스로 일어나서 비틀비틀 걸으면서도 겨우 내게 다가와 말했다.

"안녕! 영감이 리켈푸스 맞아?"

보통 사람이었다면 어린아이가 어른에게 말을 함부로 한다고 소리부터 질렀을 터였지만 리켈푸스 또한 평범한 사람이 아니었다.

"그래, 내가 바로 리켈푸스란다. 네 소개를 해주겠니?"

"나? 난 로빈. 올해 열세 살. 언젠간 멋진 산적이 될 사나이지."

두 사람과 부상자를 태운 마차는 지금 산적들에게 호위를 받으며 안전하게 산채까지 이동하고 있었다.

로빈은 마차 안에서 신기한 듯 리켈푸스가 무료함을 잊기 위해 읽는 책들을 번갈아 보며 눈을 빛내고 있었다. 그 모습은 조금 전과 달리 너무나 어린애다운 호기심을 보여주는지라 아주 귀한 물건이지만 서슴없이 건네주었다.

"우와! 우리 잉크 두령이 가지고 있는 책들이랑은 비교도 안 되게 멋져. 안을 열어봐도 돼?"

처음 보는 어른에게 함부로 말하는 모습이 썩 보기 좋은 것은 아니지만 궁금해서 어쩔 줄 모르는 표정을 지으면서도 절대 남의 물건에 함부로 손대지 않고 또 주인에게 허락 받은 뒤 조심스럽게 대하는 모습을 보자 점점 로빈에 대해서 호감이 생겨나기 시작했다.

"물론이란다. 한 권 갖고 싶으냐?"

그 책 한 권 값이면 시골에서 웬만한 집 한 채는 살 수 있고 수도에서도 몇 년간 여관에서 지낼 수 있는 무시무시한 가격이었건만 로빈은 단번에 고개를 흔들었다.

"아니. 내가 볼 것도 아니고 무엇보다 책의 가치는 내용에 있는 거라고 들었는걸. 게다가 겉에 이런 이상한 돌들을 박아놓아서야 자랑도 못할 것 같잖아."

그 말에 리켈푸스는 로빈이 기분 나빠할 것을 알면서도 그만 실소를 터뜨리고 말았다.

이 책이 그만큼 비싼 이유는 내용도 내용이지만 무엇보다 겉 표지에 공을 들여놓은 보석 세공 때문이거늘 이 아이는 오히려 그것 때문에 책이 책답게 보이지 않아서 똑똑한 척 자랑을 할 수 없다고 말을 하는 것이다. 그리고 무엇보다 마음에 드는 건 책의 가치는 내용에 있다는 말이었다.

"그래, 네 말이 맞단다. 책이란 무엇보다 그 내용에 가치가 있는 것이지 이런 화려한 겉 표지는 아무 쓸데없는 것이지. 암, 그렇고말고."

리켈푸스는 그 후로도 여러 가지에 관해서 로빈과 대화를 나누었다. 만약 지금 마차 한구석에서 치료를 받고 누워 있는 서기관이 깨어나 있었다면 이렇게 말을 많이 하는 리켈푸스를 보며 무척이나 놀라워했을 것이다.

리켈푸스는 이동 서고라는 별명이 붙은 자신의 마차 안에서 책 몇 권을 꺼내서 로빈에게 넘겼다. 보고 싶은 것이 있으면 직접 골라 보는 게 어떠냐고 물었으나 글을 모른다는 말에 잠깐 의문을 가졌고, 곧이어 그냥 단지 책을 구경하고 싶다는 말에 또다시 웃음을 터뜨리며 꽤 화려한 겉 표지의 책을 로빈에게 주었다.

참으로 종잡을 수 없으면서도 한편으로는 볼수록 마음에 드는 아이였다. 이런 재밌는 아이가 그 친구의 후계자라니. 사촌이 땅을 사면 배가 아프고 남의 떡이 커 보인다고 했다. 괜히 욕심이 무럭무럭 생겨나기 시작하는 게 자신이 딱 그 꼴이 아닌가?

"서대륙… 정세… 음, 이건 재미없겠네. 신성왕국, 이것도 별루겠다. 이건 함 보자. 제국의 전설… 실존… 영웅들? 이건 그나마 낫겠다."

처음에는 의미없는 중얼거림이라 생각했거늘 자세히 들어보니 놀랍게도 로빈이 책 겉 표지의 제목을 읽고 있는 것이 아닌가? 산적 아이가 글을 읽다니? 놀라워하며 리켈푸스는 물었다.

"얘야, 너 글을 읽을 수 있느냐?"

"아니, 못 읽는데? 못 읽는다고 좀 전에 말했잖아. 두목이 아직 글은 한 번도 안 가르쳐 줬어. 먼저 살아남는 법부터 배워야 한다고 이상한 것만 잔뜩 가르쳐 주고 글은 나중에 배워도 된대."

"호오? 그럼 방금 책의 제목을 읽은 것은 어떻게 한 거니?"

로빈은 아무렇지도 않다는 듯이 자랑스럽게 말했다.

"알고 있는 몇 글자만 말한 것뿐이야."

아이들은 종종 앞뒤가 맞지 않는 말을 자주 한다. 배운 적도 없으면서 알고 있다? 도대체 무슨 말일까?

"참 답답한 영감이네. 말 그대로 옛날에 이런 글자와 똑같은 생김새의 글자를 본 적이 있는데 잉크 두령이 이건 대륙이라는 글자라고 하더라고. 이 글자와 똑같았어. 그러니깐 한눈에 척하고 알아봤지."

로빈은 손가락으로 책 위에 대륙이라고 글자를 쓰면서 말했다.

글을 배운 적도 없으면서 한 번 본 글을 암기했다는 말이 아닌가? 이런 일이 가능한 것인가? 아니, 설혹 이런 일이 가능하다면 이 아이의 머리는 도대체…….

"천재라는… 말인가?"

리켈푸스는 아주 조그만한 목소리로 중얼거렸다. 과연 그를 이만큼이나 놀라게 만든 이가 과연 이 세상에 얼마나 있었을까?

그러는 사이 마차는 산채에 도달했다.

"리켈푸스!"

상처를 치료하기 위해 마차와 같이 산채로 들어온 그를 가장 반갑게 맞이해 주는 사람은 역시 두목이었다.

일단 상처를 치료한 뒤 두 사람은 회포를 풀기 위해 두목의 집으로 이동했고, 뒤따라 손님을 위한 술과 음식들이 차례대로 나오기 시작했다.

"이곳은 여전히 지저분하구먼. 그렇게 생각하지 않는가?"

"노총각에게 뭘 원하나? 그러는 자네는 좋겠구먼. 벌어놓은 돈도 많으니 어디서 젊은 마누라 하나 만들어도 누구도 뭐라 할 사람이 없질 않은가? 능력 있지 돈 있지, 뭐가 아쉬워서 아직 새장가는 안 드는 게야?"

"이 사람 말하는 거 하고는. 이 나이에 새 마누라를 들여놓으면 세상 모든 사람이 날 범죄자라 욕할 게 아닌가?"

두 사람은 서로의 농에 오랜만에 배를 잡고 웃었다.

"오랜만일세. 그동안 연락이야 자주 받았지만 그래도 역시 직접 만나니 더 반가워."

"산채 두목이 이런 소인을 기억해 주셔서 아주 영광이구려."

"하하하, 영광이라……. 거 좋지. 한데 대륙의 삼대상인 중 한 사람인 자네가 소인이면 도대체 이 세상에 대인이라 칭할 수 있는 사람이 과연 몇이나 되겠는가?"

"아무렴. 걱정 말게. 아무도 인정해 주지 않아도 스스로 대인이라 칭하는 인간들은 숲 속의 나무들만큼이나 많더구먼."

오랜만에 만난 두 사람은 사소한 이야기에 정신없이 웃고 또 즐겼다. 규모의 차이는 있으나 일단 각각의 단체를 이끌고 있는 막중한 임무를 지닌 장이니만큼 근심 걱정 없이 이야기를 나눌 수 있는 친구와의 만남은 그들에게 있어서 가장 기분 좋은 휴식이었다.

"그러고 보니 몬스터에게 습격을 당했다고 했지?"

"안 그래도 그것에 관해 말을 하려던 참이었네. 도대체 어떻게 된 일인가? 혹 산채에 무슨 문제라도 생겼는가?"

두목이 생각해도 리켈푸스의 걱정은 당연했다. 아마 그는 산채에 어떤 문제가 발생해서 치안에 틈이 생겼다고 생각을 했을 터. 하지만 실상은 전혀 다른 곳에서 벌어진 문제였다.

"아아, 걱정 말게. 단지 저 산 너머에 있는 몬스터 랜드에서 또 커다란 싸움이 있었던 것 같아. 그래서 도망쳐 온 몬스터들이 이곳까지 온 것이지. 뭐, 이맘때면 매번 있는 연례행사 같은 걸세."

외부의 사람들은 텐텐 산맥 전체에 몬스터가 득실득실거란다고 생각하지만 그것은 사실과 달랐다. 물론 텐텐 산맥에는 다른 곳에서는 쉽게 볼 수 없을 정도로 많은 몬스터가 있는 것도 사실이지만 진짜 재앙이라고 칭할 정도의 몬스터들은 바로 산맥의 중심부라 할 수 있는 몬스터 랜드라 불리는 곳에 모여 살고 있었다.

몬스터 랜드. 그곳은 그야말로 몬스터들의 땅이었다. 거친 환경 속에서 생존한 덕분에 상상조차 하기 힘들 정도의 강한 힘을 지닌 여러 종류의 몬스터들이 서식하며 사람의 침입을 결코 반기지 않는 미지의 땅이었다.

"언제라도 도움이 필요하면 말하게. 뭐, 이런 말은 하나 안 하나 대답은 하나뿐이겠지만 말이야."

"매번 알아줘서 고맙네. 언제나 마음만은 고맙게 받지. 우리 산적의 일은 산적들이 하지 않으면 아무 의미가 없어."

말뿐인 도움과 말뿐인 거절일 뿐 두 사람의 마음은 언제나 한결같이 변화가 없었다. 그건 그만큼 각자를 잘 이해하고 있었기 때문이기도 했다.

"아아, 그러고 보니 참 재밌는 아이를 만났다네. 이름이 로빈이라고 했나?"

"우리 산채의 소두목 로빈 말인가? 아아, 정말 내 새끼마냥 귀엽고 똘똘한 녀석이지. 그 녀석을 양자로 들이고 싶어서 안달이건만 부두목이라는 녀석이 항상 방해를 해서 말이야. 아직도 양자로 들이지 못하고 있네."

두목은 이미 애초에 리켈푸스가 로빈을 탐내고 있다는 사실을 알아차리고 시작부터 강하게 나갔다.

"허허, 하긴 총명하긴 엄청 총명한 아이더군. 말을 들어보니 글을 배운 적도 없는데 글을 쓰고 저 어린 나이에 건장한 청년 쉰 명을 물리쳤다며? 그런데 그런 인재가 겨우 산적질 따위나 해서야 쓰겠나?"

"하하하, 아무렴. 글 정도야 언제 배워도 금세 익힐 정도로 머리가 좋지. 저런 인재가 산적을 해야 살맛나는 산적 세상을 만들지 않겠나? 고작 상인이나 되어서 쓸데없이 돈 계산 하는 데 시간을 버릴 바에야 그게 낫지."

갑자기 봄바람이 불어대던 두 사람 사이에 커다란 번개가 번쩍 하고 지나갔다.

"그럼 자네는 저 빛나는 어린 영혼을 고작 범죄자로 썩어 나자빠지게 만들 셈인가?"

"범죄자와 상인의 차이점을 나는 알 수가 없군. 이번에도 뇌물로 많이 갖다 바쳤다면서? 또 누구랑 돈세탁을 하셨나? 검은 돈을 그렇게 만지면서 아직도 손이 검어지지 않다니 정말 다행일세."

급기야 신경전은 최고조에 이르고,

"고작 산적 따위가ㅡ!!"

"고작 장사치 주제에ㅡ!!"

그렇게 이십 년 우정이 한순간에 박살나는 순간이었다.

화기애애한(?) 시간이 흘러 리켈푸스는 여정을 위해 떠나야 할 시간이 되었다. 그는 자신들을 구해준 청년대 대원들 한 명 한 명에게 허리를 숙이며 감사의 인사를 보냈고, 청년대원들은 자기들보다 갑절은 더 산 노인의 인사를 부담스러워하면서도 그를 배려한 듯 최대한 대수롭지 않게 받아들이려고 노력하는 태도가 역력했다. 그렇게 차례대로 모두에게 인사하고 마지막으로 로빈의 모습이 보였다.

"하아암! 응? 영감, 벌써 가?"

그 말에 두목은 만난 지 얼마 되지도 않은 사람에게 저렇게 친절한(?) 로빈의 모습에 충격을 받으며 속으로 약간 위기감을 느꼈지만 그건 아무로 알아차리지 못한 사실이었다.

"그래, 로빈. 이 할아버지와 약속을 한 사람이 있어서 그것을 꼭 지켜줘야만 한단다. 아무리 여기가 살기 좋고 오래 있고 싶을 정도로 좋은 곳이지만 인간은 자신의 할 일을 위해 마냥 쉬고 있을 수는 없는 법이지."

자신들의 고향을 찬양해 주고 늙어서도 인생을 열심히 살아가고 있는 그의 태도와 말은 로빈뿐 아니라 모든 산채 식구들의 가슴에 뿌듯함을 안겨주었다.

"아아, 그래, 마차 안에서 약속을 하나 했지? 내 목숨을 구해주었으니 언제라도 은혜를 갚겠다고."

"응, 잊고 있었는데… 할아버지 무지 똑똑하네?"

"허허, 그럼 뭘 갖고 싶으냐? 이 할아버지는 상인이라 너에게 은혜를 갚을 길은 돈이나 물건을 주는 것밖에 할 수 있는 게 없구나."

그 말에 로빈은 곰곰이 생각에 빠졌다. 생각에 빠진 로빈 주위로 사람들이 몰려들어 와 돈을 달라고 해라, 멋진 무기를 사달라고 해라 등등 온갖 충고를 해주었지만 로빈은 그 말을 모두 무시하고 자신이 오랫동안 마음먹었던 것을 말했다.

"여자 마음을 확 내 것으로 만들 수 있는 물건!"

"응?"

하지만 의아스럽게 생각하는 이는 리켈푸스 단 한 사람이었고, 다른 이들은 모두 웃음을 참기 위해 자신의 입과 배를 움켜잡았다.

"한번 옷 좀 벗긴 걸 가지고 내 마누라가 날 무지 싫어해. 예전처럼 차라리 툭하면 때리는 게 낫지 얼마나 삐쳤는지 아예 나랑 말도 안 해."

리켈푸스는 도저히 이해가 되지 않아서 누군가에게 도움을 청했고, 청년대원 중 누군가가 나서서 그의 귓가에 지금까지 있었던 일들을 대충 요약해서 이야기해 주었다.

'이런 망할 놈, 이 아이를 산채에 묶어두려고 작정을 했구나.'

남들은 어린 로빈이 결혼했다는 사실에 폭소를 터뜨리거나 놀라워했겠지만 리켈푸스는 그 모든 것이 친구의 계략이라 생각하고 이를 바득바득 갈았다.

'내 능력을 보여줘서 우선 로빈의 아내라는 에쎄 양부터 꼬셔야겠군.'

하지만 뛰는 자 위에 나는 자 있는 법. 그는 이제부터 철저히 에쎄를 공략하기로 마음먹었다. 왜냐하면 한눈에 봐도 로빈이 잡혀 살고 있는 것이 눈에 보였기 때문이다. 리켈푸스는 마침 좋은 물건이 떠올라 자신의 주머니에서 작지만 화려한 옥으로 장식된 갑을 꺼내었다.

"이건?"

그 옥갑을 열자 그 속에는 반지가 하나 있었다.

반지는 예술이라는 단어와는 전혀 관계없는 그들이 봐도 놀랄 만큼 예뻤고, 동시에 신비로운 기운이 흘러나오고 있었다. 그 반지에 관해서 설명을 해준 것은 의외로 두목이었다.

"그 반지의 이름은 '세라스의 반지'라고 한단다. 주신 어드미스가 가장 총애하던 신의 이름을 딴 반지로 그 속에는 어드미스의 권능이 들어가 있다고 하지. 놀라울 정도로 정밀한 세공 기술과 아름답고 그 누구도 밝히지 못한 예술적 기교는 인간으로서 불가능하다고 해서 신이 만든 반지로 더 잘 알려져 있단다. 분명 대륙에서 가장 큰 규모로 열리는 우드척 경매 시장에 나와서 사상 최고액인 사십억 리온에 팔렸다고 들었거늘 자네가 사들였던 건가?"

두목의 설명 하나하나에 사람들은 모두 입을 쩍 벌릴 수밖에 없었다. 사십억 리온이라면 당장 대규모의 영지를 사들일 수 있을 정도로 무시무시한 액수이거늘 그걸 아무렇지도 않게 준단 말인가?

"자네가 모두 설명을 해서 나는 할 말이 없군. 자, 로빈, 받으렴. 아무리 너를 싫어한다고 해도 이 반지를 받고 널 미워할 여자는 이 세상에 아무도 없을 게다.

"응. 고마워, 영감."

이곳에 모여 있던 모든 이들이 저마다 침을 꼴깍 삼켰다. 저 작은 반지 하나면 십 대는 놀고 먹을 수 있는 돈이 생기는 것이다.

보통 사람이라면 얻게 된 것만으로도 다리가 후들후들 떨리고 심장이 터질 것 같은 고통을 느끼겠지만 마치 지나가다 사탕을 하나 받은 듯 그것을 아무렇지도 않게 받아 드는 로빈을 보며 사람들은 다시금 그 단순함에 혀를 찰 수밖에 없었다.

꿈. 꿈을 꾸고 있었습니다.

꿈속에서 저는 십 년 전으로 돌아가 이제 갓 다섯 살이 된 여동생과 함께 우리 칼리엄 성의 정원에서 장미꽃을 따고 있었습니다.

"헤헤, 언니, 나 예뻐?"

여동생은 막 자신이 딴 붉은 장미를 머리에 꽂고는 해맑은 미소로 저에게 물었습니다. 저는 고개를 끄덕이며 작게 웃었습니다. 그리고 동생의 머리에 하얀색 장미꽃의 가시를 다듬어서 하나 더 꽂아주었습니다.

"꺄르르르, 간지러워."

작은 손을 가슴에 꼭 모으고 웃으면서 얼굴을 살짝 찡그리는 사랑스런 동생의 귀여운 모습에 얼른 핀으로 머리에 장미를 고정시키곤 동생을 바라보았습니다.

"나 예뻐?"

고개를 살짝 기울인 상태로 초롱초롱하게 눈빛을 반짝이는 동생의 모습에 저는 그만 웃음을 참지 못했습니다.

"예뻐. 아주 예뻐. 마치 로즈 레이디가 다시 이 세상에 나타난 것 같아."

"진짜? 진짜? 나 진짜 로즈 레이디 같아?"

로즈 레이디(Rose Lady).

그것은 갓난아기를 제외하면 모르는 이가 없을 정도로 대륙에서 가장 유명한 동화이자 최고의 미녀만이 가질 수 있는 로즈라는 이름을 가진 한 자매의 슬프지만 아름다운 기적 같은 전설 이야기이다.

"난 장미 자매 중에서 레드 로즈가 좋아. 레드 로즈는 언제나 새로운 걸 좋아해. 모험을 동경하고 있고 원하는 걸 갖기 위해서 최선을 다해. 난 그런 아름다운 레드 로즈가 무척 좋아. 끝은 마음에 안 들지만. 언니는 역시 화이트 로즈겠지?"

나는 고개를 끄덕였습니다.

"화이트 로즈는 아름다워. 몸도 마음도 레이디의 모범이지. 조용한 걸 좋아하며 꽃 돌보기를 좋아해서 정원에서 홀로 시간을 보내다가 종종 낮잠에 빠지지. 매번 혼이 나지만 말이야. 무엇보다 마음에 드는 건 자신을 희생하여 동생과 사랑하는 사람은 물론이고 수많은 사람들을 구해주었다는 점이야. 난 그런 상냥한 화이트 로즈가 참 좋아."

그 행복도 잠시, 꿈은 어느새 새로운 장면을 보여주고 있었습니다.

"다만 미리안 영애께서는 사랑하는 사람과 맺어질 수가 없는 운명을 타고나셨습니다."

서대륙에서 가장 유명한 늙은 점술사의 말에 조금 전까지만 해도 좋아서 들떠 있던 아버지와 상냥하기 그지없으신 어머니께서도 인상을 찡그리셨습니다.

"점술사님, 부디 자세히 말씀해 주세요. 조금 전만 해도 분명 우리 아이들에게는 밝은 미래만이 있을 거라고 하지 않으셨습니까? 그런데 이제 와서 어찌 그런 무서운 말을……."

평소와 다를 바 없는 온화한 목소리는 긴장과 정체 모를 두려움에 떨고 있었고, 나의 손을 꼭 잡은 어머니의 손은 급속도로 차가워지고 있었습니다. 아버지가 어머니를 진정시키자 점술사가 말을 이었습니다.

"예, 분명히 두 아가씨께서는 저조차도 신기할 만큼 보기 드문 좋은 운명을 타고나셨습니다. 단, 미리안 영애의 반려 운에 관해서만큼은 어째서인지 몇 번을 반복해도……. 하나 너무 심려치 마십시오. 두 아가씨는 일국의 왕조차도 쉽게 가지지 못하는 운세를 지니고 계십니다. 만약 제가 왕궁의 점술가로 있었다면 그 누구라도 마다하고 꼭 이 아가씨들을 왕후로 삼아야 한다고 말할 정도입니다."

점술가의 솜씨 좋은 입담도 이때만큼은 큰 효력을 발휘하지 못했나 봅니다. 어머니의 슬픔은 가라앉지 못했으니까요.

어머니는 평민 출신입니다. 귀족의 아버지를 만나지 못했다면 진작 죽었을지도 모를 정도로 몸이 허약했다고 하지요.

그런 어머니의 입버릇은 언제나 사랑에 관한 것들이었습니다.

매일 밤이면 우리 자매의 침대맡에 앉아서 여자의 행복은 진짜 사랑하는 남자를 만나게 되는 것이라고 말을 하셨습니다. 그리고 진짜 사랑을 하게 되면 죽음 따위는 겁이 나지 않는다고 말씀하셨지요.

그때 이미 어머니는 자신의 생명이 얼마 남지 않았다는 것을 느끼고 계셨던 것 같습니다.

이 세상에 태어나 오직 아버지와 우리 자매만이 모든 것이었던 어머니는 저의 운명에 너무나도 슬피 우셨습니다. 꿈인 걸 알면서도 슬퍼질 만큼 가여운 표정을 지으시면서 말입니다.

"……."

"언니! 미리안 언니!"

누군가 자신을 부르는 목소리에 꿈에서 깨어나며 몽롱한 정신으로 눈을 살며시 뜨고 앞을 바라보자 익숙한 누군가의 모습이 점점 보이기 시작했다.

짧은 숏 커트에 간편한 남장 차림을 하고 있는 소녀. 이런 독특한 차림을 하고 있는 사람은 이곳 칼리엄 영지에서는 단 한 명뿐. 바로 그녀가 이 세상에서 가장 사랑하는 하나뿐인 여동생 린 칼리엄이었다.

"킥!"

선머슴을 떠올리게 하는 저 짧은 머리를 보자 짓궂은 미소와 함께 작은 웃음소리가 새어 나왔다.

의외로 잘 어울리는 그 모습이 웃겼기 때문이기보다는 생전 어머니로부터 이어받은 그 탐스러운 머리를 스스로 짧게 잘라서 아버지와 오일 밤낮으로 다퉜던 그 일이 떠올랐기 때문이다. 참고로 린 칼리엄의 모습은 한때 반항기로 인한 것이 아니라 기사 지망생이기 때문이다. 그것을 증명하는 듯 허리에 찬 검이 햇빛에 유난히도 빛나고 있었다.

"앗, 또 웃었다. 정말, 이젠 안 웃기로 해놓고는."

투덜거리면서도 부끄러울 게 없다는 저 자신감 넘치는 모습이 언제나 그녀를 기쁘게 해주었다.

린 칼리엄은 올해 열다섯 살로 성인식을 일 년 앞두고 있는 이제는 다 큰 어른이지만 그녀의 앞에서는 언제나 작은 아이일 뿐이었다.

"하여튼 언니는 지루하지도 않나 봐? 아무리 우리 아버지가 시골 영주라지만 좀 돌아다니는 게 어때? 허구한 날 정원에만 처박혀 있으면서 하는 일이라곤 꽃을 가꾸는 일과 낮잠 자는 일뿐이니 원."

"어머, 린, 이래 봬도 착실히 공부도 하고 있는걸."

"그러니까 그것도 그래. 나처럼 검술이나 최소한 자연과 과학 같은 좀 실용적인 학문을 배우라고. 매번 배우는 것이라곤 시 작문, 궁중 예법, 꽃꽂이 하기 등등, 전부 교양 과목뿐이잖아. 요즘 세상에 대체 어느 여자가 이런 신부 수업을 할 때나 배우는 것을 매일 달달 외우고 산단 말이야? 내가 볼 때는 꼭 언니는 결혼하기 위해서 태어난 여자 같다고."

결혼하기 위해 태어난 여자. 동생의 말은 크게 틀리지 않다고 납득했다. 왜냐하면 그녀는 정확히 기억하기가 힘든 먼 옛날에 어느 유명한 점술가로부터 결코 벗어날 수 없는 운명이라는 이름의 마법에 걸렸기 때문이다.

"그래선 어머니와 똑같을 뿐이잖아."

어지간해서는 화를 내기는커녕 표정 하나 변하지 않는 미리안 칼리 엄이었지만 이때만큼은 상냥한 그녀도 동생을 향해 엄하게 대했다.

"린, 어머니는 몸이 약했기 때문에 그런 삶을 살 수밖에 없었던 거란다. 이젠 어린애도 아니니 네가 이해를 해야지."

이미 하늘나라에 있는 그녀들의 어머니는 언제나 여인의 바른 자세에 관해서 말하던 사람이었다. 미리안은 어머니가 처음부터 그런 사람이 아니라는 것을 잘 알고 있었다. 모든 문제는 바로 자신이 병으로 인해 나약해진 탓이었다. 하지만 그것을 잘 알 리 없는 린은 아침에 일어나서 반가운 아침 인사보다 '사랑하는 남자를 만나야만 행복해진단다' 라는 엉뚱한 말을 듣고 자라며 큰 상처를 입었다.

"이해? 그건 세뇌 수준이었다고. 일어나서 침대에 누울 때까지, 식사 시간마저 '잘 먹겠습니다' 가 아닌 '여자의 행복은 사랑하는 남자를 만나는 것이란다' , 이 말을 듣고 있었는데도?"

어머니가 돌아가신 지 상당히 오랜 세월이 흘렀음에도 불구하고 린은 아직도 어머니를 용서 못하고 있었다.

"그러니까 더욱 어머니를 이해해야지. 그때 어머니는 몸도 마음도 너무 약했으니까."

"하여튼 성녀 나셨다니까."

투덜투덜거리며 어쩔 수 없다는 듯 어깨를 으쓱거리는 린의 모습이 너무나 귀여워서 당장 꼭 안아버리려 할 때 저편에서 앳된 목소리가 들려왔다.

"누님~ 누님들~"

그녀들을 부르며 달려오고 있는 한 남자 아이는 바로 올해 여덟 살인 막내 훼인이었다. 훼인은 그녀들과 친남매가 아니라 둘째어머니의 아들인 이복 형제로 비록 정실의 아들은 아니나 칼리엄 가문의 남매 중 유일한 남자 아이라 모두 이 영주의 성을 이어받을 거라고 생각하고 있었다. 약간 섭섭하기는 하지만 결국 출가외인이 되는 것이 여자의 운명이기에 어쩔 수 없는 일이라는 걸 그녀들도 잘 알고 있었다.

"헉헉! 헉헉! 미리안 누님! 린 누님! 역시 여기에 계셨군요?"

숨을 들이쉬었다 내쉬기를 반복하고 있는 훼인의 얼굴에는 동그란 홍조가 붉게 피어나 있었다. 작고 귀여운 것은 꼭 안아봐야 직성이 풀리는 특이한 버릇이 있는 그녀는 자신도 모르게 어린 동생을 꼭 안고 있었다.

"에, 에, 에 또 누, 누님."

"하여튼 아기 하나는 잘 키울 사람이라니까, 언니는. 너는 이제 여덟 살짜리 애가 누나의 포옹에 얼굴을 붉히니?"

"그, 그래도. 미리안 누님과 린 누님같이 아름다우신 분은 호더 왕국의 수도에서조차 본 적이 없는걸요."

훼인은 수도에서 태어나 다섯 살까지 수도에서 살았다. 그 이유에 관해서는 다들 쉬쉬거리지만 아마 누군가 훼인의 목숨을 노릴 가능성이 있기 때문에 그러했다는 것을 모를 리가 없었다.

수도 출신의 남자 애치고 높은 콧대도, 빈정거림도 없는 훼인을 그녀들은 친동생처럼 받아들이고 있었다.

미리안이 안아주고 린은 웃으면서 남동생의 머리를 쓰다듬자 훼인은 두 누나로부터 사랑받는 게 기분 좋은지 아주 작게 반항하면서도 행복한 미소를 짓고 있었다.

"아참, 이럴 때가 아니지. 미리안 누님께서 기다리던 분이 찾아오셨어요. 리켈푸스 상단에서 왔다고 하던데요?"

"어머, 그러고 보니……."

"헤에, 언니, 설마 잊고 있었던 거야?"

"실례야, 린."

변명을 해보지만 '헤에' 하면서 음흉한 눈빛을 보내고 있는 린을 보니 이미 다 눈치챈 것 같았다.

"레이디의 자각이 없다니까, 린은."

"네네, 그보다 빨리 가보는 게 어때? 그토록 기다리던 물건이니까."

"응, 그래."

미리안은 양손으로 각각 동생들의 손을 잡았다. 린은 낯간지럽다면서 도망치려 했지만 끝내 놓아주지 않고 즐거운 미소를 지으며 집으로 걸어가기 시작했다.

"사십억 리온?!"

영접실에서 부인과 함께 칼리엄 남작은 기절하고 싶은 마음을 꾹 참으며 소리쳤다.

애초에 집안에서 도둑맞아 버린 보물을 얼마가 들더라도 찾아달라고 리켈푸스 상단에 의뢰한 것은 그였다. 그러나 도둑맞은 물건이 우드척 경매에 나와서 사십억 리온이라는 엄청난 금액이 되어버렸을 줄은 꿈에도 생각지 못한 일이었다.

"말이 되는 소리를 하세요. 아무리 리켈푸스 상단 사람의 말씀이지만 고작 반지 하나 가격치곤 너무 터무니없지 않습니까?"

"어허, 부인, 손님 앞에서 그 어찌!"

칼리엄 남작이 강하게 부인의 행동을 힐책하고 사과했다.

한 소리를 듣고 비록 사과를 하긴 했으나 얼굴에는 자신은 잘못한 게 없다는 태도가 역력했다.

거센 성격에 안하무인 격인 태도. 이래서 리켈푸스 상단 사람들과의 만남에 나오지 말라 했거늘 뭔가 얻어먹을 게 있을까 싶어서 기어코 나온 부인을 보며 칼리엄 남작은 골치 아프다는 듯 머리를 흔들었다.

"저런, 칼리엄 남작과 남작부인께서는 그 반지가 어떤 반지인지 모르고 계셨나 봅니다."

그렇게 말한 상대는 육십대 정도의 중후한 외모를 지닌 중년인이었다.

처음 보는 인물에 잠깐 어리둥절할 때 친분이 있던 리켈푸스 상단의 사람이 그 노인의 정체에 대해 귀띔해 주었다.

"아니, 리켈푸스님께서 이런 곳에 방문하시다니! 면목없습니다. 비록 불편한 시골 영지이나 진작 말해 주셨다면 마중이라도 나갔을 텐데 정말 죽을죄를 지었습니다."

벌떡 자리에서 일어서서 식은땀을 흘리며 횡설수설하는 칼리엄 남작을 만류하며 진정시키는 데에 제법 시간이 필요했다.

남들이 보기에는 무척 호들갑을 떠는 모습이라 생각 될지 모르겠으나 리켈푸스는 제국의 귀족들조차 함부로 대하지 못하는 인물로 약소국인 호더 왕국의 대귀족도 아닌 남작에 불과한 그로서는 말 한마디 잘못했다가 목이 날아가도 할 말 없는 인물이었던 것이다. 오죽하면 방금 전까지 아무 죄 없다는 듯 당당하게 앉아 있던 남작부인이 사색이 되어 있을까?

"실은 이번에 친우를 만나볼 겸 하는 차에 우연히 일이 겹쳐져서 이렇게 직접 오게 되었습니다. 너무 부담스럽게 생각하지 말아주십시오."

인자한 웃음을 띠며 리켈푸스가 말했지만 칼리엄 남작은 방금 전 반지 하나의 값이 사십억 리온이라는 사실과 직접 리켈푸스를 만난 것에 관해서 대혼란을 겪고 있었다.

"많이 혼란하신 듯 보이는군요. 우드척 경매에서는 찾아달라고 의뢰하신 반지를 세라스의 반지로 인정했습니다. 그리고 사상 최고액이라 할 수 있는 십억 리온에서부터 경매가 시작되었지요."

"세, 세라스의 반지? 그, 그럴 리가요? 그런 전설 속에서나 나올 법한 반지를 제 집사람이 가지고 있을 리가 없지 않습니까? 그 반지는, 그 반지는……."

"네, 알고 있습니다. 분명 첫 번째 부인의 집안에서 여자 자식에게만 내려오는 반지라는 것을 말씀하시는 거지요? 저도 약간 의심스러워서 조사를 했습니다. 너무 나쁘게 받아들이지 마십시오."

칼리엄 남작은 그쯤 돼서야 조금 안정이 된 듯 한숨을 내쉬고 편안하게 고개를 끄덕였다.

"감사합니다. 그러면 이제 이 의뢰에 대해서 대금을 치러주셔야 할 텐데, 괜찮으시겠습니까?"

"……."

무거운 침묵이 흘렀다.

말이 필요없는 것이리라. 제아무리 세라스의 반지라고 하나 애초에 사십억 리온이란 거금을 소국의 남작이 가지고 있을 리 만무했다.

"죄송하군요. 알면서도 괜히 이런 말을."

"아닙니다. 지불하겠습니다."

그 말은 칼리엄 남작이 아닌 리켈푸스의 등 뒤에서부터 들려왔다. 모두가 갑자기 난입한 인물에 흥미로워하며 고개를 돌렸다.

"호오!"

고개를 돌린 리켈푸스의 입에서 절로 감탄사가 튀어나왔다. 성인(成仁)으로 이름 높은 그조차 놀랄 만큼 그곳에는 아름다운 두 소녀가 서 있었다.

"미리안! 어머, 죄송합니다. 정실부인의 첫 번째 딸인데 저렇게 예의가 없어서 그만. 호호, 얼른 리켈푸스 어르신께 사과드리지 못하겠니?"

그 말에 저도 모르게 남작은 탁 소리가 나도록 자신의 머리를 쳤다.

"리켈푸스 상단의 주인이신 리켈푸스 맥시온님께 인사 올립니다. 저는 칼리엄 가의 장녀 미리안 칼리엄이라고 합니다."

그 인사를 하는 태도와 몸가짐은 가장 익히기 어렵고 난해하다는 제국 예법을 가르치는 선생님들조차 만점을 줄 만큼 완벽한 것이었다.

"허허허, 이리도 훌륭한 레이디를 만나뵙게 되어 반갑구려. 내 이름은 리켈푸스 맥시온. 리켈푸스 상단이라는 작은 상회의 주인이지."

작은 상회라는 말은 항상 자신을 낮춰 생각하는 리켈푸스의 말버릇이었지만 유독 남작부인의 입이 삐뚤어지며 '웃기네, 그게 작은 상회면 여기는 코딱지만한 영지라는 거야?' 하고 중얼거렸다. 뭐 눈에는 뭐만 보인다고 세상 사람들이 다 자신 같은 줄 아는 남작부인이었다.

"과분한 칭찬에 몸 둘 바를 모르겠습니다."

"아니, 아니, 너무 딱딱한 인사말은 이제 그만 해주시면 감사하겠구려. 나도 많이 늙었는지 어느새 이토록 아름답고 건강한 젊은이들만 보면 기분이 좋아져서 많은 이야기를 나누고 싶어지니까. 이 늙은이가 편하게 말을 해도 되겠소?"

"예, 얼마든지 편하실 대로 하옵소서."

미리안은 자신의 영지에서도 흔히 만날 수 있는 노인처럼 편한 느낌의 리켈푸스를 만나보고 놀랐다.

제국의 사람들은 대체적으로 거만했다. 그도 그럴 것이, 제국은 최강의 힘과 영토를 가진 대륙 서열 일위의 국가이니 말이다. 거기다가 문화면 문화, 국력이면 국력 그 어느 것 하나 다른 나라보다 떨어지는 것이 없으니 제국인들의 자부심이 높은 것은 당연한 일이었다. 그 제국의 실질적인 권력자 중 한 사람인 리켈푸스가 이런 사람이라니. 왠지 모르게 제국이라는 나라는 강해질 수밖에 없다는 생각이 들었다.

"고맙구나, 애야. 마저 이야기를 하기 전에 동생을 소개해 주지 않겠니?"

봄바람과도 같은 따스한 걸음 걸이로 다가온 언니와 달리 동생은 더위를 사라지게 만들어주는 여름 바람처럼 시원하게 다가와 한쪽 무릎을 꿇고 머리를 숙였다. 그 인사법을 모를 리가 없었다.

"인사드리겠습니다. 린 칼리엄. 올해 열다섯 살로 레이디인 언니와는 다르게 말괄량이로 통하고 있습니다만 리켈푸스님께서는 어떻게 생각하시는지요?"

"린!"

당당한 동생과 핀잔을 주는 언니. 이 자매의 생활이 눈에 확 들어오는 것 같았다.

"허허허, 린 칼리엄 양께서는 기사 지망생이신가?"

"네, 그렇습니다. 아버지께서는 당장 그만두게 하려고 난리지만요."

"자식이 원하는 대로 커줬으면 하는 것이 부모의 마음이나 자신이 스스로 개척하는 길을 보고 싶어하는 것 역시 부모의 마음. 그대는 훌륭한 기사가 되어 충분히 부모님을 기쁘게 해드릴 수 있을 것 같네. 그리고 언니와 마찬가지로 편하게 말을 해줬으면 좋겠군."

"그럼 할아버지라고 불러도 될까요?"

"어허, 린. 버릇이 너무 없구나."

그 모습을 불안하게 쳐다보던 칼리엄 남작이 결국 한 소리 했지만 리켈푸스는 손을 저었다.

"요즘 내가 인복이 많아진 것 같구나. 열다섯 살이라고 했니? 너보다 두 살이나 어리면서 내게 영감이라고 부르는 아이도 있단다. 남작님, 송구스러우나 영애들에게 할아버지라고 불려도 괜찮겠습니까?"

"예? 무, 물론 리켈푸스님께서 괜찮으시다면."

남작의 입장에서 나쁠 것이라고는 하나도 없는 일이었다. 아니, 오히려 이 일을 계기로 리켈푸스와 인맥을 쌓게 되면 그보다 더 좋은 일이 없을 것이다.

"다시 인사드리겠습니다. 할아버지, 미리안 칼리엄이라고 합니다."

"인사드리겠습니다, 할아버지. 린 칼리엄이라고 합니다."

"허허허, 오늘 너무 갑작스럽게 한 번에 어여쁜 손녀 두 명을 얻게 되었군."

그렇게 리켈푸스는 한참 동안 소리 내어 웃었다. 그리고 조금 전의 이야기로 다시 돌아가려고 할 때 두 소녀의 뒤에 서 있던 시종으로 추정되는 남자 아이가 눈에 들어왔다.

"아, 서기관."

리켈푸스가 부르자 서기관은 두말없이 자리에서 일어서서 서 있는 남자 아이에게 일 키온짜리 동전을 손에 쥐어주었다. 모두가 이해 못하는 상황 속에서 서기관은 한마디를 덧붙였다.

"수고했다. 이걸로 맛있는 거라도 사먹으렴."

순간 분위기가 한순간에 얼어붙은 듯이 변해 버렸고, 서기관이 그

느낌을 눈치채는 순간,

"무, 무, 무슨 짓입니까?"

경악스런 목소리로 남작부인이 소리치면서 달려나가 손에 쥐어준 동전을 뿌리치고 남자 아이를 껴안았다.

"오, 훼인! 너무하십니다. 어찌 제 아이를 한낱 시동으로 착각을 하실 수가 있으십니까?"

"부인, 왜 이러시는 게요! 이거 부끄러운 모습을 보여 드려 정말 송구스럽습니다. 게 아무도 없느냐?"

밖에서부터 하녀들이 들어와 남작부인과 그 아들을 데리고 서둘러 나갔다.

"칼리엄 남작, 이거 정말 죄송하게 되었습니다."

그러고 보니 참 이상했다.

제아무리 남자 아이지만 그 옷은 분명히 귀족들만이 입는 비싸 보이는 옷이었음에도 불구하고 전혀 그것을 눈치채지 못한 것이다. 말뿐인 줄 알았거늘 늙었다는 게 정말 실감이 들었다.

"아닙니다. 그저 제 아내의 태도를 용서해 주십시오. 거세게 보여도 속마음이 매우 여린 사람인지라 조금 과했습니다."

"저기, 그보다 조금 전 그 반지에 대해서 이야기를 나눠도 되겠습니까?"

남작은 지금 반지의 주인이 바로 미리안이라고 덧붙여 말했다.

"그러자꾸나. 미리안, 분명히 조금 전에 사십억 리온이라는 거금을 내겠다고 말했지? 솔직히 말해서 그 정도의 거금은 네 아버지이신 남작님조차 매우 버거워할 금액이란다. 늙은 장사치의 생각에 의하면 이 영지를 전부 팔아도 무리일 것 같구나."

그 말에 남작은 얼굴을 붉혔다. 가난한 귀족이나 항상 자식 앞에서 만큼은 최고의 아버지가 되고 싶은 게 부모의 마음 아니겠는가?

"송구하오나 할아버님, 돈은 아니지만 그에 합당한 물건으로 대신하면 안 되겠습니까?"

"흠흠, 상인들의 기본 방침이 현금 거래이긴 하나 손녀의 부탁이면 현물로도 대신해 줄 수 있지. 세라스의 반지에 맞먹는 현물이 있단 말이냐?"

미리안은 고개를 저으며 단호히 대답했다.

"현물이 아니라 금 광산입니다."

그 말에 서기관은 하마터면 입에 든 차를 풉 하고 뱉어버릴 뻔했다.

"미리안, 아무리 언니지만 네가 그 광산을 어떻게 함부로 하려고 그러느냐."

"아뇨, 아빠. 전 괜찮아요. 제 꿈은 기사가 되는 거니 그런 돈은 필요없어요. 언니야 예쁘니 좋은 곳에 시집갈 수 있을 테고요."

"자, 잠깐. 남작, 이 영지에 금 광산이 있단 말이오? 금시초문입니다만."

남작은 골치 아파 하면서 끝내 천천히 입을 열었다.

"그 금광은 제 장인께서 발견하신 겁니다. 매장량으로 따지자면 호더 왕국에서 가장 큰 규모의 광산일 거라고 말씀하시더군요. 그것을 아내에게서 들었을 때 이게 웬 횡재인지 싶었지만 저희 영지는 비록 작으나 크게 불편함이 없고 당장 큰돈을 쓸 데도 없었기에 발굴할 생각을 하지 않았습니다. 그러다가 얼마 후 아내가 죽기 전에 유언을 남겼고, 그 유언에 따라 저는……."

"언니에게는 어머니가 늘 끼고 계시던 반지를, 제게는 금 광산을 주셨죠. 이런 무지막지한 지참금이라도 없으면 결혼은 꿈도 못 꿀 거라나?"

그 말에 복잡한 얼굴로 인상을 찡그린 남작을 제외한 모두가 웃음을 지었다.

"보십시오. 이런 말괄량이를 누가 데려 가려고 하겠습니까? 하늘에 있을 아내가 이 꼴을 보면 분명히 저를 못 잡아먹어서 안달일 텐데 그 금광산까지 없어지면, 하아, 미리안, 분명 린의 소유인 것을 어찌 너는."

"저도 이렇게 일이 될 거라고는 생각도 못했습니다. 린에게는 미안하지만 그 반지만큼은 어떻게 해서든 되찾고 싶어요."

바람이 불면 날아갈 듯한 첫딸의 저리도 당당한 모습에 미소가 지어지면서도 가슴 한구석으로는 둘째딸의 염려로 마음이 편치 못했다.

"하아, 업보로다. 남을 속이려는 죄를 그대로 받게 될 줄이야. 난생처음으로 죄를 지으려고 마음먹었으나 하늘조차 무심하구려. 얘야, 너는 광산을 내게 줄 필요가 없단다. 아니, 내가 배상금을 지불하지 않으면 안 되겠구나."

"네?"

깜짝 놀라며 미리안이 되물었다.

"실은 그 반지는 내가 가지고 있지 않단다. 딴 사람이 가지고 있지."

"서, 설마 저희들에게 돈을 지불할 수 있는 능력이 없다고 판단하시고 다른 곳에다 파신 겁니까?"

리켈푸스는 고개를 저었다.

"차라리 그러면 웃돈을 줘서라도 다시 사 오면 그만이지만 나는 그것을 그만 무척 마음에 든 사람에게 선물로 주었단다. 이유는 네가 말한 대로고."

"할아버지, 선물하신 게 남자인가요, 여자인가요?"

"린, 너!"

"남자란다. 왜 그러니?"

린은 손뼉을 치며 하얀 이가 드러날 정도로 씨익 크게 웃었다.

"우와! 정말 엄마 말 그대로잖아. 할아버지, 그 사람은 어디에 살고 있어요? 제국?"

"실은 여기에서 얼마 떨어지지 않은 곳에 살고 있지. 그보다 좀 설명을 해주겠니?"

새빨갛게 붉어진 미리안의 얼굴을 궁금히 여기며 린에게 물었다.

"저희 어머니는 좀 이상한 구석이 있으셨죠. 특히 그중 하나가 외가 쪽 집안에서 여자 자식에게만 물려지는 반지였는데 어머니는 그것을 운명의 반지라고 부르셨어요. 어느 날 어머니는 그 반지를 언니에게 물려주면서 언젠가 이 반지를 너는 잃어버리게 될 것이다. 그리고 다시 찾게 되었을 때 그 반지를 가지고 있는 사람이 바로 네 운명의 남자다라고 마치 점술가처럼 예언하셨죠."

"실은 저와 아내의 첫 만남도 그 반지가 계기가 되었습니다."

이야기가 그쯤 되자 점점 리켈푸스는 당혹감에 휩싸였다. 부끄러워서 고개도 들지 못하고 빨개진 얼굴을 내리고 있는 미리안과 괜히 신이 나서 어쩔 줄 몰라 하는 린의 모습으로 보아 절대 괜한 소리는 아닌 듯싶었다. 하지만 가장 큰 문제는 바로 그 운명의 남자일 수 있는 것이 이제 열세 살의 꼬마 산적이라는 데에 있었다.

리켈푸스는 본의 아니게 열일곱 살의 귀족 영애와 열세 살의 평민도 아닌 산적 꼬마 아이를 중매 서준 꼴이 된 것이다. 술이 석 잔은커녕 여자 쪽 집안에서 몰매를 맞아도 할 말이 없는 이 상황을 어떻게, 뭐라고 설명해야 하는 걸까?

"저… 그런데… 그 반지를 주신 젊은이는 아직 미혼이겠지요?"

칼리엄 남작마저 은근슬쩍 기대를 담아서 물어왔다. 그 제국의 큰손이라고 불리는 리켈푸스가 사십억 리온 이상의 가치가 있는 물건을 선물로 줘버릴 정도의 사람이다. 더군다나 스스로도 매우 마음에 드는 사람이라고 하지 않았던가? 분명히 그 말이 큰 호응을 부른 것이다.

"…그 반지는 내가 어떻게든 되찾아오겠네."

남자가 한 입으로 두말할 수 없는 법이지만 저리 예쁜 딸을 두고 있는 아비의 억장을 무너뜨리고 원망의 소리를 들을 자신이 없었다.

리켈푸스는 점점 머리가 아파오는 것을 느끼며 아스피린을 가지고 오지 않은 것을 후회했고, 상황을 전부 파악한 서기관은 지금 가지고 있는 물건 중 세라스의 반지에 필적하면서 여자의 마음을 단번에 빼앗을 수 있을 만한 물건이 있는지 리스트를 뒤지기 시작했다.

얼마 후,

칼리엄 영주 성으로부터 두 필의 말이 텐텐 산맥을 향해 전속력으로 달리기 시작했다.

지나가던 농민들은 그 모습을 아주 의아스럽게 쳐다보았다.

분명히 저 말을 타고 달려나간 이는 영주의 딸인 린 칼리엄이었다. 아름다운 미모에 여기사를 꿈꾸는 씩씩한 소녀로 영지 내에서는 모르는 이가 없었고, 또 그리 말을 타고 달려나가는 모습은 흔치 않았기에 모두들 쉽게 알 수 있었다.

그러나 정작 그들을 놀랍게 만든 것은 둘째 아가씨 옆에 절대 보여서는 안 될 아름다운 환상이 함께하고 있다는 데에 있었다.

"저거 미리안 아가씨 아냐?"

"에이, 설마 그 천사 같은 분께서 린 아가씨 이상의 기백으로 말을 타고 나갈 리가 있나? 자네나 나나 기가 허해져서 환상을 본 거야."

그들은 애써 자신이 본 것을 환상으로 치부하며 마음속에 간직한 미리안의 이미지를 영원히 간직했다.

"반지의 주인은 열세 살의 산적 아이일세."

조금 전 남작부인이 화를 냈을 때와는 비교가 안 될 정도로 강렬한 냉기가 공간을 갈가리 찢어놓을 듯 불어닥쳐 왔다.

"여, 열세 살."

난감해하는 미리안.

"산적 아이?"

어이가 없는 듯 내뱉는 린. 마지막으로 말없이 엄청 복잡한 표정을 짓고 있는 남작.

그 후 리켈푸스는 최대한 노력해서 반지를 되찾아오겠다고 몇 번이고 약속하며 이번 일은 전적으로 자신의 잘못이니 한 푼의 돈도 받지 않겠다고 말했다. 실제로는 배상금마저 줘야 할 형편이었으니 그리 놀라운 일은 아니나 그에게 있어서 사십억 리온이라는 거금도 반지가 만나게 해준 세 아이들과의 만남에 비하면 조금도 아깝지 않았다.

반지가 어디에 있는지 그것을 상세하게 말해 준 것은 리켈푸스의 실수였다.

미리안은 모아놓은 패물을 들고 몰래 성을 빠져나와 텐텐 산맥으로 향하려 했다. 그 중간에 언니를 꿰뚫어 보고 있는 동생을 둔 죄로 예상치 못하게 동생과 동행하게 되었지만 말이다.

"난 기사 수업을 받았으니까 적어도 짐은 되지 않을 거야."

끈질기게 말렸으나 린은 끝내 돌아가지 않았다. 하지만 린이 함께해 주어서 마음이 든든해지기는 했다. 어디까지나 그녀들이 가는 곳은 산적들의 소굴이었으니까. 그들은 안전하다는 리켈푸스의 단언을 믿기는 하나 최악의 상황을 생각해서 나쁠 것은 없었다.

두 자매의 말 다루는 솜씨는 남자들이 봐도 혀를 내두를 정도로 뛰어난 것이었다. 특히 린의 놀라움은 설명하기 힘들 정도로 컸는데 매일 기사 수업의 일환으로 말을 타는 자신에 비해 조금도 뒤처지지 않는 언니가 무척이나 크게 느껴졌다.

'실은 나보다 훨씬 더 말괄량이 아냐?'

그렇게 생각한 것도 무리는 아니었다.

"세상에, 열세 살 아이라는 것은 그렇다 해도 산적이라니! 말도 안 돼! 그런 범죄자가 운명의 상대라니 지금 장난하는 거야, 뭐야?"

"린, 그러다 혀 깨물겠어."

계속되는 동생의 투덜거림에 그렇게나마 만류해 보지만 큰 효과는 없었다.

"으이구, 이 바보. 언니는 화도 안 나?"

"그분께서 알고서 그런 것도 아니잖아. 뭣보다 산적 아이에게 그리 엄청난 물건을 준 것 자체가 대단하신 분이고."

확실히 그도 그렇다. 만약 자신이라면 누구에게 주기는커녕 어떻게 하면 남에게 빼앗기지 않을까 고심하고 있을 터다. 그래도,

"그건 그거고 이건 이거야. 그 반지, 무슨 일이 있어도 꼭 되찾고야 말겠어."

자신보다 더 열을 올리는 동생이 고마울 따름이었다.

삼십 분이 흘렀을까? 서서히 두 자매는 텐텐 산맥을 향해 오르기 시작했다. 산맥 중간 부분에 산적들이 닦아놓은 길로 가기 전까지 산길은 오를수록 더욱더 험해져 갔지만 미리안과 린은 둘 다 조금도 처지지 않고 단번에 새 길까지 올라왔다. 보면 볼수록 범상치 않은 자매들이었다.

"와, 세상에 말도 안 돼. 정말 길이 있잖아? 그것도 마차 두 대가 충분히 지나갈 정도의 큰 도로가 산맥 중간부터 이렇게 숨겨진 곳에 있다니, 이래도 되는 거야?"

"물론 불법이지만 산적들이니."

법으로 정해놓아 봤자 아무 소용 없다는 말이다.

"나참, 세상에 머리 써서 돈 버는 산적들이 있다니."

"린, 그건 편견이야."

이히히히히히힝!

갑자기 미리안이 타고 있던 말이 미친 듯 크게 울음을 터뜨리며 자리에서 멈추었다.

"잠깐. 거짓말이지?"

차라리 나타난 게 험상궂게 생긴 산적들이었다면 이렇게 놀라지는 않았을 것이다.

돼지머리에 날카로운 이빨, 약간 작지만 소녀들에 비하면 두 배는 될 법한 두터운 몸에 가죽을 덧입힌 원시적인 방어구를 걸치고 손에는 인간을 죽이고 훔쳤거나 혹은 주웠을 법한 병장기를 들고 있는 그 모습.

"오크!"

그것도 한두 마리가 아닌 열 마리가 넘는, 그 하나하나가 곧 재앙이라고까지 불리어지는 몬스터였다.

"황금 광산이라니!"

남작부인의 신경질에 응접실에서의 대화를 듣던 하녀가 움찔거리며 말을 멈추었다.

"계속해!"

"네, 네. 그 황금 광산은 전 남작부인의 아버님께서 소유하고 계셨던 것으로 지금은 분명히 린 아가씨의 소유로 되어 있다는 것입니다. 린 아가씨께서는 황금 광산이 필요없으니 그걸 미리안 아가씨게 넘겨주었고 미리안 아가씨는 그것으로 반지의 값을 대신하셨습니다."

하녀는 자신이 들은 부분까지의 이야기만을 그대로 남작부인에게 모두 고했다. 남작부인은 조금 전에 난 화가 미처 풀리지도 않은 상태에서 이런 말도 안 되는 소리를 듣게 되자 더 이상은 참지 못하고 손에 잡히는 것을 모조리 집어 던져 버렸다.

쨍그랑!

포도주를 담은 잔이 벽에 부딪친 뒤 그 안에 든 내용물을 모조리 바닥에 쏟아 부으며 땅에 떨어졌다.

"이 영지에 있는 것이라면 그건 당연히 우리 훼인의 것이거늘 어미도 없는 계집년 주제에 그걸 멋대로 팔아넘겨!! 하아! 하아! 하아!"

거친 숨을 몰아 내쉴 때마다 트여 있는 가슴이 터져 버릴 정도로 솟아올랐다가 가라앉기를 반복했다.

하지만 문득 떠오르는 것이 있어서 생각을 달리해 보았다.

"이 집안에서 가장 높은 여자는 누구지?"

"그, 그야 마님이십니다."

"그래, 맞아. 어미가 죽었으니 그 반지를 물려받은 거지만 지금은 내가 그 아이들의 어머니잖아? 그럼 당연히 그 반지의 주인은 내가 되어야 해."

하녀는 잠자코 있었다. 분명 누가 봐도 이치에 맞지 않는 일이지만 말 한마디 까딱 잘못하면 자신이 죽을 수도 있다는 걸 잘 알고 있었기 때문이다.

"호호, 그 정도 가치가 있는 물건이라면 당연히 내가 가져야 해. 언제 퍼널지 모르는 금덩어리를 기다리느니 당장 가질 수 있는 반지가 훨씬 낫지. 그 반지를 얻으면 우리 훼인도 지금보다 훨씬 더 멋진 옷을 입고 좋은 음식을 먹을 수 있을 거야."

그녀는 아주 크게 소리 내어 웃으며 그 반지를 어떻게 하면 쉽게 뺏을 수 있을지에 대해 곰곰이 생각하기 시작했다.

그리고 그 무렵, 두 딸이 사라진 것을 눈치챈 남작은 서둘러 사람들을 모아 리켈푸스와 함께 텐텐 산맥으로 향했다.

로빈이 상인 리켈푸스로부터 사십억 리온이나 되는 천문학적인 액수의 선물을 받았다는 소문이 퍼져 나가는 데에는 그리 오랜 시간이 걸리지 않았다.

하물며 그 이유가 다른 것도 아닌 사랑하는(?) 아내에게 주는 선물이라니 이 얼마나 기특한가?

진실은 어떻게든 마누라인 에쎄를 꼬드겨서 한번 해보고 싶은 흑심 가득 찬 로빈의 속마음이었지만 처녀들의 반은 이 일을 로맨스로 미화하기에 바빴고, 또 반은 질투심에 몸을 부들부들 떨었다.

물론 그들 중에서 가장 큰 피해자는 바로 짝이 있는 처자들의 남편, 혹은 남자 친구들이었다. 그들은 지금껏 자신의 모든 것을 갖다 바친 여인들로부터 로빈의 반이라도 닮아보라는 말도 안 되는 핀잔과 구박으로 남자의 자존심을 무참히 짓밟혀 버렸지만 그건 크게 신경 쓰지 않아도 되었다.

현재 로빈은 에쎄에게 가는 길이었다.

"대장, 여자에게 반지를 주는 의미가 뭔지 알아? 이런 물건을 무드 없게 그냥 줘버리면 오히려 한 대 맞는다고."

반지를 주는 것만 해도 낯간지러워 죽겠지만 그래도 이왕이면 확실한 효과를 바란 로빈은 주위 사람들로부터 충실히 조언을 듣고 또 계획을 세웠다. 근 이틀이라는 시간을 소모해 가며 모든 준비를 끝내고 한참을 달려서 드디어 에쎄와 그 친구들이 일하고 있는 호수에 도달할 수 있었다.

"정말 그 변태 꼬마 녀석은 삼 년 전이나 지금이나 아무것도 변한 게 없다니까."

막 나가려던 차에 갑자기 이야기의 주제가 자신에 대한 이야기로 바뀌자 얼떨결에 나무에 숨었다.

"기집애, 이제는 확실한 네 남편인데 그냥 만지게 해주면 되잖아. 아니면 아직 이 노처녀인 우리들 앞에서 남편 있다고 유세 떠는 거니?"

"어림도 없는 소리. 그리고 만지게 해준다니, 내가 무슨 장난감이야?"

"말이 그렇다는 거지 뾰족하기는. 에휴, 뭐가 그렇게 불만이니? 다른 애들이 얼마나 로빈을 탐내고 있는지 넌 모르지?"

기가 차다는 표정을 이렇게도 훌륭하게 지을 수 있는 것은 에쎄뿐일 것이다.

"그 머리에는 야한 것밖에 들어 있지 않은 그 변태 꼬맹이가? 아서라. 괜히 밤마다 야수의 위협에 잠을 설치는 내 꼴만 날 거니까."

메리샤는 에쎄의 말에 강하게 반문했다.

"그러니까 그게 정상인 거고 이상한 건 바로 너야. 결혼을 왜 했는데? 결혼이란 가정을 꾸리는 거고 가정을 꾸리기 위해서는 아기가 필수야. 그리고 아기를 만들려면 당연히 섹……."

"까악! 얘가 벌건 대낮에 무슨 말을 하려고 하는 거야!"

에쎄는 메리샤의 입을 틀어막으면서 동시에 손가락을 입에 갖다 대며 쉿을 연발했다.

"로빈은 아직 어린애야. 어른이 되어야 뭘 하지."

최대한 평정을 유지하며 단호하게 대답했지만 이건 오히려 무덤을 파는 격이었다. 친구 메리샤뿐만 아니라 근처에 있던 모든 처녀들의 입가에 묘한 미소가 떠올랐다.

"헤에, 몽정을 할 정도면 이제 어른의 반열에 오른 거 아닐까?"

"그, 그걸 어, 어떻게?"

에쎄는 거짓말이 들통난 사람마냥 당황하는 기색으로 되물었다.

"로빈은 우리 마을에서 가장 유명한 인사이다 보니 아무리 숨기려고 해도 사실은 다 새 나오기 마련이라고. 로빈이 몽정을 했는데 자기는 오줌을 싼 줄 알고 얼른 속옷을 씻고 있다가 너에게 걸린 사실 정도는 가만히 앉아 있어도 흘러들어 온다고."

"으으, 그거 사생활 침해야!"

"그러면 뭐 해? 여긴 산채인걸."

한마디로 국법이 존재하지 않는다는 말이다.

"변태 남편에 스토킹 이웃을 두다니, 너무 비참해."

"유명한 남편을 둔 것도 행운만은 아니구나. 그나저나 다시 한 번 생각을 잘 해봐."

"뭘?"

전혀 위기감이 없는 친구를 향해 메리샤는 아낌없는 조언을 던져 주기로 마음먹었다.

"아기 만드는 거 말이야. 확실한 정보통에 의하면 요 근래 로빈이랑 린드 오빠가 오크들에게서 구해준 그 애들 있지? 그 애들을 중심으로 지금 로빈을 노리기로 단단히 마음을 먹었다고 하더라고."

"전혀 신경 안 써."

"얘가 정말. 알았다, 알았어. 나도 많은 걸 바라지 않을게. 대신 사랑하는 아내를 위해 사십억 리온이라는 귀족들도 구경 못할 만한 반지를 구해온 너의 그 귀엽고 사랑스런 꼬마 낭군님께서 최소한 가슴 정도는 실컷 만지게 해줘."

주위 처녀들이 모두 얼굴에 홍조를 띠며 에쎄의 반응을 쳐다보았다. 나도 은근히 기대를 가지며 기다렸지만 에쎄는 무표정한 얼굴로 아무 말도 하지 않았다.

"아, 김새네. 조금이라도 당황스럽다는 표정 좀 지어봐라. 응?"

"바보 같은 소리 하지 마. 분명히 난 말했어. 로빈이 성인식을 치르기 전까지 나는 절대 로빈과 합방을 하지 않겠다고."

콰지직!

어디선가 거대한 돌이 로빈의 머리를 치고 지나갔다. 충격. 그것도 세상이 멸망할 것 같은 절망스러운 충격이었다.

"지금까지 내가 말한 걸 뭘로 들은 거야? 너, 바보 아냐? 최소한 그 반지 하나 때문이라도 당장 로빈에게 옷 벗고 달려들 애들이 부지기수인 거 알고나 하는 소리니?"

"메리샤, 나도 화내기 전에 그만 해. 그리고 만약 로빈이 내가 아닌 다른 여자와 그런 불결한 짓을 저지른다면 나는 바로 이혼할 거야."

정신적인 큰 충격을 받고 비틀거리다가 실수로 돌을 건드리자 그 소리에 근처에 있던 모두의 시선이 로빈에게 집중되었다.

"어, 어머나?"

메리샤를 비롯하여 여러 사람들이 마치 자기 일인마냥 놀라워했지만 그 속에서 유독 에쎄만은 아무런 변화가 없고 오히려 더욱 냉담해졌다.

"로빈, 지금 말 분명히 들었지? 그러면 알아서 잘 처신해."

"…싫어."

"뭐?"

"싫어! 나도 너 같은 마누라 필요 없어! 나도 이깟 쓸모없는 장신구가 얼마나 가치가 있는지 알아! 난 더 이상 어린애가 아냐! 이깟 반지 아무나 주고 해버릴 테야!"

뒤에서 에쎄가 뭐라고 외쳤지만 로빈의 귓가에는 더 이상 들리지 않았다.

"그래, 이딴 억지 결혼 같은 건 내가 먼저 차버려 주겠어. 두고 봐."

로빈은 계속해서 달렸다. 앞도 보지 않고 달리다가 몇 번이고 나무에 걸려 넘어지고 부딪쳤지만 그래도 개의치 않고 로빈은 달렸다.

그 감정은 단순히 부끄러운 일을 못하게 되었다는 것과는 아무런 상관이 없는 것이었다. 야속함. 자신의 마음을 몰라주고 알려고 하지도 않는 야속함이 커져서 미워지게 된 것이었다.

그 혼란 가득한 질주가 멈춰진 것은 조금씩 해가 져 가는 무렵의 일이었다.

"하아! 하아! 하아! 하아!"

흐트러진 숨을 가다듬었다. 여기가 어디쯤일까? 생전 모르는 곳이긴 하지만 길을 찾는 것은 더 이상 로빈에게 어려운 일이 아니었다. 사막 한가운데에 떨어져도 살아날 수 있을 정도로 수준 높은 생존 교육을 두목으로부터 직접 사사받은 것이다.

로빈은 근처 아무 바위에 걸터앉아 하늘을 처다보았다. 무심한 하늘, 무심한 에쎄, 그리고 겨우 그렇게밖에 소리치지 못한 바보 같은 자신.

"역시 후회하고 있잖아. 돌아가서 잘못했다고 싹싹 빌까? 아냐. 내가 뭘 잘못했는데? 난 잘못한 거 하나도 없다고. 그래, 결심했어. 아무나 상관없어. 무조건 하고 말 테야. 이 반지만 주면 누가 거부하겠어?"

하룻밤의 불장난의 대가치고는 믿을 수 없을 만큼 엄청난 거지만 더 이상 로빈은 이 반지를 보기 싫었다. 왠지 오늘의 불행이 모두 이 반지로 인해 벌어진 것만 같았다.

"꺄악! 이거 놓지 못해! 언니!"

소녀의 비명 소리에 고개가 휙 돌아갔다. 그리고 오크들의 소리가 들려왔다. 그것도 한두 마리가 아닌 최소 다섯 마리 이상.

"어떤 바보 같은 계집애가 이런 위험한 곳에 온 거야! 에이씨!"

짜증이 났지만 이미 도움을 구하는 소리를 들은 이상 텐텐 산의 산적으로서 의무를 다해야 했다. 그 의무란 산속에서 위험해 처한 사람을 도와주는 것.

"이런 바보!"

실수했다. 허리에는 활과 검을 차고 있었지만 정작 중요한 화살이 세 개밖에 없는 것이다. 이는 곧 자신의 목숨이 세 개밖에 없다는 것과 일맥상통했다. 검에 관해서는 완전히 잼병. 그렇다고 당장 화살을 만들 시간도 없었다.

"두고 보자, 계집애. 살아나면 볼기짝을 두들겨 줄 테다."

로빈은 이를 꽉 깨물며 우선 소리가 들려온 곳으로 이동하기 시작했다.

제5장
몬스터 랜드

　조용한 숲 속을 울리는 두 명분의 거친 숨소리와 함께 두 소녀는 점
점 자신들이 숲 깊은 곳으로 들어온다는 것을 눈치채지 못한 채 무조
건 앞으로 달리고 있었다.

　아무것도 보이지 않으나 분명 풀을 가르고 바람을 가르는 소리가 멀
리 떨어지지 않은 곳에서부터 계속 들려오고 있었다.

　"하아, 하아! 지, 집에서 나오는 게 아니었는데."

　"그런 말할 여유가 있으면 더 달리기나 해, 언니."

　바지를 입고 있는 린에 비해 드레스를 입고 있는 미리안은 상대적으
로 달리는 속도가 늦었다. 치마를 찢어버릴까 생각했지만 어느새 등
뒤로부터 돼지 머리를 붙여놓은 듯한 흉측하고 녹색의 피부를 가진 오
크들이 보였다.

　멈추면 바로 죽는다. 엄청난 위기감에 목이 바싹 타고 숨결조차 쉽

게 나오지 않았다.

"꾸륵꾸륵! 저기다! 쫓아라!"

"꾸륵! 인간 암컷! 잡아라!"

오크들의 손에는 도끼와 검 이외에 그물을 쥐고 있었는데 아마 평소에는 새를 잡아먹기 위해 사용하는 그물 같았다. 지금은 물론 다른 용도로 사용되고 있었지만.

"까아아아아아악!"

등 뒤에서부터 오크들이 던진 그물에 미리안이 제압당하며 바닥에 쓰러지고 말았다. 그물은 무거웠고 발버둥 칠수록 점점 몸을 죄어왔다.

"언니!"

"린! 너만이라도 도망쳐! 빨리!"

"미리안 언니, 안 돼! 같이 도망가야 돼!"

"이 바보! 오크에게 잡히는 여자들이 어떻게 되는지 알면서도 그래? 나 때문에 너까지 불행하게 될 수는 없어! 빨리 그들이 방심하고 있을 때 저 위로 올라가! 그럼 그 산적들이 널 보호해 줄 거야!"

미리안이 산 정상을 가리키며 소리쳤다. 아득히 먼 정상. 저곳에 도달하기 전까지 오크들에게 잡히지 않을 거라는 보장도 없지만 산적들이 보호해 줄 보장 역시 없었다.

"그런 범죄자들을 어떻게 믿어?"

"빨리 언니 말 들어!"

평소의 고요하고 부드러운 그녀의 이미지와는 다르게 피를 토하듯 외쳤다.

"싫어! 언니를 버리고 도망칠 바에야 차라리 혀 깨물고 죽어버리겠어!"

오크들은 여자들을 잡으면 죽이거나 먹지 않는다. 다행? 아니, 오히려 더욱 끔찍한 일을 당하게 될 뿐이었다. 그들은 잡은 여자를 자신들의 자손을 늘리는 데 사용한다. 그것도 탄생이라는 아름다움보다 능욕이라는 질 나쁜 개념으로 말이다.

몬스터의 공포라든가 오크들이 암컷을 공유한다는 말의 의미. 평소 다른 이들이 하는 말을 훔쳐 들었을 때에는 그저 흥미로운 이야깃거리에 불과했으나 지금 자신들이 그런 위기에 처해 버리자 절망이라는 단어의 참뜻이 몸소 느껴졌다.

과거에 훔쳐 들은 시녀들의 이야기가 떠올랐다.

요 몇 년 전, 칼리엄 영지에는 스무 마리가량의 오크의 습격이 있었다.

영주민들은 성으로 일시 대피했고 남자들은 서둘러 영지방위대를 결성하여 오크들을 섬멸했다. 평소 칼리엄 남작의 지시로 잦은 훈련이 있었던 터라 오크들의 습격에도 큰 피해를 입지 않았지만 딱 하나, 안타깝게도 한 가정이 완전히 박살나고 말았다.

목격자들의 말에 의하면 오크들은 먼저 외곽에 있던 한 집으로 쳐들어가 부부를 죽였다. 다음으로 문이 벌컥 열렸고, 그 집안의 두 딸이 비명을 지르며 필사적으로 도망을 쳤지만 피를 보고 완전히 이성을 잃은 오크들은 새를 잡을 때 사용하는 볼라를 집어 던져 먼저 동생을 사로잡았다.

그 후 벌건 대낮에, 그것도 대로에서 차마 입에 담지 못할 만큼 비인륜적이고 치욕스러운 일이 벌어지고 말았다.

사로잡힌 여자애의 옷이 수많은 오크들의 큼직한 손에 찢겨져 나가는 데에는 불과 몇 초도 걸리지 않았다.

냄새 나고 더러운 대여섯 마리의 생명체들이 작고 여린 한 소녀에게 매달리며 손과 혀와 흉측한 성기로 소녀의 육체와 정신을 파괴하고 강간하고 유린했다.

모양이 다듬어지기 시작한 가슴에는 살점이 떨어져 나갈 것 같은 느낌이 수차례 이어졌다.

허벅지 사이에서는 선혈이 흘러나오며 살을 찢어지는 느낌과 함께 오크의 그것이 소녀의 몸을 휘저었다. 죽어버릴 것 같은 고통이 끝나도 잠시일 뿐 상대가 바뀌어가며 고통은 계속되었다.

그 작은 몸은 억센 오크들의 힘에 의해 난폭하게 이리저리 굴러가며 엎어졌다가 일어나기를 반복해야 했고 입으로는 태어나서 단 한 번도 보지 못한 물건들로 숨쉬기조차 버거웠다. 그리고 괴성을 지를 때마다 하얀 액체가 허벅지 사이에서 흘러나오고 몸에 뿌려지며 식도로도 넘어갔다.

보는 것만으로도 돌아버릴 것 같은 상황이 벌어지는 동안 나머지 오크들에게 또 한 소녀가 그만 붙잡히고 말았고, 그녀 역시 먼저 붙잡힌 소녀와 별반 다를 바가 없이 근처에 모여 있던 여러 마리의 오크들로부터 사지를 결박당했다.

동생과는 달리 강하게 반항해 보았지만 강한 오크의 힘에 이내 축늘어지며 차례대로 몸을 내어줄 수밖에 없었다.

살려달라고 애타게 울부짖는 소리와 더러운 쾌락에 빠진 오크들의 함성 소리는 귀를 막아도 사람들의 귀에 들려오는 것 같았고 더러는 속에 든 내용물을 토해내는 이들조차 있었다.

오크들의 능욕은 병사들이 모여서 포위하고 있을 동안 벌어졌다. 그런 탓에 오크들은 전멸시킬 수 있었지만 이미 더러운 몬스터에게 개미마냥 짓밟혀 버린 두 작은 영혼을 구제시킬 수 있는 자는 그 누구도 없었다고 한다.

"제발 린, 이건 다 언니 잘못이잖니. 너까지 그런 일을 당하면 부모님을 뵐 면목이 없어. 그러니 너만이라도."

안타까움과 아픔이 교차되었다. 조금이라도 빨리 반지를 되찾고 싶다는 자신의 그 욕심 때문에 이런 곳에만 오지 않았다면, 또 따라오려는 동생을 막기만 했다면 최소한 자신의 불행만으로 모든 일이 끝났을 텐데.

"안 돼! 절대 안 돼! 에잇! 이건 또 왜 이렇게 무거운 거야?"

무거운 그물을 걷어내기 위해 애를 쓰다가 불현듯 생각이 나서 검을 뽑고 그물을 자르기 시작했지만 어떻게 된 영문인지 너무 질겨서 잘 잘라지지도 않았다.

아무리 기사 수업을 받고 있는 린이라 할지라도 아직 경험이 없고 어린지라 답답한 마음에 어느새 눈물이 주르륵 흘러내리고 있었다.

"꾸룩꾸룩!"

"꾸룩꾸룩!"

어느새 쫓아온 다섯 마리의 오크는 포위하듯 동그랗게 둘러싸고 천천히 다가오고 있었다. 그물을 자르는 것을 포기하고 오크들과 마주쳤다.

"이 더러운 오크들! 가까이 오기만 해봐! 당장 베어버릴 테다!"

힘을 짜내 외쳤지만 두 다리는 후들후들, 그리고 온몸의 감각이 공포라는 괴물에게 먹혀지듯 사라지고 있었다. 협상의 여지라도 있게 최소한 상대가 인간이었으면 하고 생각했지만 적 앞에서 딴생각을 하는 것은 자살 행위나 마찬가지였기에 얼른 정신을 차렸다.

"제발 꿈이면 깨어나 줘. 제발."

소녀의 그런 애탄 마음에도 불구하고 오크들은 사라지지 않았다. 분명한 현실이었다.

그중에서 한 마리가 성큼성큼 다가오기 시작했다.

린은 주저하지 않고 검을 휘둘렀다.

휘익! 챙!

혼신의 힘을 담아 휘두른 검을 오크는 자신의 도끼로 간단히 막았다. 저런 큰 도끼와 오크의 힘이라면 린 정도야 그녀가 들고 있는 검과 함께 반으로 갈라 버릴 수도 있었으나 그들의 목표는 어디까지나 생포였다.

"쿠룩쿠룩."

가소롭다는 듯 웃음을 짓는 듯한 모습에 스르륵하고 등 뒤로 서늘함이 흘러 지나갔다. 다시 검을 치켜들고 기합을 외치며 검을 휘둘렀다.

챙! 챙! 챙!

허용되는 공격은 단 하나도 없이 막혔다. 아니, 오크의 움직임은 막는다기보다 '느린 공격에 검이 날아올 곳을 미리 알고 그곳에 도끼를 갖다 둔다' 라는 정도밖에 되지 않았다.

명백히 우습게 보이고 있다는 증거였고 린도 그것을 깨닫게 되었다.

"짐승 따위가!"

심장 박동수가 마구 뛰어올랐다. 몬스터 주제에 자신을 우습게 보는 태도에 그만 흥분하고 만 것이다.

초조함에 상대의 도발이 겹치자 이성은 점점 흐려가고 검은 무뎌지기 시작했다. 그토록 달달 외운 검술도, 몸에 익은 휘두르기도 사라지고 누가 봐도 막무가내식으로 린은 검을 휘둘렀다. 그 어수룩함은 오크도 쉽게 눈치채고 이제는 도끼로 맞설 필요도 없다는 듯 한 번, 두 번 피하기 시작했다.

그것은 명백히 농락이었다.

약해 빠진 사냥감이긴 하나 자기들의 팔보다 긴 '휴대 이빨'의 날카로움은 오크 역시 알고 있었기에 쓸데없이 위험을 감수할 필요는 없었다. 이대로라면 저 사냥감은 제풀에 지쳐서 곧 쓰러질 테고 자신들은 그 후 마음껏 연회를 베풀면 되었다.

호전적으로 타고난 전투 종족인 오크들은 토끼 한 마리 잡을 때도 최선을 다한다고 하나 터무니없는 사냥감을 보면 농락해 보고 싶은 것도 사냥꾼의 감정.

좌절과 피로라는 보이지 않는 괴물이 점차 린의 팔과 다리를 물어뜯고 있을 때 하늘에서부터 목소리가 들려왔다.

"오크 주제에 제법 똑똑해 보이지만 말이야!"

"꾸륵꾸륵?"

"무지 마음에 안 드는군!"

피잉!

린은 정면에서 보았다. 날아오는 두 개의 화살. 그 화살은 마치 기적처럼 자신의 머리를 가운데에 두고 양옆으로 지나가며 눈이 차마 그 화살을 쫓아가기 전에 자신의 옷에 어떤 액체가 튄 느낌과 함께 괴성이 들려왔다.

"꿔이이이익!"

"꿔익! 꿔이이익!"

방금까지 자신을 가지고 놀던 그 기분 나쁜 오크와 신경을 쓰지 못한 언니에게 다가간 오크 두 마리의 얼굴에 정확히 두 개의 화살이 박혀 있었다.

"병신 같은 계집! 정신 차리지 못해!"

또다시 들려온 목소리가 린의 머리 속을 관통했다.

지금까지 나 뭐 한 걸까? 오랜 시간을 기사가 되기 위해 피나는 노력했으면서 겨우 공포 따위로 이런 추태를 보이다니.

으득.

이를 꽉 깨물자 혀에서 피 맛이 살짝 느껴졌다. 신경도 쓰지 않고 검을 비스듬히 잡으며 얼굴로 향한 뒤 왼손으로 검자루의 밑을 힘껏 밀며 자신을 농락하던 오크의 목덜미를 향해 힘껏 박아 넣었다.

"커걱! 꾸꾸에에엑!"

그 커 보이던 몸이 힘없이 쓰러졌다. 동시에 검을 통해 흘러내리던 핏물이 어느새 손을 적시고 있었다.

"뭐야? 생각보다 잘하잖아?"

후득!

나뭇가지를 밟고 뛰어내리는 소리에 저도 모르게 반응해서 올려다보았다.

빛! 거기에는 조금 전까지 보이지 않던 빛이 존재하고 있었다. 그 빛은 한 송이의 작은 눈처럼 사뿐히 하늘에서 내려와 바닥에 앉더니 점차 인간의 모습으로 변하기 시작했다.

'뭐야?'

속으로 소리를 질렀다.

분명 저 갑자기 등장한 활을 들고 있는 남자 아이는 처음부터 인간의 모습을 하고 있었다. 그런데 어째서 자신은 빛이라고 생각한 걸까?

상상력이 지나쳐도 어느 정도가 있거늘.

"뭐 하는 거야? 정신 차려."

나지막한 목소리에 다시 정신을 차렸다. 외관으로 보면 적어도 두세 살은 어려 보이는 아이로 그 차림이 딱 '나 산적이요'라고 말하고 있었다.

아이가 한 손으로 검을 휘두르자 그토록 안 잘려서 고생을 시키던 그물이 단번에 잘려졌다.

"너희들은 내가 알고 있는 칼이라는 어리석은 녀석과 똑같은 놈들이군. 자, 와라. 힘없는 자를 괴롭히고 그것을 웃으며 즐기는 너희들의 버릇을 고쳐 주지."

소녀들을 잡으려던 도중 후발로 밀려났다가 이제 하나둘 합류를 시작하면서 그 수는 점점 늘어나고 있었다.

린과 미리안은 아무 말 없이 오크들과 대치하고 있는 로빈을 등 뒤에서 숨죽이며 지켜보고 있었다. 고작 이 소년 한 명으로 어떻게 될 상황은 아니지만 말도 없고 길도 모르는 그녀들에게 유일하게 의지할 수 있는 자는 이 소년뿐이었다.

"쳇!"

남을 의지해야 한다는 사실에 린은 투덜거렸다. 의지나 구원 같은 단어는 그녀가 가장 싫어하는 것이었다. 지금은 언니를 위해서라도 어쩔 수 없지만 말이다.

약간의 시간이 흘렀다. 그동안 오크들은 더욱더 몰려들고 있었다. 이 아이가 무슨 생각으로 이렇게 가만히 서 있는지는 모르겠지만 더이상 머뭇거리다가는 죽음밖에 길이 없을 것 같아 결국 린은 입을 열었다.

"뭐야? 갑자기 왜 그래?"

"자……."

"자?"

무슨 말인지 되물어봤지만 로빈은 크게 소리쳤다.

"장난 아냐? 뭐야, 이거? 내가 왜 발끈해 가지고는! 아아, 미쳤어! 완전히 미친 거라고! 애써 계획해 놓은 게 다 무산되어 버렸잖아!"

"에?"

"잠깐 지금 뭐라는 거야?"

알 수 없어하는 미리안과 린이 차례대로 말했다. 로빈은 미치고 환장해하는 사람처럼 머리를 벅벅 긁었다. 아내의 내조 덕인지 비듬이 흐르거나 하지는 않았다.

"나 무슨 생각으로 일을 저지른 걸까? 그것도 세 개밖에 없는 목숨을 두 개씩이나 써가면서! 젠장!"

화가 난 목소리로 뭐라고 계속 말했지만 여전히 그 말은 이해할 수가 없었다. 그러다가 갑자기 확하고 고개를 돌리더니,

"너희들, 도대체 뭐야? 여긴 왜 있는 건데?"

라고 퉁명스럽게 물었다.

"아, 저희들은 칼리엄 가문의 사람들로……."

"느림보 언니! 지금 그게 문제야! 야, 꼬맹이, 너 말투가 왜 그리 싸가지가 없어! 우리들은 너보다 연상에 귀족이라고! 천한 산적 주제에 존댓말 쓰지 못해?"

"어쭈? 별 웃기는 계집애 다 보겠네?"

"뭐, 뭐?"

린의 얼굴이 새파랗게 변할 만큼 충격으로 물들었다.

계집애. 그것도 보통 계집애도 아니고 웃기는 계집애란다. 태어나서 단 한 번도 들어보지 못한 이 엄청난 치욕이라니! 더군다나 저 꼬맹이는 처음에 자신을 병신 같은 꼬마 계집애라고 하지 않았던가?

"이, 이, 주, 죽여 버릴 테다!"

"웃기고 있네. 꼴에 지가 계집애라는 건 알고 있나 보지? 나참, 이것도 가슴이라고 계집애라 주장하나?"

그러면서 로빈은 손등으로 툭툭 린의 가슴을 두드렸다.

"까악! 이 변태!"

본능적으로 장갑을 던지기보다 손바닥이 먼저 나갔다. 하지만 허공을 가로저을 뿐. 귀족의 영애를 모욕하고도 그 손을 피하기까지 하다니. 아무리 천한 산적이라곤 하나 어찌 이리도 몰지각하단 말인가? 세상에 평생 받아볼 굴욕을 오늘 이 자리에서 모두 다 받은 것 같은 린이었다.

"저기… 지금은 그것보다 눈앞의 오크가 더 급하지 않을까?"

"언니는 빠져!"

"큰 가슴 계집애, 넌 빠져!"

휘익!

바람 소리에 붙어서 토닥토닥거리던 린과 로빈이 동시에 물러서자마자 그 사이를 도끼가 반으로 가르며 땅에 박혔다.

잠깐 자신들이 소외되었다는 것 때문인지 오크들은 모두 흥분한 모습으로 당장이라도 달려들 기세였다.

로빈은 손바닥으로 왼쪽을 가리키고는 두말 않고 외쳤다.

"저쪽으로 무조건 달려!"

"크아아아아앙!"

몸을 돌려 도망치기 시작하자 오크들 역시 괴성을 지르며 추격해 오기 시작했다. 로빈은 달리면서 활을 어깨에 메고 품속에서 단도를 꺼내 들더니 미리안의 등 뒤에 바짝 붙어 치마를 잘라내기 시작했다.

"까악!"

"너, 언니에게 무슨 짓을 하는 거야!"

"이 멍청한 계집애야, 산속에서 드레스 입고 저 오크들에게서 도망칠 수 있을 것 같아?"

찌지지지지익!

분명히 조금 전에 비하면 무척 실용적인 차림으로 변했으나 로빈이 일류 재봉사 자격증이 있을 리 만무한 관계로 드레스는 한순간에 미니스커트마냥 짧아져 버렸다.

시집도 안 간 처녀가 허벅지가 훤히 드러나는 옷을 입고 있다니, 보통 부끄러운 일이 아닐 수 없었다. 게다가 어리긴 하지만 분명 외간 남자가 떡하니 뒤에 있지 않은가?

"히이잉."

달리는 미리안의 눈가에 살짝 눈물이 맺혔다. 이 꼴을 아버지가 보신다면 그녀는 결혼하기 전까지 평생 집 밖으로 외출이 금지될 수도 있었다.

"걱정 마, 언니. 오크만 전부 따돌리면 내가 어떻게든 저 녀석을 죽여 버릴 테니까."

"고작 오크 한 마리에 쩔쩔매다가 도망가는 허접한 실력자 주제에 가능할 거라고 봐?"

"너, 너도 도망가고 있잖아!"

"이 계집애야, 나는 애초에 활이 주특기란 말이야. 다급한 소리에 서

둘러 달려오느라 활을 챙기지 못해서 지금 나마저 이 꼴이 된 걸 알고 하는 소리냐?"

로빈의 핀잔에 린은 더 이상 뭐라 대꾸할 수 없었다. 싸가지가 있든 없든 일단은 도와주러 온 고마운 생명의 은인인 것이다.

"꾸룩꾸룩! 잡아라!"

"취이익! 수컷은 죽여 버리고 암컷은 꼭 생포하라!"

오크들의 큰 목소리는 바로 옆에 있는 것마냥 가깝게 들려왔다. 두 자매는 열심히 달린다고 달리고 있었지만 오크들에 비하면 거북이나 마찬가지였다. 로빈은 아직 몸집이 작고 산에서 태어나 산에서 쭉 자란 탓에 숲 속에서는 오크들쯤이야 쉽게 따돌릴 수 있을 정도로 빨랐으나 이런 짐이 두 개나 있는 이상 아무 소용이 없었다.

"죽고 싶지 않으면 나처럼 저기 바위에서 힘껏 뛰어!"

'뭐라고?' 라고 외치고 싶었으나 순식간에 로빈이 두 자매를 앞지르며 큰 바위 앞에서 뛰었다. 약간 멀리뛰기를 한 정도라 린과 미리안은 별 어렵지 않게 따라 할 수 있었다. 하지만 그 뒤의 오크들 사정은 달랐다.

바위를 지나간 순간 가장 앞서 있던 오크의 다리에 무언가가 걸렸다. 그러자 '붕' 하는 소리와 함께 뾰족한 말뚝이 박혀 있는 나뭇가지가 큰 호를 그리며 정확히 그 오크의 몸을 꿰뚫었다.

"히이이익! 세상에, 세상에, 지금 저기를 넘어온 거야?"

"호들갑 그만 떨어. 몇 개 더 있기는 하지만 워낙 급하게 만든 거라서 몇 개가 더 제대로 작동될지 나도 몰라!"

두 자매는 달리면서 작게 감탄하고 말았다. 구해주는 것 외에도 도주로를 정해놓고 추격마저 미리 마련해 놓다니. 천민이고 귀족이고를 떠나 아이라면, 보통 아이라면 절대 할 수 없는 일이었다.

"거기 줄, 건드리지 마! 주의해!"

이것으로 벌써 세 번째 충고였다. 두 사람은 최대한 주의하며 줄을 건드리지 않고 지나갔다. 만약 실수로라도 건드리게 되면 어떤 일이 벌어질까라는 건 꿈에도 생각하고 싶지 않았다.

이번 트랩은 반동을 이용해서 말뚝으로 적을 찌르는 방식의 트랩이 아닌 적을 공중에 매달아 버리는 스프링식 줄덫의 일종이었다.

린은 기사 수업 도중에 배운 예의 물건이 눈앞에 보이자 괜히 반가웠다. 그러나 네 번째, 다섯 번째 트랩을 지나갈수록 점점 큰 의문이 생겨났다. 그 의문이란 바로 이 꼬마 아이가 만들어놓은 함정이 전부 제국 검법 교본 내에 수록되어 있는 함정들이라는 것이었다. 지금 눈앞의 함정들은 책에서 본 이론과는 비교도 할 수 없는 응용력과 변화가 첨부되어 있었으나 제국 검법을 배우고 있는 린이었기에 잘 알 수 있었다.

"그쪽에는 얼굴 조심해. 얼굴을 집어넣었다가는 바로 죽어버리니까."

하며 말한 곳에는 올가미 밧줄이 매달려 있었다. 그 외에도 트랩의 종류는 다양했고 조심하라는 말이 한마디 나오면 그 다음에는 어김없이 오크들의 비명 소리가 잇달았다.

오크들의 추격이 약해진 것은 다섯 번째 트랩을 지난 뒤의 일이었다.

겨우 오크들의 시야에서 벗어난 세 명은 바위에 걸터앉아 잠깐 휴식을 취하고 있었다. 그때 린이 뭔가 쭉 생각하고 있다가 자리에서 벌떡 일어나며 로빈에게 물었다.

"야, 싸가지, 이곳에 자주 와?"

"난 멋진 산적 싸나이야. 이런 어둡고 깊은 숲 속에 누가 오고 싶어 하겠어?"

"뭐야? 그럼 넌 길도 모른 채 무작정 달리고 있었던 거야?"

"여기는 내 집의 앞마당 같은 곳이야. 자기 집 마당에서 길을 잃는 사람 봤어?"

차마 무식해서 같이 이야기를 못하겠다는 식으로 로빈이 말하자 린은 얼굴을 붉히고 당장이라도 결투를 외칠 자세를 잡았다.

"린, 산적님은 우리를 구해주신 분이셔."

"산적님은 무슨 얼어죽을 산적님이야? 천민 중에서도 범죄자라고."

"흠, 역시 미인은 달라. 난 로빈, 로빈이라고 편하게 불러줘."

"전 미리안 칼리엄이라고 합니다. 그리고 이 아이는 제 여동생 린 칼리엄입니다."

웅, 칼리엄? 로빈은 자신의 기억 아주 깊은 곳에 칼리엄이라는 단어의 존재 여부를 확인하고 기억을 검토해 보기 시작했다.

"칼리엄, 칼리엄, 칼리!!"

"유일하게 조심해야 하는 곳이 텐텐 산 아래에 존재하는 칼리엄 가의 영지이지만 아직까지 크게 부딪친 적은 없단다. 왜냐하면 칼리엄 남작은 현명해서 텐텐 산의 산적들을 토벌한다는 명목으로 부딪쳐 봤자 손해라는 것을 잘 알고 있거든. 뭐, 모르지. 칼리엄 남작에게는 예쁜 두 명의 딸이 있다고 하는데 우리들이 납치해 온다면 모를까 절대 싸울 일은 없어."

"에에엑!! 그 칼리엄 영주의 두 딸?"

"흥, 이제야 알아보시는군. 천민 따위가 귀족에게 건방지게 굴었으니, 후후후, 귀족 모독죄가 얼마나 큰지는 알고 있겠지? 사형 정도는 아주 우습게…….."

챙 하는 소리가 들렸다. 로빈이 검을 빼 든 것이다. 린과 뒤늦게나마 미리안이 함께 놀란 표정을 지으며 로빈을 주시했다.

무언가 굳게 결심한 듯한 모습. 일말의 대화도 통하지 않을 듯한 눈빛. 린은 사형이라고 말한 것은 그냥 한번 놀려보고 싶어서 꺼낸 말이라고 필사적으로 변명하고 싶었다.

"쉬이잇!"

손가락을 입에 대고 조용히 하라고 제스처를 취하는 로빈의 태도에 린은 안도감이 섞인 한숨을 크게 내쉬었다.

끝이 없는 긴장감이 로빈을 중심으로 맴돌았다.

스슥, 스슥, 스슥, 스스슥.

들려오는 것은 바람에 휘날리는 나뭇잎이 서로 스쳐서 나는 소리뿐이었다.

"뭐야? 그냥 바람 소리잖아? 너, 괜히 놀래키려는 거였지?"

"이 멍청한 계집애가!"

불쑥불쑥 무언가 작고 검은 것이 바위 아래서 튀어나왔다가 들어갔다. 그리고 왼편의 나무에서도, 오른편의 구덩이 속에서도.

"뭐, 뭐야, 저거?"

크기는 작다. 몸도 크기도 오크의 절반. 하지만 그 수에서만큼은 조금 전에 조우했던 오크들의 세 배를 넘어서고 있었다.

"코볼트. 악질적으로 따지면 오크와는 비교도 안 돼. 그냥 아까 전의 상황이 반복된다고 생각해 둬. 달라진 건 돼지머리에서 개머리로 바뀐 것뿐이야. 하나, 둘, 셋 하면 저기로 달리는 거야. 좀 전처럼 무조건 앞만 보고 달려."

로빈의 말대로 오크가 돼지머리를 단 몬스터라면 코볼트는 개의 머리를 달고 있었다.

린은 내심 이유 모를 불만이 생겼으나 일단은 미리안과 함께 알겠다고 고개를 끄덕였다.

"하나, 둘, 셋! 달려!"

로빈의 구호가 떨어지자 먼저 두 사람이 힘껏 달리기 시작했다.

키케키.

달리기 시작하자 코볼트 무리가 쏟아져 내려오기 시작했다. 그 모습에 로빈은 나무 상자에 병아리를 가득 담은 뒤 그것을 쏟아내는 광경이 떠올랐다.

키케케.

알아들을 수 없는 소리를 외치며 코볼트는 로빈을 향해 왼쪽에서 오른쪽 수평으로 숏 소드를 휘둘렀다. 로빈은 검을 피하기 위해 점프하면서 동시에 발을 움직여 머리를 힘껏 걷어찼다.

철썩!

로빈의 발차기에 저만치 떨어져 나갔지만 곧이어 두 번째, 세 번째 코볼트가 검을 휘두르며 로빈을 압박해 들어갔다.

챙!

두 번째 코볼트의 검을 막고 몸을 힘껏 옆으로 틀어서 연속으로 들어오던 세 번째 코볼트의 검을 피했다. 무리한 움직임으로 중심을 잃고 쓰러지는 와중에서도 발을 휘둘러서 정통으로 턱을 걷어찼다.

캥캥!

"이 국거리 재료밖에 안 될 것들이!"

뛰어올라 검으로 힘껏 내려치는 코볼트의 공격을 흘리면서 자세를 바로잡고 손에 쥔 숏 소드로 목을 베었다.

경동맥이 잘린 듯 피가 소리를 내며 강하게 뿜어져 나왔지만 운이 없게도 그 피의 대부분이 로빈의 몸을 잔뜩 적셨다.

"윽! 젠장! 무지 마음에 든 옷이었는데. 내 옷 물어내!"

이 정도 많은 양의 피를 사라지게 만들 정도의 표백제가 있을 리 만무했으나 중요한 건 그게 아니라 눈앞의 적들이었다.

동료가 죽자 코볼트들은 로빈을 만만치 않은 상대로 판정하고 적개심을 가득 품으며 등에 매달아놓은 검은 방패를 하나둘 세우기 시작했다.

"검은 게 왔다 갔다 하더니 정체가 뒷모습이었군."

그들은 방패, 아니, 여러모로 봐서 때로는 철모도 될 수 있고 때로는 냄비도 될 수 있는 듯한 물건과 또 한 손에는 숏 소드를 꼭 쥐고 천천히 로빈을 향해 쇄도하기 시작했다.

"웃기네! 누가 그 정도로 압박을 받을 것 같아? 난 오십 명에게도 둘러싸여 본 적이 있는 몸이라고. 겨우 서른 마리 난쟁이 따위로는 날 어찌할 수 없어!"

로빈은 이미 열 살 때 생과 사의 갈림길에서 아수라장을 겪고 살아남은 몸.

과거에 있었던 승부는 확실히 그에게 있어서 돈으로 따질 수 없을 정도의 큰 가치가 있는 영양가 많은 비료였고 그 비료에서 영양분을 잘 빨아들인 로빈은 얼마 안 가 꽃을 피울 수 있을 만큼 성장해 있었다. 로빈은 조금도 당황하지 않고 한 발자국 뒤로 물러서서 발밑에 떨어져 있는 돌멩이를 잡고 힘껏 던졌다.

퍅!

클린 히트가 예상되는 소리와 함께 한 마리의 코볼트가 그대로 나자빠졌다.

키케키케!

키케키케!

놀랐다는 것을 광고라도 하듯 그들은 요란스럽게 소리를 질렀다. 그러는 사이 당연히 봐줄 필요가 없는 로빈의 돌팔매 솜씨로 피해자가 속출하기 시작했다.

케!

한 다섯 마리가 추가로 쓰러지자 어떤 한 마리의 코볼트가 소리쳤다. 그리고 곧 나머지 멀쩡한 모든 코볼트가 일동 방패로 얼굴을 완전히 가렸다.

로빈이 얼굴만을 노린다는 것을 눈치챈 건지, 아니면 얼굴만 맞지 않으면 충분히 버틸 수 있다는 계산 하에서 나온 결과인지는 알 길이 없었지만 우연히 찾아온 행운이었다.

일부러 도망치듯 힘껏 발을 크게 굴리자 몇 마리의 코볼트가 슬그머니 고개를 내밀었고, 그 틈을 놓치지 않고 로빈은 또다시 돌을 던졌다. 그렇게 두어 번 반복하자 이제는 아무리 발을 굴려도 그 어떤 코볼트도 얼굴을 내밀지 않았다.

속으로 멍청한 코볼트들에게 감사의 인사를 전하며 로빈은 아주 편하게 린과 미리안의 뒤를 쫓을 수 있었다.

덤으로 로빈이 사라진 후에도 코볼트들은 한참 동안 그렇게 가만히 제자리에 서 있었다.

산의 밤은 빨리 찾아온다. 현재의 위치는 산채와 절대 위험 지역이라 불리는 몬스터 랜드의 딱 중간 지점. 서두르면 밤이 되기 전에 산채로 돌아갈 수 있었다.

한참 자신이 일러준 대로 길을 따라가던 로빈은 문득 조금 전부터 느낀 이상한 감각에 그만 '앗차' 하고 소리를 지르며 왔던 길을 되돌아가기 시작했다.

"흔적이 없었어. 내가 왜 이걸 눈치채지 못했지? 산에 능숙한 사람이라도 깊은 산속에서는 방향을 잃어버리는 일이 흔한데 이걸 생각 못 하다니."

두 사람은 산은커녕 숲조차 들어가 본 일이 없을 것 같은 귀족 여인들이었다. 정규 훈련을 받은 기사들이나 레인저조차 산에서 움직이면 약간의 흔적이 남기 마련인데 그 두 자매가 흔적없이 지나갔다는 것은 말도 되지 않았다. 즉, 그녀들은 이곳에 오지 않았고 중간에 다른 곳으로 새어버렸다는 것이다. 그렇게 얼마간 뒤로 돌아간 로빈은 곧 흔적을 찾아낼 수 있었다.

밟힌 풀의 모양, 각도의 인위적인 흐름, 짐승의 영역 표시, 활동 시간, 발자국 등등 그 모든 것을 고려하며 퍼즐을 풀어가듯 이곳에서 있었던 상황을 유추해 냈다.

"여기군. 음, 왼쪽으로 갔잖아? 이 발자국은? 제길, 또 오크야? 도대체 오크랑 무슨 원한이 있어서 또 이렇게 많이 끌어들이는 거야?"

더 이상은 시간적 여유가 없었다. 로빈은 앞뒤 가리지 않고 무작정 달리기 시작했다. 그리고 얼마 안 가 인기척이 들려오는 것을 느끼고 뛰쳐나갔고, 딱 보게 된 그 광경에 그만 할 말을 잃어버리고 말았다.

"싸가지! 여기야, 여기!"

아, 그래, 소리 안 외쳐도 알고 있어. 로빈은 무거운 마음으로 한숨을 푹 내쉬었다. 현재 린과 미리안이라는 이름의 귀족 아가씨들은 오크 오십 마리라는 한 마을이 사라져도 전혀 이상치 않을 수의 오크에 떠밀리듯이 낭떠러지로 향하고 있었는데 이곳에는 오십 마리의 건장한 오크뿐만 아니라 저 너머로 커다란 동굴과 태어난 지 한 달도 안 된 듯한 어린 오크들과 젖을 상징하는 물건을 달고 있는 암컷으로 보이는 오크도 몇몇 눈에 들어왔다.

즉, 이곳은,

"이 바보야, 도망칠 곳이 없어서 오크 소굴로 도망쳐 오는 멍청이가 어딨어!"

그렇다. 그녀들은 죽음의 소굴로 기어들어 온 것이었다.

"……."

대꾸는 하지 않는다. 그럴 수밖에 없었다는 것도 이해한다. 그럼에도 미래는 없다. 도저히 방법이 없었다. 이미 그녀들의 앞은 오크들이 우글대며 모여 있었고, 뒤에는 바로 낭떠러지였다.

로빈도 이곳에 지금처럼 멍하니 있다가는 언제 저 많은 수의 오크들에게 포위될지 모른다. 그럼 결국 오크들의 법칙에 따라 그녀들은 오크의 아내가 되고 로빈은 바로 죽음을 맞이하게 될 것이다.

"죽어도 싫어."

세 아이는 마음이 하나가 된 듯 작게 내뱉었다. 로빈은 곰곰이 생각했다. 자신은 분명 충분히 해줄 만큼 해주었다. 그럼에도 상황이 이렇게 된 것은 소위 말하는 운명의 장난인 거다.

원래 산사람이나 바다 사람같이 위험하고 고립된 생활을 주로 하는 이들은 특히 미신을 믿는다. 해서 꿈자리가 조금 사납거나 기분이 안 좋으면 결코 집 밖으로 나가지 않는다. 그런 이들은 대개 그날 흉한 운명을 지닌 경우가 잦았고, 그런 사람 옆에 있다가는 자신은 물론 타인조차 종종 끌어들이기 때문이다.

그녀들에게는 지금 사신(死神)이 씌워져 있었다. 이 이상 함께하다가는 언제 그 사신이 자신에게 옮겨 붙을지도 모르고 지금처럼 몇 번이고 또다시 휘말리게 될지도 모른다. 그렇다. 지금 가장 현명한 방법은 바로 그녀들을 놔두고 도망가는 것이다.

두근두근두근.

심장의 박동이 다시 빨라졌다. 이를 꽉 깨물고 스스로에게 호소했다.

'도망가.'

싫어.

'그렇지 않으면 넌 죽어.'

싫어.

'현명한 행동을 선택해.'

싫어. 내가 언제부터 똑똑했다고. 조금 머리가 컸다고 우쭐해질 것 같아? 싫어. 싫어. 싫어. 난 구하겠어. 설혹 죽더라도 구해주겠어. 약하지 않은 걸 증명해 보이겠어.

'좋아, 정 그렇다면 우.리.도. 너의 선택에 따르지.'

"크윽!"

인두로 머리를 지질 것 같은 고통이 느껴졌다. 그 인두는 살을 녹이고 두개골을 녹여 뇌를 직접 지지기 시작했다.

"끄, 끄끅."

눈은 감고 있다. 하나 앞이 보인다. 뒤가 보인다. 양옆이 보인다. 위가 보인다. 아래가 보인다. 세상이 보인다. 온몸이 눈으로 뒤덮여 있는 끔찍한 감각이었다. 다음으로 손이 늘어나기 시작했다. 보이지 않는 손. 하나 분명한 손이 마치 날개처럼 등에서부터 다섯 쌍이 돋아나기 시작하며 나뭇가지마냥 한 개는 두 개로, 두 개는 세 개로 늘어나기 시작해서 총 서른네 개의 손이 생겨나 버렸다.

온몸의 피부가 혀로 변하고, 세포가 코로 변하고, 체모가 귀로 변하기 시작한다.

그렇게 이루어진, 작게는 수십부터 많게는 수억 개에 달하는 청각, 시각, 후각, 미각, 촉각이 중추신경을 타고 하나로 뭉쳐 뇌로 올라가기 시작했다. 압도적인 양의 데이터의 강제 주입은 뇌가 터짐으로써 결말이 날 듯했으나 놀랍게도 뇌는 점점 그 정보들을 수용하게끔 변화, 아니, 진화하기 시작했다.

인간의 눈이 두 개고, 귀가 두 개고, 코가 하나고, 혀가 하나인 데에는 뇌의 용량이 그 정도의 감각만 읽을 수 있기 때문이다. 인간은 평생 그 뇌의 4%의 기능도 제대로 발휘하지 못한다고 한다. 그렇다면 만약 뇌를 100% 사용하는 인간이 있다면 당연히 눈도, 귀도, 코도, 입도, 손도 보통 사람보다 훨씬 많아야 하는 법.

시체조차 일으켜 세울 만큼 강렬하던 두통이 사라졌다. 눈을 떴을 때 역시나랄까, 로빈의 주위에는 온통 오크들이 둘러싸고 있었다.

"미리안, 린, 절벽에서 뛰어내려!"

"뭐어? 제정신이야?"

'크윽!'

고막을 찢어버릴 듯한 어마어마한 소리에 귀를 막았다가 떼었다. 린의 목소리가 이렇게 컸던 것이 아니라 지금이라면 오백 미터나 떨어진 곳에서 바늘 떨어지는 소리조차 들을 수 있을 만큼 로빈의 청력이 이상하리만치 발달된 것이다. 어째서 이렇게 되었는지는 모른다. 하지만 로빈의 몸은 이게 당연하다고 믿고 있는 듯 스스로 이상하다는 생각이 들지 않았다.

"죽지 않아! 날 믿어! 설사 죽는다 해도 오크들에게 잡히는 것보다는 백배 낫다고 생각했잖아!"

로빈의 말에 두 자매는 고개를 끄덕였다. 하지만 낭떠러지를 본 순간 방금 전의 그 결심이 어디론가 횡하고 날아가 버리고 말았다.

혀를 차며 로빈은 뛰었다.

"꾸룩꾸룩!"

오크를 밟고 밟으며 그녀들에게 다가간 로빈은 서슴없이 두 소녀의 허리를 양손으로 잡았다.

"안심해. 최소한 살기 위해서 하는 거니까. 잘못돼도 신의 뜻으로 생각하라고."

로빈은 커다란 두 소녀를 들어서 허리에 딱 붙이더니 그대로 낭떠러지로 획 뛰어내렸다.

"까아아아악!"

"정신을 차리고 아래를 봐!"

낭떠러지 밑으로는 강이 흐르고 있었다. 그것을 본 두 사람은 알겠다는 듯 고개를 끄덕이며 살아 있는 눈빛으로 로빈을 바라보았다.

보통 어른조차도 정신을 잃을 상황임에도 이만큼 당당하게 행동하다니. 이것이 소위 귀족이라 불리는 자들인가?

"충격이 클 거야. 수영을 못하면 숨을 멈추고 힘을 빼고 있어. 그러면 무슨 일이 있어도 살게 해줄 테니깐. 알아들었어?"

둘은 입을 열지 못하는 대신 고개를 힘껏 끄덕였다. 살 수 있는 가능성이 더욱 커진 것 같아서 로빈은 기뻐하며 양쪽의 소녀들과 함께 깍지를 끼며 서로를 꼭 붙들었다. 그리고 이제 강은 얼마 남지 않았다.

"숨을 크게 들이마시고 코를 막아! 절대 이 손을 놓으면 안 돼!"

푸웅! 푸웅! 푸웅!

말이 끝남과 함께 세 사람은 커다란 물보라를 일으키며 강 속으로 빠져 버렸다.

아침에 약간 안 좋은 일이 있었던 이후 벌써 붉게 물든 노을이 보일 정도로 시간이 흘렀다.

보통 때라면 딱 저녁을 준비하고 있을 시간이었지만 에쎄는 그저 멍하니 막 산 너머로 사라지려는 태양을 바라보고 있을 뿐이었다.

쾅!

"배고파! 밥 줘."

그 소리에 들어오기만 하면 아침에 있었던 일로 무조건 화를 내려고 했던 결심이 무색해질 정도로 무의식 중에 환한 미소를 지으며 뒤를 돌아보았다.

하나 그 공간에는 아무것도 없었다. 단지 바람결에 문이 열렸던 것뿐.

환청을 들은 것일까? 고개를 숙이면서 작게 한숨을 내쉬고 다시 의자에 앉았다.

평소의 경우 에쎄가 스튜를 끓이고 구운 빵을 식탁에 준비하고 있으면 어김없이 문을 발로 쾅 차고 로빈이 들이닥친다. 이때 로빈의 손에 어떤 사냥감이 있는가에 따라 문을 차는 세기가 달라지는데 사슴이나 멧돼지의 경우에는 부서질 정도로 쾅 하고 세게 차지만 토끼나 한 마리도 잡아오지 못한 경우에는 정중히 손으로 열고 들어왔다.

이어서 들어온 후 손도 씻지 않고 의자에 앉아서 배고파, 밥줘 하며 노래를 열창하지만 에쎄의 손에 귀를 잡힌 후에 손을 씻고 그 후가 되어서야 비로소 식사가 시작되었다.

식사를 하는 동안 로빈은 그날 있었던 일들을 어떻게 좀 더 재밌게 말해 줄까를 궁리하느라 여념이 없다.

이야기 주제는 주로 사생활에 관련된 평범하기 그지없는 이야기로 가끔씩은 두목이나 나이 많은 이에게 배운 것들에서부터 오늘 잡은 사냥감을 획득하게 된 경위를 말하기도 했다. 에쎄는 주로 들어주기만 하는 편이고 로빈은 약간 살을 붙이면서도 이야기했는데 그 어떤 이야기도 모두 진지하게 들어주는 에쎄를 로빈은 무척 좋아했고 항상 이 시간이 오기를 기다리고 있었다.

"……."

에쎄의 눈동자가 부엌으로 향했다. 항상 로빈이 사냥해 놓은 동물들이 놓이는 장소는 텅텅 비어 있었다. 산채 사람들은 고기를 오래 저장하는 방법을 잘 알고 있었고, 또 따로 밭을 일구고 있었기 때문에 굳이 사냥을 자주 할 필요가 없었지만 로빈은 유독 매일 산짐승을 잡아왔다. 그것도 두목에게서 여러 가지를 배운다고 항상 기진맥진해 있는 몸으로 말이다.

제 입으로는 배운 것을 능숙하게 사용하기 위해서라고 말을 했지만 실은 누가 봐도 에쎄에게 잘 보이기 위한 로빈의 필사적인 노력이었다.

하지만 지금 그곳이 비어 있다. 마치 그녀의 마음속 한구석처럼.

땡땡땡땡!

비상종이 울리자 에세는 깜짝 놀라며 문을 열고 밖으로 나갔다. 그곳에는 이곳과는 절대 어울리지 않는 사람들이 안내를 받으며 조심스레 다가오고 있었다.

절로 감탄이 나올 법한 새하얀 백마에 탄 중년 남자를 선두로 서른 명의 번쩍이는 칼과 은색 방패를 찬 병사들이 깃발을 들고 뒤따라오고 있었다.

산채 안은 갑작스레 등장한 초대하지 않은 손님으로 인해 큰 혼란이 벌어진 듯 웅성거림은 커져만 갔다.

"리켈푸스, 이게 무슨 일인가?"

마침 보고를 받고 두목이 나타나자 웅성거림은 한순간에 사라졌다.

두목에게 리켈푸스는 서둘러 사정의 전말을 빠르게 이야기한 뒤에 곧 남작을 불렀다.

"만나뵙게 되어 영광입니다. 칼리엄 드레드입니다."

"저 같은 자에게 굳이 예를 갖추실 필요 없으십니다. 반갑습니다. 텐텐 산적들의 두목입니다. 이름이 없는지라 그냥 두목으로 불러주십시오."

'겉만 봐서는 아무것도 느껴지지 않는 남자군.'

가장 선두의 백마에서 내려 서로 인사를 나눈 칼리엄 남작은 텐텐 산의 두목을 이리저리 살펴보았다.

자신과 비슷한 또래에 불과하면서도 그 제국의 리켈푸스가 친구라고 칭하는 남자는 겉만 봐서는 단지 힘 좀 깨나 쓸 법한 장정으로밖에 보이지 않았지만 어딘지 이름을 감추는 것도 그렇고 제법 신비로움이

감도는 남자였다. 그리고 단지 성격만으로 리켈푸스와 친구가 되었다고 생각할 정도로 남작은 순둥이가 아니었다.

"사정은 모두 이 친구에게 들었습니다. 하나 유감스럽게도 저희 산채에 두 아가씨께서는 오지 않으셨습니다."

"실례지만 그 말을 전적으로 믿어도 되겠습니까?"

어찌 보면 의심하는 것도 당연했다. 유괴와 살인을 하지 않는 산적들도 있다는 걸 알아주는 사람이 있기를 바라지는 않는다. 다만 그 긍지만큼은 잃지 않는다.

"베르트나의 진실의 검에 맹세코."

"베르트나님의 신도이셨습니까? 이거 솔직히 놀랍군요."

정의와 심판의 신 베르트나는 가장 흔히 재판소에서 볼 수 있는 신으로 베르트나의 이름을 걸고 거짓을 말한다면 그자의 심장에 베르트나의 검이 꽂힌다고 한다.

범죄자들이 가장 두려워하는 신인 동시에 그들의 신자는 대부분 범죄의 반대편에 속해 있는 사람들이다 보니 칼리엄 남작의 말은 당연한 것이었다.

"중요한 건 그게 아니지 않습니까, 남작님? 이 친구가 부하 하나 제대로 다루지 못할 정도로 어수룩한 사람이라고는 절대 생각지 않습니다."

"조금 전 연락을 받은 후 이미 모든 행동원들에게 연락을 보냈습니다. 작은 단서라도 하나 발견되면 곧 연락이 올 것입니다."

첫 번째 대화에서는 일단 남작의 두 딸이 이곳으로 향하던 도중 모종의 이유로 행방불명이 된 것 같다고 판단하며 일단 이야기를 마쳤다. 그리고 곧 소식이 날아온 것은 불과 삼 분도 채 안 되는 짧은 시간 후였다. 날아온 전서구의 편지를 읽은 두목은 얼른 이 사태에 대해서 이야기했다.

"날아온 정보에 의하면 두 아가씨는 새 길을 따라 올라오던 도중 오크의 습격을 받은 것 같습니다."

"뭣이? 오크라고 하셨습니까? 오, 린! 미리안!"

남작의 가슴 아픈 한탄에 주위 사람들은 숨을 죽이고 멍하니 그 광경을 바라보았다. 결국 귀족도 자기들과 같은 인간이구나 하는 생각을 새삼 하고 있었다.

"너무 걱정하지 마십시오. 여기에서 발견된 것은 말 두 필의 시체뿐입니다. 머리에 반점이 있는 두 마리의 백마에 칼리엄 가문의 문장이 새겨져 있다더군요. 칼리엄 남작의 두 따님은 아주 총명하다고 들었습니다. 충분히 위기를 잘 모면했을 거라 생각합니다. 일단 서둘러 그곳으로 이동해서 이야기를 마저 하시지요. 아, 그리고……."

두목은 고개를 돌려 누군가를 찾다가 에쎄와 눈이 마주쳤다.

"에쎄, 로빈을 좀 불러주지 않겠니? 로빈의 도움이 필요할 것 같구나."

에쎄는 약간 머뭇거리다가 대답했다.

"저기… 실은 로빈이 아직 돌아오지 않았어요."

'아마 저랑 싸운 것 때문에요' 라고 뒤에 조그마하게 덧붙였지만 그 누구도 듣지 못했다.

"이런, 그 녀석, 또 사냥하고 있는 건가? 하여튼 못 말릴 부지런한 녀석이구먼."

"이제 곧 밤이 될 텐데 그 아이를 어디에 쓰려고 그러나?"

"아직 나이가 어리긴 하나 나 이상으로 추적술을 배운 건 로빈뿐일

세. 그리고 자네는 로빈을 너무 우습게 보는 것 같군. 몇 년이고 산속에서 살아도 멀쩡히 지낼 녀석이야. 다 내가 그렇게 만들었고."

산채의 건장한 청년들과 함께 서두른 덕분에 얼마 지나지 않아서 현장에 도착할 수 있었다.

말의 시체는 처참하긴 했으나 죽은 지 얼마 지나지 않은 듯 아직 몸절반 이상이 남아 있었다.

"그게 뭐 어쨌다는 게지?"

"텐텐 산에는 수많은 동물과 몬스터들이 살고 있지. 여기서 우리가 물러나고 한 두어 시간만 지나도 몸의 대부분이 사라져 있을 걸세. 오크같이 큼직하게 말고기를 썰어간 놈들 외에도 여우나 오소리같이 작은 육식 동물 또한 얼마든지 있으니까. 말의 상태를 보건대 죽은 지 한 시간도 안 되네. 문제는 여기부터는 짐승과 몬스터들의 영역이라는 거지."

두목을 흘깃 남작을 쳐다보고 말했다.

"남작님께서 병사 분들과 함께 숲 안으로 들어가시겠습니까?"

"제발 따라가게 해주시오, 두목."

보통 산이라면 거친 훈련을 헤쳐 나오고 검과 방패로 무장한 직업 병사들을 위협할 것은 크게 없었다. 하지만 이곳은 텐텐 산. 몬스터의 천국이라는 악명을 떨치고 있는 곳이었다.

"…알겠습니다. 다만 이 안에서는 무슨 일이 벌어질지 모릅니다. 그에 따라서 어떤 일이 생기거나 의견이 갈라질 시 무조건 제 말에 따라주시겠다고 맹세해 주십시오. 그렇지 않으면 허락하지 않겠습니다."

지금 남작의 심리 상태는 아주 다급해 있다. 괜히 서두르면 될 일도 안 되는 법. 딸을 구한다고 괜히 두목의 말을 듣지 않고 잘못된 판단을 내렸다가 서른 명의 병사들이 한순간에 퇴비로 변할 수 있었다.

"칼리엄 가의 이름을 걸고 맹세하겠소이다."

"감사합니다. 그럼 병사 분들도 부디 저희들의 판단에 따라주십시오. 이것은 결코 불명예스러운 일이 아닙니다. 가장 불명예스러운 것은 그대들이 지켜야 할 레이디를 구하지 못하고 먼저 목숨을 잃는 경우입니다. 아시겠습니까?"

병사들은 하나같이 발을 구르며 '예!'라고 힘껏 외쳤다.

"두목님, 저곳에서 오크 두 마리의 시체를 발견했습니다. 그런데 그 시체에서 이런 것이?"

라며 달려온 부하가 내민 것은 화살이었다. 두목은 그 화살을 본 순간 그만 크게 웃음을 터뜨리고 말았다.

"푸하하하하! 이 녀석, 몸짓만 재빠른 줄 알았더니 이번에는 제법 큰 사냥을 했군. 일단 크게 한시름을 놓을 수 있게 되었습니다, 남작님."

무슨 말을 하는지 이해를 못하는 남작을 데리고 오크들의 시체가 있는 곳으로 달려갔다.

"각도로 보건대 나무 위에서부터 연속해서 두 발을 날렸군요. 그리고 여기 오크의 키와 상처의 깊이로 보건대 작은 소녀가 치명상을 입혔습니다. 혹 두 따님 중 검을 쓰시는 분이 계십니까?"

"네, 둘째가 기사 수업을 받고 있습니다."

"훌륭한 솜씨군요. 흔적으로 보아 날카롭기로 소문난 베치 가문의 검이군요. 검도 검이지만 아주 멋진 솜씨입니다."

"그보다 상황을 보건대 제 딸을 도와준 사람이 있는 것 같군요. 그 사람이 누군지 잘 알고 계신 듯한데……."

"나도 좀 전에 자네가 웃을 때부터 매우 궁금하더군."

두목은 머리를 흔들며 '이런이런' 하고 웃음을 지으며 중얼거렸다.

"자네가 이 화살을 모르면 되겠나? 자네의 목숨을 구해준 화살인 것을."

"오호, 그렇다면 로빈이?"

"그렇네. 이 화살은 내가 로빈에게 만들어준 특별한 화살로 최후의 최후까지 화살을 아껴두라는 뜻에서 준 것이지."

붉은 깃털을 한 화살을 바라보며 감탄으로 물드는 리켈푸스의 얼굴을 뒤로하고 자랑스럽기까지 한 얼굴로 두목이 말했다.

"남작, 너무 걱정 마시오. 그 아이가 곁에 있는 이상 두 아이는 꼭 무사할 것이오. 기특한 녀석."

남작은 마치 두 딸이 눈앞에 있는 것처럼 기뻐하는 리켈푸스의 모습에 강한 의문감을 느꼈다.

"도대체 그 로빈이라는 분이 어떤 분이시기에……."

"올해 열세 살의 남자 아이로 항상 멋진 산적이 될 거라고 입버릇처럼 말하고 다니는 저희 산채의 후계자입니다."

"잠깐. 그럼 겨우 열세 살짜리 아이가 이 위험한 곳에서 제 딸들과 같이 있단 말입니까?"

남작의 얼굴이 그만 경악으로 물들었다. 제 한 목숨 챙기기도 힘든 곳에 어린애마저 함께 있다니 점점 두 딸을 두 번 다시 볼 수 없을 것만 같았다.

"실례. 표정을 보니 제가 설명을 잘못해 드렸습니다. 로빈은 보통 꼬마 아이가 아닙니다. 이미 열 살 때 제 나이에 배가 되는 이들 오십여 명을 혼자 물리친 무서운 꼬마로 활만 충분히 있다면 오우거도 잡을 수 있는 녀석입니다. 가끔은 시험 삼아 약으로 재운 뒤에 제국이나 미들랜드 령에 속해있는 산에 놓고 온 적이 있는데 언제나 이틀도 안 돼서 찾아왔지요. 그 다음에는 정말로 몬스터 랜드에 버려두고 올 계획을 잡았습니다만 어찌 된 영문인지 수면약조차 알아내더군요."

한 편의 소설 일부를 듣고 있는 듯한 느낌이었다. 그런 아이가 이 세상에 있을 리가 없지 않은가?

"정말일세. 그는 조금도 거짓말을 하지 않았어. 나의 경우만 해도 리자드맨 여섯 마리를 힘 하나 들이지 않고 활과 뛰어난 전법으로 아무런 피해 없이 잡아내더군."

리자드맨은 정식 기사가 아닌 이상 상대할 수 없을 정도로 똑똑하고 또한 강력한 몬스터였다.

"자, 잠깐. 리켈푸스님, 그러고 보니 혹시 그 반지를 준 아이가?"

"맞았네. 바로 그 아이일세. 그 반지는 내가 그 아이를 꼬셔서 내 후계자로 만들고 싶은 욕심에 준 것일세."

리켈푸스가 인자한 미소를 지으며 후계자 운운하는 말에 남작은 그만 입이 쩍 벌어지고 말았다.

"오크입니다! 모두 전투 준비!"

갑작스런 소란이 일어났다. 모습을 보인 것은 네 마리의 오크. 모습을 확인하고 막 병사들이 검을 꺼낼 때 가장 가까이 있던 두 명의 산적 사내와 두목이 오크에게 성큼 걸어나갔다.

챙캉! 획! 두륵!

검과 오크의 녹슨 검이 부딪쳤다. 잠깐 힘 겨루기로 들어갔으나 순간적으로 오크의 무식한 힘을 흘려버리며 힘을 모아 검을 휘두르자 푹 하는 소리와 함께 목을 베었다.

챙! 챙! 푹! 치이이익!

큰 도끼로 강하고 빠르게 연달아 치는 두 번의 공격을 막은 한 산적이 다음으로 오크가 도끼를 크게 든 순간 그 틈을 놓치지 않고 가볍게 목을 찔렀다가 뒤로 물러섰다. 목에 커다란 구멍이 뚫린 오크는 피를 콸콸 쏟으며 발광하다가 곧 무릎을 꿇고 쓰러졌다.

마지막으로 두목은 오크 두 마리를 농락하듯 단 한 번의 부딪침도 없이 움직임만으로 두 오크 사이를 파고들더니 등에서 자신의 대검을 꺼내 돌풍처럼 휘두르며 두 마리의 오크를 동시에 반으로 베어버리고 다시금 대검을 휘둘러 검면으로 떨어져 내리던 상체를 박살 내버렸다.

퍼석!

"앞에 오크들의 소굴이 있습니다. 먼저 공격하는 게 어떨까요?"

누군가의 목소리가 완전히 남작의 귀에 들어오지 않았다.

아무렇지도 않게 오크에 맞서 싸우는 저 모습은 기사에 맞먹을 정도의 실력이 아닌가? 특히 마지막에 두목이 보여준 그 무위는 너무나도 큰 충격을 선사했다. 한 번에 오크 두 마리의 품속으로 들어가는 스피드와 단 일격에 두 마리의 오크를 두 동강 내며 날려 버리는 그 괴력이라니. 설마 저런 자가 한낱 산적들의 두목이라고는 상상조차 해본 적이 없었다.

"시간은 급한 데 비해 오크들이 제법 많군요. 테카 선생님, 부탁드립니다."

리켈푸스의 말에 처음부터 그의 옆에서 호위를 서주던 두 남자 중 한 사람이 뚜벅뚜벅 걸어나와 앞장섰다.

수도승 같은 낡은 로브 차림을 하고 있는 이 남자는 누구일까? 모두가 그의 정체에 관해서 상상을 시작할 때 이미 남자는 자신의 품에서 책을 한 권 꺼내서 손바닥에 올리더니 손을 대지도 않았는데 저절로 펼쳐지면서 촤르르륵 책장이 넘어가기 시작했다.

"호오, 정말 오랜만에 보는군."

"서, 설마?"

두목과 남작이 차례대로 내뱉는 그 순간 남자의 중얼거림과 함께 책에서부터 눈부신 빛이 뿜어지기 시작했다. 새하얀 빛 속에서 유난히도 눈에 띄는 세 개의 빛. 형태는 화살이었다.

"나는 질서의 법칙에 서 있는 자, 나 여기 세계를 바로잡기 위해 지금 혼돈의 존재를 꿰뚫노라. 가라, 질서의 화살!"

"오오!!"

사람들의 함성과 함께 책에서부터 세 개의 빛이 물살을 가로지르며 올라가는 힘찬 물고기 떼처럼 하늘을 누비며 막 이쪽을 발견하고 경계하기 시작하던 세 마리의 오크 전사의 몸을 각각 꿰뚫었다.

"뀌에에에엑!"

죽어가는 오크의 고통스러운 외침에 오크들은 저마다 자신들의 무기를 잡고 이쪽을 향해 달려오기 시작했다. 서른 마리가량이나 되는 오크들의 돌진은 단지 다가오고 있다는 것만으로도 매우 두려웠으나 든든한 중얼거림은 멈추지 않았다.

"나는 혼돈의 계약자. 그대에게 원한다. 저 어리석은 자들의 접근을 막아줄 불타오르는 혼돈의 벽을. 화염의 장벽!"

오크들의 저돌적인 돌격 앞으로 근 이 미터에 달하는 불의 장벽이 솟아났다. 불로 이루어진 그 마법의 벽은 근처에 있던 열 마리의 운이 없는 오크들의 몸을 순식간에 태우고 뒤늦게 달려오던 이들의 움직임을 완전히 차단했다.

"자, 얘들아, 오늘 밤은 돼지 파티다!"

"우오오오오오오오오!"

은도끼 두령의 외침과 함께 산적 사내들이 크게 환호성을 날리며 오크들에게 달려들었다.

산에서만큼은 무적이 되는 텐텐 산의 산적들의 공격 앞에 오크들은 일말의 저항도 못하고 죽어나가더니 얼마 못 가 소굴을 버리고 도망치기 시작했다.

그 모습에 병사도, 남작도, 리켈푸스도, 또 리켈푸스를 보호하던 한 마법사와 또 한 명의 남자도 그저 멍한 얼굴로 감탄할 수밖에 없었다.

"이상한 건 그 아이가 아니라 이 산적들 자체가 비상식적으로 강한 것이었어."

이런 존재들이 지금껏 아무런 소란도 일으키지 않고 조용히 산속에서 살고 있었다니…… 묘하게 납득한 얼굴로 안도의 한숨을 내쉬는 칼리엄 남작이었다.

텐텐 산맥에서 시작하는 이름 모를 계곡은 남쪽으로 내려올수록 점점 강으로 발달해 제국의 식수원인 히인 강이 된다는 사실쯤이야 그다지 상관이 없는 이야기다.

밤하늘에서 반짝이고 있는 별을 그대로 옮겨놓은 듯 고요한 강 속에는 물이 아닌 별이 흐르고 있었다. 인간 세상에서는 절대 볼 수 없을 자연의 신비. 인간의 손을 조금도 타지 않은 티없이 맑은 아름다움.

이곳은 그 언제까지나 그 누군가의 출입을 허락하지 않고 이 아름다움을 간직……?

"푸우하아!"

하지 못했다.

"하아! 하아! 하아!"

지친 몸을 이끌고 강 속에서 터벅터벅 걸어나오는 로빈의 양손에는 죽은 듯이 축 늘어져 있는 두 소녀가 있었다.

강에서 두 소녀를 끌어 올린 로빈은 자기 몸이야 어떻든 우선 두 사람의 상태를 확인했다. 목과 손목에 손을 짚어 맥박을 확인하고 숨을 쉬는지 심장은 뛰는지 확인했다.

"…진짜 작네."

이 자식, 뭘 확인하고 있는 걸까? 강물에 떠내려 오는 도중 두 사람은 물을 너무 마셔 일시적인 쇼크를 일으킨 것 같았다.

"콜록콜록!"

"정신 차려. 내 목소리 들려? 살아 있어?"

"콜록콜록! 하아하아! 네……."

천만다행이다. 로빈은 물을 토해내며 막 정신을 차린 미리안을 보고 한숨을 내쉬었다.

어쨌든 큰 가슴 계집애는 살아났고 문제는 작은 가슴 계집애였다.

"린, 정신 차려! 린! 제발! 죽으면 안 돼!"

"비켜봐. 숨을 불어넣어 줘야겠어."

"에, 그, 서, 설마 인공호흡 말씀이신가요?"

미리안이 얼굴을 붉히며 말했다. 머리도 옷도 물에 젖어 평소보다 몇 배는 더 예뻐 보이는 그 모습을 잠시 넋을 잃고 쳐다보다가 얼른 해야 할 일을 깨닫고 린의 머리를 자신의 무릎 위에 올리고 심장을 힘껏 내리누른 뒤에 숨을 불어넣기 위해 고개를 숙였다.

'저, 저건 린의 첫……? 아, 안 돼. 하지만 그렇다고 말릴 수도 없는 노릇이고. 그, 그래. 상대는 아이일 뿐이야. 하지만 남자 아이에다가 린도 아직 아이잖아?

미리안은 홍당무가 되어버린 얼굴로 어쩔 줄 몰라 하며 우왕좌왕 이 문란하기 짝이 없는 광경을 홀린 듯 쳐다볼 수밖에 없었다.

점점 두 아이의 얼굴과 두 입술이 가까워질수록 미리안의 얼굴도 수증기가 맺힐 정도로 달아올랐다. 로빈과 린의 입술은 물에 젖어서 그런지 달빛에 반사되어 색기가 흘러넘치고 있었다. 그리고 급기야 두 사람은 포개지듯 하나가 되고 말았다.

구강(口腔)대 비강(鼻腔)으로 말이다.

"……."

동생의 순결이 지켜졌다는 사실은 잊고 뭔가 아주 복잡한 심정으로 로빈을 노려보는 미리안이었다.

"켁! 쿨럭쿨럭!"

다섯 번째 숨을 불어넣자 결국 린 역시 찬물을 토해내며 정신을 차렸다. 병자처럼 천천히 물을 토해내고 몸을 일으킨 린이 가장 먼저 한 일은 주위를 둘러본 후 로빈의 뺨을 힘껏 갈기는 것이었다.

찰싹!

어디에 이런 힘을 숨겨놓았는지 로빈의 머리가 힘껏 돌아갈 만큼 강렬한 따귀에 소년은 분노했다. 그러나 잔뜩 얼굴을 붉힌 채 눈물을 글썽이며 한 손으로 자신의 몸을 가리고 있는 린을 본 순간 분노가 씻기듯이 사라져 버렸다.

"미, 믿을 수 없어! 나쁜 놈! 더러운 놈! 죽일 놈! 변태! 치한! 색마!"

"린, 로빈님은 그저 널 살려내기 위해 어쩔 수 없이 그랬던 거야."

로빈은 놀랍게도 마구 자신을 나쁜 놈으로 몰아가는 린의 언어 공격에도 가만히 참고 견디었다. 하나 아무런 반응이 없자 홧김에 바닥에 떨어져 있는 돌까지 집어 던지는 린의 행동에 급기야 참지 못하고 외쳤다.

"야! 내가 뭘 잘못했다고 그러는 건데? 다 네년이 칠칠치 못하게 물을 잔뜩 먹어서 그렇게 된 거잖아! 살려주려고 콧구멍 좀 빌린 게 그렇게 죄냐? 어?"

그러자 갑자기 린의 감정이 크게 한쪽으로 치우치며 그만 크게 울음을 터뜨리고 말았다.

"우아아아앙! 이 나쁜 놈아! 차라리 입으로 하지 어떻게 콧구멍으로 숨을 불어넣어! 으아아아앙!"

죽었다 살아나도 여자 마음은 알 도리가 없는 로빈이었다.

"젠장! 나중에 어떻게든 책임져 줄 테니깐 적당히 해."

"네, 네가 뭔데 책임진다 만다 하는 거야?"

머리를 난폭하게 긁으면서 '아이씨' 하고 짜증을 낸 후 두 손으로 힘껏 린의 어깨를 움켜잡았다.

"이 멍청한 계집애야, 너 지금 여기가 어딘지 알고 그렇게 큰 소리를 지르는 거야?"

로빈의 낮은 목소리에 린은 조용히 입을 다물었다. 분위기가 왠지 이 이상 따지면 안 될 것 같았기 때문이다.

"너희 둘 다 잘 들어. 아까 너희가 도망친 곳은 북쪽이야. 그리고 강도 북쪽으로 흐르고 있었지? 바보가 아닌 이상 그럼 우리가 지금 원래 있던 위치에서 어디로 왔는지 잘 알겠지? 여기서 문제. 텐텐 산의 북쪽에는 뭐가 있을 거라고 생각해?"

"몬스터 랜드?"

똑같이 답변하는 두 사람. 역시 자매라고 말해 주고 싶었지만 지금은 그럴 때가 아니었다. 무엇보다 이곳이 몬스터 랜드라는 걸 깨달은 순간 엄청난 공포가 찾아왔다. 사색이 되어가는 두 사람을 보고 조금 만족한 듯 로빈이 풀어진 목소리로 말했다.

"이제 알았으면 조심히 따라와. 이곳에서는 오크도 최하급 몬스터에 불과해. 개미 떼처럼 이동하는 오우거 가족도 볼 수 있을걸?"

약간 농담 겸 허풍을 쳤지만 두 사람은 농담으로 받아들이지 못한 것 같았다. 괜히 미안해지면서도 체면 때문에 그냥 입을 다물기로 했다.

강에서 올라온 이후 두 시간 정도가 지났다. 어느새 깊은 밤이 된 주위로는 몬스터 랜드답게 작은 동물의 울음소리 하나 들려오지 않았다. 고요와 살기로 가득 차 있는 곳이라고 할까?

"너, 길은 제대로 알고 지금 안내해 주는 거지?"

오늘 지겹게 들은 저 소리가 한동안 잠잠하다 싶었거늘… 저 입이 왜 안 열리는가 했다.

"내가 길을 어떻게 알아? 지금은 일단 안전하게 쉴 수 있는 장소를 찾는 거야."

"뭐어?"

"뭐야, 그 따지는 듯한 태도는? 이유라도 알자. 너, 처음 만났을 때부터 왜 그렇게 나한테 사사건건 시비 거는 건데?"

열이 잔뜩 오른 말투. 현재 상황이 상황이다 보니 크게 쏘아붙이지 못하는 것이 한스러운 로빈이었다.

"그야 당연히 나이도 어리고 천민인 주제에 함부로 반말을 쓰는 무례한 짓을 지금도 하고 있기 때문이잖아."

"그 무례한 산적 꼬맹이가 지금껏 너희 둘의 목숨을 몇 번 구해줬는지 알아?"

생색내기를 좋아하는 로빈이지만 이건 비아냥거림에 가까운 것이었다.

"우……."

"알았으면 입 닫아. 나도 슬슬 너희 두 사람을 버리지 않은 것이 바보스럽게 느껴지려 하고 있으니까."

그리고 다시 침묵이 이어지려는 순간 안절부절못하며 두 사람을 보고 있던 미리안이 살짝 입을 열었다.

"저기… 길은 이 강을 따라서 올라가면 어떻게 알 수 있지 않을까요?"

미리안의 말에 순간 린과 로빈이 굳어버린 듯 그 자리에 멈춰 섰다.

"에? 저 혹시 뭔가 잘못된 말이라도……."

"정답이네."

"그러고 보니 그렇네."

제아무리 로빈과 기사 수업을 받은 린이라 해도 아직 어리긴 어린가 보다.

"어때, 우리 언니?"

"네가 왜 생색을 내는 건데?"

"그야 난 언니의 동생이니까. 그 정도 권리는 충분히 있다고."

"심술맞기로는 에쎄 같은 계집애."

삐쳐 버린 듯 볼을 잔뜩 부풀리고 입술을 내민 그 모습을 보자 린과 미리안은 그만 웃음이 새어 나왔다.

"푸훗, 그러니깐 너 엄청 귀여운데? 꼭 우리 남동생 같아."

"뭐, 뭐야? 가, 감히 이 산적 싸나이 보고 귀엽다고?"

조금 전만 해도 세 사람 사이에 있던 묘한 중압감 속에서 한결 나아진 모습을 보이는 그들이었다.

"……."

"이상해."

"뭐가? 또 몬스터야?"

로빈의 얼굴은 상당히 굳어 있었다.

"그런 것 같아. 조금 전부터 벌레 소리마저 사라지기 시작했어."

곤충이나 짐승들은 어떤 감각으로 주위에 위험한 것이 있으면 본능적으로 알아내고 자리를 피한다고 한다. 특히 강한 몬스터의 영역일수록 일체 접근을 하지 않는다.

기사 수업에서도 배운 내용이었기에 린은 로빈만큼 긴장하며 주위를 살펴보기 시작했다.

치리릭!

무언가가 나뭇가지를 밟고 뛰어오른 소리가 들리자 거의 동시에 로빈과 린은 검을 빼 들고 미리안의 앞뒤로 섰다.

"왔다!"

소리친 것은 린이었다. 재빠르면서 커다란 몸짓을 하고 있는 무엇인가의 움직임에 그만 당황하고 빨리 내려쳤지만 그게 행운을 불러왔다.

챙캉!

내려친 검이 무엇인가의 손에 막혔다. 린이 너무 놀란 나머지 그만 잠깐 패닉 상태를 일으킨 사이 뒤에서 로빈이 뛰어들며 힘껏 검을 내려쳤다.

"하아아아압!"

푸숙!

검에 근육이 베이는 큰 소리와 함께 핏방울이 살짝 뿌려졌다. 그리고는 무엇인가에 놀란 듯 서둘러 뒤로 물러섰다.

팔의 근육을 베었다. 생명체인 이상 도망갈 수밖에 없는 큰 상처겠지만 상대는 몬스터. 상식이 통하지 않는 상대들이었다. 검은 팔을 들어 달빛을 쬐이는 순간 쩍 갈라진 팔의 상처에서 연기가 솟아나며 무서운 속도로 아물었다.

"거짓말! 말도 안 돼! 완벽하게 회복됐잖아?"

"오늘 두 사람 덕분에 평생 만날 몬스터는 다 만나보겠는데? 정신 바짝 차려. 라이칸스로프야."

라이칸스로프! 그 엄청난 이름과 모습 앞에 정신을 잃지 않은 것만으로도 로빈은 두 소녀들을 칭찬해 주고 싶었다.

라이칸스로프는 대개 밤에만 활동을 하는 야행성 몬스터였다. 꼬리에 의존하지 않는 완벽한 이족 보행이 가능하며 심지어 완벽한 언어 능력을 구사할 정도로 지능이 높아서 늑대인간이라는 별명을 가지고 있다.

야생 늑대 이상의 민첩성과 곰 같은 괴력을 지니고 있으며 과거 드높은 실버문의 기사였으나 마계의 검은 늑대에 물려 라이칸스로프가 되었다는 신화를 지니고 있는 만큼, 달빛에 의해 상처가 치료되는 은의 축복과 은으로 된 무기에 치명상을 입은 은의 저주를 동시에 받는 A급 몬스터이다.

"싸, 싸가지, 이길 수 있겠어?"

"바랄 걸 바라라, 제발. 너라면 가능하겠냐?"

아우우우우우우우우우!

라이칸스로프가 크게 포효한다. 그 소리는 지금껏 들었던 그 어떤 몬스터보다 감미롭고 훌륭했으며 동시에 두려웠다.

"다행히 동료들을 부르는 소리는 아닌 것 같아."

확실하게는 잘 모르겠지만 그저 감이 그랬다.

"뭐야, 정말? 만나는 몬스터마다 시끄럽게 짖어대고 난리야."

린의 불평을 부드럽게 씹으며 로빈은 대책을 마련해 봤다.

"내 무기로 라이칸스로프를 상처 입히는 건 절대 무리야. 저 녀석에게 치명상을 입히려면 은으로 만든 무기가 필요해. 혹시 그 검은 어때?"

로빈의 허름한 롱 소드에 비하면 린의 검은 모양, 균형, 재질, 그 모든 것에서 전문가의 솜씨가 느껴지는 고급품이었다.

"조금은 효과가 있을지도. 은 도금이거든."

"일단은 한시름 덜겠네. 그것 말고 은으로 세공된 단검 같은 건 없어? 장사치나 귀족들은 부적 대신 그런 걸 많이 들고 다닌다며."

"수호의 은 단검 말이야? 그건 뒤에 켕기는 게 많은 남자들이나 가지고 다니는 거야. 어쨌든 여자들은 은보단 금, 금보단 보석이니까."

"어머, 린. 매번 필요없다고 말을 해서 정말 그런 줄 알았는데 은근히 관심이 있었구나?"

갑자기 긴장감은 온데간데없이 사라지고 이야기가 갑자기 화기애애한 쪽으로 흘러가는 것 같았다.

"언니, 제발 상황을 봐가면서 말해 줘. 맞아. 그러고 보니 은으로 된 물건이 있어."

"휴우, 그거 유일하게 위안이 되는 소리군. 빨리 넘겨."

하지만 곧 로빈의 손에 떨어지는 것은 오 키온. 그러니깐 다섯 닢의 은화였다.

"…너희 둘, 어디서 자매라는 소리 많이 듣지?"

"진짜 친언니인데?"

"웃기지 마! 이거 가지고 공기놀이나 할까, 이 바보 계집애야! 언니나 동생이나 멍하기는 젠장."

대화가 점점 길어지자 은근히 무시당하고 있던 라이칸스로프는 기분이 나빠졌는지 크르릉거리며 조금씩 다가오기 시작했다.

처음에는 아주 손쉬운 사냥감이라고 생각했는데 찰나 방심하던 사이에 하마터면 팔이 잘려 나갈 뻔했다는 경험이 라이칸스로프를 더욱더 신중하게 만들었다.

"네가 막는 사이에 내가 치명상을 입히는 수밖에 없어."

"너 설마 여자인 나보고 저걸 막으라는 소리야? 세상에, 저질. 최악이야."

더 이상 상대해 주기도 힘들다는 얼굴로 로빈이 간신히 대꾸했다.

"이야기를 제대로 들어. 우리가 살길은 도망치는 수밖에 없어. 조금 전의 그 일격, 나라면 절대 막지 못했을 거야. 난 궁사야. 검술은 체계적으로 배운 네가 훨씬 앞서. 죽기 전에 세 번만 막아. 세 번만 막은 뒤에 곧바로 저 가슴 큰 계집애를 데리고 저 산 안으로 들어가. 알겠지?"

"또 네가 막겠다는 거야?"

"산채의 손님을 보호하는 게 텐텐 산 산적이 하는 일이지. 저런 형태의 산에는 빈 동굴이 많아. 아무 동굴에나 숨어들어 가도 괜찮겠지만 그전에 돌을 던져서 확인하고 꼭꼭 숨어. 내가 꼭 뒤따라갈 테니까."

라이칸스로프에게로 눈이 향해 있기에 로빈의 얼굴은 보이지 않는다. 다만 그 목소리만큼은 지금껏 대화한 것 중에서 가장 비장함이 서려 있었다.

"돌아오지 않을 경우의 행동 방침에 대해서는 듣지 않겠어."

"꼭 살아 돌아오라는 말보다 더 무섭게 들리는데?"

다급한 위기 속에서 한 소녀와 소년의 입가에 미소가 살짝 생겼다가 사라졌다.

"먼저 공격하자."

"이거 하나 알아둬. 네가 죽으면 언니와 나도 여기서 죽게 돼."

"걱정 마. 간다. 신호는 알겠지?"

"좋아! 하나, 둘, 셋!"

셋에 맞춰 두 아이는 힘껏 앞으로 튀어나갔다.

크르르르르!

선공은 앞서 나간 로빈이었다. 두 손을 머리끝까지 올린 뒤에 도끼처럼 내려치는 검은 읽기 쉬운 궤도였던 만큼 손쉽게 라이칸스로프의 한 손에 가로막혔다. 아니, 정확히는 손이 아니라 긴 손톱이었다.

검을 막을 정도의 강도를 지닌 손톱이라니. 갈수록 놀랄 노 자다.

"에잇!"

그 직후 린이 솔개처럼 움직이며 검은 털 가죽으로 보호받고 있는 허벅지를 베었다. 가죽은 질기고 아직 어린 소녀의 힘인지라 상처는 겉에 생채기만 내는 정도에 그쳤다. 하나 그 상처는 달빛을 받음에도 불구하고 회복이 되지 않았다.

크아아아아!

위협을 느낀 라이칸스로프가 힘껏 손을 휘두르자 그 힘만으로도 로빈은 저만치 날아가서 몇 번이나 땅을 뒹군 후에야 일어날 수 있었다.

화를 내게 하는 데에는 성공적이었지만 상처 입은 사자보다 더 무서운 것도 없는 법. 이제 모든 것은 린에게 달려 있는 것이다. 린은 검과 함께 오른손과 왼손을 교차하듯 옆으로 내렸다.

휘이이이익!

라이칸스로프의 날카로운 손톱이 린을 갈가리 찢어놓을 듯 날아갔다. 단지 팔을 휘둘렀을 뿐인데 그 풍압이 볼에 닿는 것 같았다.

이건 막을 수 없다. 로빈은 이를 깨물었다. 이런 무식한 공격은 두목이 아닌 이상 저런 작은 검으로 막아낼 리 만무했다. 자신이 한 인간을 죽음으로 이끈 것이다. 그 짧은 순간 이 세상의 모든 신에게 수십, 수백 번의 기도를 해본다.

카앙!

그토록 간절히 바라던 소리가 들렸다. 살이 찢어지고 피가 튀는 소리가 아닌 강철 같은 금속끼리 부딪치는 음이다. 그러나 그 작은 몸만은 하늘로 떠올라 이쪽으로 날아오고 있었다.

"죽어도 받아낸다아아아아!"

공중에서 날아오는 린의 몸을 성공적으로 감싸 안았지만 덩달아 로빈마저 그 힘에 뒤로 날아갔다. 뒤에 커다란 나무가 있었던 것은 행운이었다. 등과 머리를 강하게 나무에 처박힌 로빈은 골이 어지러운 충격에 의식이 아찔거렸지만 겨우 참아낼 수 있었다.

"나, 살아 있어?"

"그래. 살 좀 빼라, 이 계집애야."

무심코 내뱉은 말이지만 살아 있다는 사실에 눈물이 글썽거려질 만큼 기뻤다.

"라이칸스로프는?"

"건재해. 내가 만약 저 녀석이라면 이제 두 번 다시 우릴 우습게 보지 않고 전력으로 공격해 올 거야."

"그래? 그거 멋진걸."

린은 검을 지팡이 삼아 자리에서 일어났다.

"무리야. 새로 작전을 짜야 돼."

"그럴 시간이 어디 있어? 그보다 나는 이제 시작이라고. 이거 조금 해볼 만해졌는데?"

"뭐?"

"방금 충격으로 운 좋게 열리게 되었어. 굉장해. 이게 마나의 세계야. 이젠 정말 기사가 될 수 있어. 내 몸에서 뭔가 기름 같은 것이 활활 불타오르고 있다고."

무슨 말인지 이해가 안 된다. 역시 머리를 다친 것일까?

"방금 분명히 한 번 막았어. 지금 내 몸으로는 두 번 막는 것도 벅차. 그 후 바로 도망칠 테니깐 알아서 해줘."

역시 머리가 어떻게 된 것이다. 로빈은 얼른 린의 손목을 잡았으나 단 한순간에 놓을 수밖에 없었다. 손이 화끈거린다. 놀랍게도 린은 힘으로 로빈의 손을 뿌리친 것이다.

"이번에야말로 막아주지. 덤벼!"

크르르르르르!

라이칸스로프는 무섭도록 민첩하게 이동하며 린에게 달려들었다.

조금 전 공격을 훨씬 능가하는 스피드로 달려들면서 긴 손톱을 이용해 측면을 공격해 왔다.

부우우우웅!

스피드와 파워. 좀 전의 공격을 모두 상회하는 공격. 이 정도의 속도라면 린에게는 보이지도 않을 것이다. 또한 막는다 해도 방금 전의 상황이 재현될 뿐.

챙!

하지만 놀랍게도 다음 순간 린은 그 공격을 완벽하게 막아내고 있었다. 조금 전 하늘로 날아오른 것과는 상대적으로 모든 충격을 몸에서 대지로 흡수해 내었다. 이것을 기사들은 완벽 방어라고 칭했다. 아무리 이론적으로 잘 알고 있어도 실전에서 익히지 않으면 무용지물인 기술의 성공과 함께 린은 혈액처럼 온몸을 순환하고 있는 미지의 힘을 느낄 수 있었다.

"이게 마나의 힘!"

린이 중얼거렸다.

적을 눈앞에 둔 상태에서 과거 스승님과의 대화가 마치 환청처럼 계속 들려오고 있었다.

"기사와 견습기사를 나누는 가장 큰 것은 바로 마나를 느끼는 것과 마나를 느끼지 못하는 것의 차이란다."

"마나라 함은 마법사가 가지고 있는 마력을 뜻하는 게 아닌가요?"

"그렇지. 하지만 꼭 마법사만이 마나를 가지는 게 아니란다. 예를 들어 저 동방의 오랑이란 나라는 주로 무인이라 불리우는 기사들이 마나를 더 많이 가지고 왜라 불리우는 곳은 닌자라는 어쌔신들이 마나의 취급에 더 능하단다. 하나 그들의 방식은 자연을 거스르는 행동이란다. 본래 마나라 함은 자연의 에너지. 그것은 끌어 모으는 게 아니라 자연과 대화를 해서 스스로 얻는 것이지."

"솔직히 말하세요. 스승님은 다른 기사들처럼 집안에 내려오는 마나를 모으는 비법이 없어서 그러는 거죠?"

"제자야, 몇 대 맞고 정신을 차리겠니?"

"그러니깐 마나를 모으는 호흡법 같은 걸 가르쳐 달라구요."

"마법사들 중에서 호흡법으로 마나를 모으는 이가 있는 줄 아니? 아니다. 그들은 세계를 배우고 끊임없는 지식을 통해서 자연스레 마나와 친구가 된단다. 기사들은 마법사만큼의 마나가 필요없기에 속된 말로 꼼수를 쓰는 것뿐이지. 하나 그렇게 해서는 결코 수준 높은 기사가 될 수 없다. 너는 삼류기사로 남아 있기를 원하니?"

"그러면 어떻게 해야 하는데요? 박 터지게 싸우면 돼요?"

"그러면 이 세상의 모든 용병은 이미 소드 마스터겠구나. 마법사가 세상을 알 듯 너는 검을 알아야 한다. 그럼 저절로 마나와 친구가 될 수 있을 것이다."

검과 손톱이 서로 밀고 있음에도 불구하고 둘은 조금도 밀려나지 않고 평행을 유지하고 있었다.

"크으읍!"

1초, 2초, 3초.

평행은 믿을 수 없게 계속되었다. 이 작은 몸 어디에서 이런 괴력이 흘러나오는 것일까? 보지 않고는 절대 믿을 수 없는 이 상황 속에서 작은 소녀의 심장에는 푸른색의 마나가 활활 타오르며 마지막 힘을 주인에게 전달해 주었다.

"하압!"

검의 기교만큼은 누구에게도 떨어지지 않을 만큼 익혔다.

어느 순간 할 수 있다고 느끼자 마자 몸이 먼저 반응하며 재빠르게 검을 돌려 '키이잉' 하고 손톱을 타고 올라가면서 검을 힘껏 휘둘렀다.

푸악!

라이칸스로프의 가슴이 갈라지며 동시에 제법 많은 양의 피가 흘러나왔다.

"로빈!"

싸가지가 아닌 처음으로 이름을 외치며 뒤도 돌아보지 않고 언니의 손을 잡고 산 위로 올라가기 시작했다.

어깨에 걸려 있는 활과 화살을 손에 들어 장전하기까지 걸린 시간은 불과 1초. 라이칸스로프의 손톱과 린의 검이 부딪친 순간부터 활을 당기고 이 순간만을 초조하게 기다렸던 울분을 모조리 털어내듯 로빈의 화살은 섬광처럼 라이칸스로프의 눈을 꿰뚫었다.

크아아아아악!

라이칸스로프의 몸이 고통으로 날뛴다. 제아무리 달이 있어도 터진 안구마저 재생하기는 힘들 거라고 예상하며 로빈은 린과 미리안의 뒤를 따라가기 시작했다.

그 순간,

몸과 생각이 굳어버린다. 느끼는 것은 말할 수 없는 어둠과 공포뿐이다. 간신히 고개를 올려다본 곳에는 뭐라 소리를 지르고 있는 미리안과 황급히 이곳으로 달려오고 있는 린이 보였다.

치이이익!

그 순간 천이 찢어지는 소리와 함께 갑자기 등이 뜨거워졌다. 그제야 정신을 차리고 뒤돌아보니 그곳에는 손톱에 피를 잔뜩 묻힌 라이칸스로프가 나처럼 똑같이 공포로 정신을 차리지 못하고 있다가 몇 번의 발악 끝에 간신히 밖으로 도망치는 데 성공했다.

순간 머리 속에 검은 영상이 지나간다. 보이는 것은 거대한 몸, 거대한 날개, 거대한 꼬리. 그 입에서는 세상을 태우는 불길이 흘러나오고 모든 생명체가 그 앞에 무릎을 꿇는다. 그리고,

[이리로, 동족이여. 내게로.]

"그가 나를 부르고 있어."

스스로도 이해할 수 없는 말을 중얼거리면서 나는 땅에 털썩 주저앉았다.

제6장
드래곤의 유산

드래곤의 유산

　노을이 지고 있는 석양 옆으로 검은 연기가 하늘 높이 피어오르고 있었다.

　자욱이 널려진 오크의 시체는 특히 전염병이 발생될 염려가 있어서 그 시체를 모아 태우고 있는 연기였다.

　"정녕 수색을 중단한단 말씀이십니까?"

　"진정하십시오. 이래서는 조금 전 가문을 걸고 한 약속을 지켜주지 않는 것과 같습니다."

　불같이 역정을 내뱉는 남작을 말려보지만 그의 흥분은 쉽게 가라앉지 못했다. 하긴 사랑하는 자식의 생사가 분명치 않은데 누구 마음이 그렇지 않을까?

　이윽고 두목의 설명이 시작되었다. 마지막 흔적이 남겨져 있는 곳으로 보아 세 사람은 저 낭떠러지에서 뛰어내린 게 분명했고 다행히 아래는 강이 흐르고 있었다.

검술 시간마다 도망치는 로빈을 붙들기 위해 생각해 낸 방편이지만 이때만큼은 속으로 로빈에게 수영을 가르쳐 준 것에 안도의 한숨을 내쉬는 두목이었다.

문제는 바로 저 강이 흘러가고 있는 방향이었다. 텐텐 산맥의 한가운데 위치하고 있으며 단 한 명의 생존자도 용납치 않는 땅 몬스터 랜드. 그 광활하고 위험한 대지는 여러 나라의 군대조차 모조리 집어삼켜 버린 죽음만이 존재하는 마의 숲이었다.

"여기까지 온 그대들의 뛰어난 솜씨는 분명 잘 보았습니다. 그만큼의 실력을 가지고 있으면서도 딸들의 수색을 포기한다니 도저히 납득이 가지 않습니다."

두목은 작게 한숨을 내쉬었다.

"몬스터 랜드에 대해서 얼마나 알고 계십니까?"

"……?"

"네, 분명 저는 저 죽음의 숲을 한 다섯 번 정도 다녀온 적이 있습니다. 그럼 경험자로서 설명해 드리지요. 지금까지 우리들이 이곳까지 오면서 싸운 오크들은 몬스터 랜드에서는 갓난아기 수준도 못 됩니다. 혹시 속으로 우리들이 몬스터 랜드의 땅을 밟고 있다고 생각하셨습니까? 오, 그럼 큰 유감이군요. 우리들은 몬스터 랜드의 근처에도 와 있지 않습니다. 그곳이 어떤 곳인지 알고 싶으신가요? 한마디로 원시 밀림입니다. 길을 가다가 자신도 모르게 늪에 빠져 죽거나 독충에게 물려 죽지요. 배고픈 몬스터들에게는 간식으로 먹히고 때때로 점심 식사로도 끌려갔습니다. 동료가 끌려가도 막기는커녕 자신 차례가 되지 않은 것에 안도감을 느끼는 곳입니다. 원하는 것은 물도, 식사도, 여자도 아닌 살아남을 수 있는 기적뿐입니다. 그 속에서는 귀족도, 기사도, 병사도, 심지어 소드 마스터조차 예외란 없었습니다. 트롤 와이번 라미아 라이칸 당시 이름조차 제대로 들어본 적 없는 몬스터들이 한 번 나타날 때마다 동료는 수십, 많게는 수백 단위로 죽었습니다. 아시겠습니까? 그곳은 이래도 죽고 저래도 죽는, 죽음밖에 존재하지 않는 곳입니다."

말을 잠깐 멈추자 어느새 주위는 숨소리조차 들려오지 않을 정도로 고요해졌다. 좌중이 조용해진 가운데 모두 두목을 향해 시선이 가 있었다.

곧 한결 부드러워진 목소리로 다시 두목이 말을 이었다.

"물론 전 그 지옥에서 운 좋게 살아남을 수 있었습니다. 아니, 그건 기적이군요. 오만의 군대 속에서 그 어떤 귀족들도 제치고 저만 살아남았으니. 낮에 한해서 제 경험과 지식을 모두 동원하면 몬스터 랜드의 겉에까지는 들어갈 수 있습니다. 동시에 그게 한계입니다. 일단 그곳에 간 후에는 저 혼자 몬스터 랜드 안으로 들어가겠습니다."

"그건 너무 무모합니다. 두목에게만 위험을 안길 수는 없습니다."

"아니요. 현재 이곳에 모여 있는 사람 중 저 말고 그곳에 들어가는 사람은 모두 죽습니다. 그러니 저밖에 없지요. 산적들의 우두머리인만큼 제 아랫사람을 모두 지켜낼 의무가 제겐 있습니다."

단호하게 내뱉는 말 속에 담긴 비장함. 자기 자식들로 인해 시작된 일이거늘 도움을 주지 못하는 이 현실이 안타까울 뿐이었다.

"오늘은 이곳에서 밤을 보내고 내일 해가 뜨는 시점에서 이동하겠습니다. 아마 로빈이라면 하룻밤 정도는 충분히 견뎌낼 수 있을 겁니다."

"또 그 아이입니까?"

그 이름은 이젠 지긋지긋해졌다. 눈에 넣어도 아프지 않을 만큼 사랑스러운 두 딸이 이런 몹쓸 사지에 오게 된 것도, 여기 있는 모두가 죽음을 각오하고 내일 저 몬스터 랜드로 향하게 된 것도 어떻게 보면 애초에 로빈이라는 아이가 원인이라는 생각이 들었다.

"그 아이 이야기는 그만 좀 하십시오. 대체 다 큰 어른들이 어린아이 하나 믿는 것도 그렇고, 그 녀석을 만난 후로 내 딸은 점점 더 위험한 곳으로 가고 있는 것 같지 않습니까."

갑자기 쌀쌀해진 남작의 태도에 리켈푸스와 두목은 모르겠다는 듯 어깨를 으쓱거릴 뿐이었다.

"제발 부탁해. 언니가 되어서 지금껏 조금도 도움이 못 되었잖니."

치사한 언니. 나쁜 언니. 저런 표정을 지으면 내가 허락 안 해주고는 못 버티잖아. 속으로 투덜거리며 린은 상처가 닿지 않게 조심조심 정면으로 쓰러진 로빈을 들어 언니가 쉽게 업도록 배려해 주었다.

'가벼워?'

지금껏 단순히 싸가지없는 남자 아이로만 생각했는데 이렇게 가벼운 어린애였다니.

첫 만남 당시 린은 화가 났다. 여주인공이 위기에 처하면 나타나는 백마 탄 기사. 그 상황에서 그걸 바란 것은 아니지만 도움을 줄 수 있는 이를 원한 건 사실이었다. 그런데 나타난 것이 귀족인 자신들에게 버릇없이 구는 꼬마애라니. 기가 찰 노릇이었다. 하지만 그 꼬마는 이 작고 가벼운 몸으로 자신들을 농락하려던 오크를 죽이고 인육을 먹는 코볼트의 공격을 단신으로 막고 절벽에서 뛰어내린 뒤 한 사람도 놓치지 않고 물에서 건져 내주었으며 또 함께 무시무시한 라이칸스로프와 싸웠다.

그 전투 도중 놀랍게도 자신의 검을 발견하고 마나를 느낄 수 있게 된 것도 이 아이 덕분이었다. 로빈이 없었다면 처음에 만난 오크들에서 이미 이야기는 끝이 났을 일이었지만 아무런 사심 없이 자신들을 지키고 또 싸워주었다.

그 사실을 이제야 깨닫게 되니 마치 지금까지의 일들이 거짓말인 듯 충격으로 다가왔다. 그런 생각을 하고 있는 이는 비단 린만이 아니었다. 미리안 역시 생각보다 훨씬 가벼운 로빈의 몸에 이런 아이가 자신들을 지켜준 것이 믿어지지 않았다. 두 소녀의 가슴속에는 더 이상 채워지지 않을 정도로 미안함과 고마움이 쌓여갈 뿐이었다.

"언니?"

"으, 응. 일단 가자, 린. 우선 쉴 곳을 찾고 대화하는 거야."

린은 말없이 그저 고개를 끄덕였다. 그리고 생각했다. 수많은 호사가들이 말하는 운명적인 만남이란 혹시 이런 게 아닐까 하고.

전혀 자신 같지 않은 생각이지만 오늘따라 왠지 나쁘지 않았다.

로빈을 업은 미리안과 린이 비탈길을 오른 지도 상당한 시간이 흘렀다. 경사는 다분히 완만했지만 단순히 아이를 업고 비탈길을 오른다는 것 자체가 귀족인 그녀에게는 힘든 일이 아닐 수 없었다.

그러던 중 두 사람은 아주 묘한 것을 발견했다. 그것은 작고 빛나는 돌들로 빛을 낸다는 이끼처럼 큰 돌에 붙어 빛을 발하고 있었다.

"뭘까, 이건?"

호기심을 느낀 린이 로빈의 단도를 이용해서 빼보려 했지만 너무나 깊게 박혀 있어서 자칫 검만 상하게 될 뿐이었다.

"세상에! 린, 저것 봐!"

미리안의 손이 가리키는 곳으로 눈이 향한 린은 놀란 듯 두 손으로 벌어진 입을 가릴 수밖에 없었다. 빨강, 노랑, 초록, 파랑, 주황, 하양 등등 가지각색의 빛들이 은하수처럼 산의 여기저기에서 빛나고 있었던 것이다.

"예쁘다!"

밤하늘에 떠 있는 별들이 지상으로 떨어져 내려온 듯한 장엄한 풍경이었다.

"언니, 저기 동굴 같은 게 보이는 것 같은데?"

린이 가리킨 곳은 겨우 미리안이 들어갈 수 있을 정도로 좁은 틈새의 입구였다. 입구에 비해 의외로 넓은 동굴 안에는 십여 개의 빛나는 돌들이 박혀 있었기에 어두운 것은 신경 쓰지 않아도 되었다. 그 순간 안도감을 느껴서 그런지 두 사람은 상당한 피로와 함께 공복감을 느꼈지만 일단 그것보다는 로빈의 치료가 우선이었다. 치료할 약도, 붕대도 없는지라 고심 끝에 린은 자신이 입고 있는 옷의 양팔과 양다리 부분 천을 잘라서 펼쳐 쓰기로 했고, 더 이상 잘라낼 부분도 없을 것 같은 차림의 미리안은 그나마 가슴과 다리를 효율적으로 가려주던 레이스를 뜯어 동여매는 끈 대신 사용하기로 했다. 그럼 다음으로 로빈의 상의를 벗기는 것인데……

"가위바위보로 정할까?"

로빈이 아니더라도 이 상태에 처한 부상자가 들었으면 크게 화를 내도 할 말 없는 행동이었다.

결국 로빈의 옷을 벗긴 건 린이었다. 치료도 겸해야 했고 무엇보다 가위바위보로 이긴다 해도 미리안은 몇 시간이고 우물쭈물할 게 분명했기 때문이다.

이번에도 상처에 조심하며 겨우겨우 로빈이 입고 있던 상의를 벗겨 내었다. 그러나 잠시. 옷을 벗긴 로빈의 목에 걸려 있는 무언가를 보고 린은 잠시 아무 말도 못하고 멍하니 쳐다보았다.

"얘, 애가 왜 이걸?"

린의 목소리에 미리안이 다가왔고, 곧 두 사람은 갑자기 혼란한 마음이 일어나 평정을 유지할 수 없을 만큼 머리 속이 엉망진창으로 변했다.

조잡하게 실과 뭔지 모를 끈으로 몇 번이나 엮어 목에 걸어놓은 조잡한 목걸이의 가장 가운데 부분에는 과거에 갖고 싶어서 엄마와 언니를 그토록 졸라대던 바로 그 물건이 걸려 있었기 때문이다.

"내 반지를 어째서 로빈님이?"

어느 날 갑자기 사라진 자신의 반지. 또한 갑자기 나타나 사십억이라는 가치와 함께 생판 모르는 남의 소유가 되어버린 반지. 또한 자신의 어머니가 그토록 말하던 운명의 상대를 이끌어준다는 그 운명의 반지.

로빈의 목에 매달려 있는 것은 바로 그것이었다.

눈이 뒤집혀질 것 같은 고통에 번뜩하고 정신을 차렸다.

"아, 깨어났다. 언니, 이제 일어났어."

뭐야, 이 호들갑 소리는? 에쎄 목소리만은 아닌 것 같은데? 바닥에 엎드려 있었던 터라 땅을 짚고 몸을 반쯤 일으켰다. 그러자 걱정스러운 눈초리로 자신을 바라보고 있는 두 소녀가 있었다. 뭔가 긴 꿈을 꿨다고 생각했는데 꿈이 아니라 현실이었던 모양이다. 그보다,

"많이 시원해진 옷차림이네?"

솔직한 로빈의 감상에 두 소녀의 뺨이 붉게 물들며 변명했다.

"이, 이게 다 네 상처 지혈해 주기 위해서였다고."

예전에는 분명히 긴 바지의 남장 차림을 하고 있던 소녀가 반팔, 반바지 차림으로 외쳤고, 그 옆에는 드레스의 레이스를 몽땅 떼어내서 물에 젖었을 때보다 가슴과 다리의 노출이 훨씬 심해진 여자가 있었다.

가슴과 배에는 천이 붕대 대신 둘러져 있었고, 레이스로 몇 겹이나 꼭 묶여져 있었다.

"상처는 좀 어때? 빨리 집으로 돌아가서 제대로 소독하고 치료하지 않으면 진짜 죽을 수도 있어."

린은 파상풍을 염려하듯 말했다.

"여기서 백년 만년 살 생각이 아니니까 괜찮아. 그보다 여긴 어디야? 시간은?"

"근처에 있던 동굴 안이에요. 시간은 확실하지 않지만 로빈님께서 정신을 잃은 그때부터 두어 시간이 흐른 것 같고요."

"잠깐. 그런데 여기 왜 이렇게 밝은 거야?"

손으로 가리키는 곳에는 희미하게 빛나는 돌이 박혀 있었다. 그 밝기는 희미하지만 앞에 있는 사람의 모습은 충분히 구별될 정도였다.

"나도 몰라. 단, 보석류는 아닌 것 같고, 제대로 된 도구가 없으면 채굴하기도 힘든 것 같아. 부르기 쉽게 야광석이라고 이름을 붙였어."

"하여튼 계집애들은 항상 의미없는 일을 잘한다니까."

린은 뭔가 따지려고 하다가 성질을 죽이고 다른 화제로 돌렸다.

"그보다 싸가지, 이제 어떻게 할 생각이야?"

너의 말에 전적으로 따르겠다는 말투에 오히려 놀란 표정을 짓는 로빈이었다.

"뭐, 뭐야? 너, 뭐 잘못 먹었냐?"

"나 장난치는 거 아냐. 딱히 지금 상황에서 시비를 걸고 싶은 마음도 없는 데다 무엇보다 지금껏 우릴 살려줬잖아. 그 점에 대해서만큼은 신뢰하고 있으니깐……."

갈수록 뒷말이 흐려지고 있었다. 남을 칭찬해 본 적이 거의 없는 린이었기에 낯이 간지러워서 그런지도 모른다.

"우선은 쉬어야 해. 그리고 낮이 되면 강을 따라 움직이는 거야."

"낮이 되면 몬스터들의 눈에 더 잘 띄지 않을까요? 물을 마시러 오는 동물이나 몬스터도 있을 테니 강을 따라 오르는 것도 걱정스럽고."

미리안의 말에 고개를 끄덕였다.

"맞아. 하지만 이곳에 몇 번이나 들른 경험이 있는 우리 두목 이야기에 따르면 몬스터 랜드에서 밤이 되면 굶어 죽을지언정 절대 움직여서는 안 된다고 했어. 숲은 낮과 밤이 다르다, 뭐, 그런 흔한 이야기야. 다만 그 정도가 상상을 초월한대. 짙은 어둠과 안개로 앞은커녕 옆의 동료 얼굴조차 보이지 않을 정도로 엉망인 시계에 온갖 야행성 몬스터들이 먹이를 찾아 헤매고 죽은 시체들이 언데드가 되어 움직이거나 스펙터나 라이칸스로프, 트윈헤드 오우거 등등 기사나 팔라 뭐라더라? 하여튼 신성력을 뿌리는 기사도 어쩌지 못할 만큼 강력한 몬스터는 굴러가는 돌멩이처럼 만나볼 수 있다던가?"

로빈의 한마디 한마디에 점점 린과 미리안의 목덜미로 식은땀이 흘러내렸다.

"저희들, 무척 운이 좋았네요."

"보통 운이 좋았던 게 아니지. 그것도 강가라서 다행이었어. 물을 마시러 오는 동물이나 몬스터들은 대부분 먼저 위협을 주지 않는 이상은 절대 공격하지 않겠다는 암묵적인 룰이 있다나 봐."

두 사람은 로빈의 말에 감탄하며 새로 얻은 지식을 흥미롭게 여겼다.

"자, 그럼 우선 하룻밤 자고 갈 장소를 만들어볼까? 둘 다 노숙은 처음이지?"

함께 고개를 끄덕이는 모습이 미묘하게 닮았다. 형제가 있다는 건 행복한 일이겠구나 하고 속으로 생각했다.

산채의 아이들은 대부분이 고아였기에 친형제를 가진 아이는 한 명도 없었고 유일한 형제인 은도끼, 금도끼 두령은 너무 달라서 오히려 형제라는 게 더 이상한 이들이었다.

"뭐, 뭐야? 갑자기 뚫어지게 쳐다보고."

"아니, 뭐, 그냥. 좋겠다 싶어서."

"좋겠다?"

로빈은 확실하게 말해 주지 않고 잠시 기다리라는 말과 함께 밖으로 나갔다. 분명 제 입으로 말해 놓고 밖으로 나간 것은 잘못된 일이지만 이상하게 이 근처에 위험한 몬스터는 없을 것 같은 예감이 로빈으로 하여금 움직이게 만들었다. 그리고 얼마 후 다시 나타났을 때 로빈의 가슴에는 무언가가 한 가득 쌓여 있었다.

"세상에, 밖에 도대체 뭐야? 산 전체에 이런 돌이 박혀 있다는 거야?"

라고 말하며 들고 온 무언가를 내려놓기 시작했다. 그중에는 소나무 잎과 제법 두꺼운 마른 나무를 비롯하여 놀랍게도 나뭇가지에 꿰인 물고기도 있었다.

"나무는 둘째 치고 물고기는 어떻게 잡아온 거야?"

"웅? 물고기는 내가 잡은 게 아냐."

손으로 가리킨 곳에는 미리안이 있었다. 미리안은 손가락으로 자신을 가리키며 '나?' 하고 되물었다.

"강에서 건져 올렸는데 몸이 이상하게 볼록볼록 튀어나왔더라고. 그래서 뭔가 싶어서 빼보니깐 이 물고기들이었지. 아마 떠내려 오던 도중에 그 펄럭거리던 옷이 통발 역할을 해서 물고기들을 잔뜩 잡아내었겠지. 들고 오면 쓸모가 있을 것 같아서 내 주머니 속에 넣어놨었어."

린은 박장대소를 하며 언니를 칭찬했다. 그러다 잠시 웃음을 뚝 멈추고 로빈을 향해 진지한 목소리로 물었다.

"잠깐. 꺼냈다니? 어디에서? 어떻게? 무엇을?"

그제야 뭔가를 깨달았을까? 미리안이 앗차 하고 놀라더니 이내 태양이 저리 가라 할 정도로 얼굴이 빨개졌다.

"뭘, 닳는 것도 아닌데. 제법 크던데? 아직 에쎄에게는 멀었지만 말이야. 하지만 불행히도 인공호흡해 줄 때 보니 넌 평균 이하더라?"

평균 이하! 평균 이하! 평균 이하!

그 말이 사신의 음성처럼 반복해서 들려왔다.

"이이익! 니, 니가 뭔데 그딴 망언을! 그리고 기사인 내게 언니 같은 크기는 오히려 짐이 될 뿐이라고."

"은근히 쌓인 게 많았구나? 하지만 지금 크기가 중요한 게 아니잖니?"

"변명해 봤자 풍만한 가슴은 여자의 기본 소양 중의 소양이라고. 쯧쯧."

쯧쯧? 저 동정 섞인 웃음소리라니. 자기는 기껏 산적 꼬맹이 주제에 귀족인 자신과 언니를 농락한 것도 모자라 처녀의 순결한 육체를 제멋

대로 희롱하고 마지막에는 '좋았던 건 너잖아' 라면서 비웃고 있다(그런 적 없다).

"이이이익! 이 무례한 놈! 지금껏 봐줬거늘! 결투다아아아아!"

'결투' 까지는 소리를 지르며 자리에서 일어났지만 그 순간 힘이 빠지며 자리에 그만 주저앉고 말았다. 그리고 곧바로 이렇게 힘이 빠진 근본적인 문제를 알려주는 신호가 들려왔다.

꼬르르륵.

아직 견습기사이나 항상 그 몸가짐을 단정히 하고 타의 모범이 되어야 하거늘 이런 추태마저 보이다니, 더 이상 치욕도 이런 치욕이 없었다.

"아아악! 난 죽어야 해! 귀족으로서, 기사로서 이런 흐트러진 모습을 보이다니! 스승님, 아버지, 어머니, 이 보잘것없는 목숨을 스스로 꺼뜨려서나마 명예를 되찾… 읍!"

"그만 에너지 소모하고 조용히 먹어. 지금 소풍 온 건 줄 알아?"

입 안에는 잘 구워진 생선이 들어 있었다. 그 향긋한 냄새라니. 린의 입에 구운 생선을 집어넣고 손을 들어서 손잡이까지 쥐어준 뒤 로빈은 다시 다른 생선을 굽기 시작했다. 겉보기에는 보잘것없는 생선 구이지만 먹기만 불편할 뿐 그 맛은 결코 불평을 할 수가 없었다. 약간의 탄 부분도 없이 겉과 속의 맛을 100% 살려낸 요리사 급의 숙달된 솜씨와 무엇보다 간이 잘되어 있었다.

"어째서 짭조름한 소금 맛이?"

"그야 소금을 가지고 있으니까. 가끔 비늘이 씹히는 거 가지고 뭐라 하지 마. 난 절대 요리사가 아냐. 실수는 당연히 있다고."

마치 변명하듯 말하면서 로빈은 옆에 있는 작은 병을 흔들어 안에

든 소금을 고기에 뿌렸다.

"매일 이걸 들고 다니시는가 봐요?"

"필수거든. 한번 훈련을 받으러 가면 길게는 일주일간 산속에서 혼자 살 때도 있었지."

'에헴' 하고 자랑하듯 말했다. 확실히 그건 대단한 자랑거리였다. 그녀들은 단 반나절 만에 산이 얼마나 위험한지를 절실히 깨닫게 된 사람들이었기에 한편으로는 부러움마저 느꼈다.

"로빈님, 저건 뭔가요?"

미리안이 가리킨 곳에는 물고기나 소금 등을 넣어놨던 주머니가 있었고, 반쯤 열린 그 안에는 네모난 크기의 하얀 젤리 같은 무언가가 있었다.

"아, 저거? 별거 아냐. 비계."

"비계?"

"응. 오크 비계라고도 하고 고체 기름이라고도 할 수 있어. 불에 잘 녹고 효율이 좋아서 연료로 쓰기에 그만이지. 예전에 사냥했던 오크의 몸에서 떼어낸 거야. 저래 뵈도 저 양이면 열두 시간 이상 불을 피울 수 있는 정도지. 오늘 이게 우리들 목숨을 구해내 줄 거야."

"목숨을요?"

로빈은 다시 구워진 두 개의 생선 구이를 각각 내밀고 잠깐 쉴 듯 자신도 생선 구이를 하나 집어 들었다.

"텐텐 산은 음기가 강해서 밤이 깊어질수록 온도가 영하로 떨어진대. 노숙은 처음이라고 했지? 장담컨대 산의 추위를 견뎌내긴 힘들 거야."

몬스터 다음에는 추위와의 전쟁인가? 정말 넘어야 할 산이 많기도 하다고 생각하는 두 사람이었다. 간단한 저녁 식사를 끝낸 후 이제부터 내일 아침까지는 휴식 시간이었다. 하지만 누구 하나 일찍 잠을 자려는 기색이 보이지 않았다.

"너희들 말이야, 지금 빨리 자두라고. 마지막 자는 잠일 수도 있고 무엇보다 내일 거치적거리면 이번에야말로 놓고 가버릴 테니깐."

로빈은 그 중간에 오크의 비계를 칼로 잘라내서 한 덩어리를 불속으로 집어넣었다. 밖에서부터 동굴 안으로 들어오는 바람이 확실히 차가워지고 있었다.

대충 굶주림을 해결한 세 사람은 저마다 자리를 잡고 휴식의 시간을 보냈다. 얼마간 지그시 로빈을 응시하던 미리안은 이내 결심을 한 듯 손을 꼭 쥐면서 입을 열었다.

"저기… 로빈님."

"왜?"

"혹시 이거 로빈님의 것인가요?"

힘겨운 듯이 미리안이 말하면서 무언가를 내밀자 로빈은 달려들어서 난폭하게 빼앗았다.

"꺅!"

"야, 싸가지! 너, 뭐 하는 짓이야?"

린의 호통에 정신을 조금 차린 듯 로빈은 어쩔 줄 모르는 모습을 하다가 일단 사과부터 했다.

"아, 아, 미, 미안. 내 거야. 확실히 내 거 맞아."

"혹시 선물 받으신 건가요?"

"응. 리켈푸스라는 돈 많은 영감 있거든. 목숨을 구해줬더니 선물로 줬어. 이거 무지 비싼 거다."

남의 마음도 모르고 로빈은 신나서 반지에 대해 자랑했다.

"로빈님, 저희들이 이곳에 온 용건을 아직 설명을 드리지 않았지요? 실은 저희들은 그 반지를 찾으러 이곳에 왔습니다."

"에에?"

"자세히 설명을 해드리겠습니다. 그 반지는 저희 어머니의 반지로 제가 물려받은 것입니다. 그러던 어느 날 우연찮게 반지를 도둑맞은 저는 아버님의 인맥을 동원해 리켈푸스 상단에 도움을 요청했습니다. 그리고 한 달이 지나 오늘 아침에서야 반지가 돌아왔다는 것을 알게 되었습니다. 하나 놀랍게도 반지는 사십억 리온이라는 어마어마한 돈으로 리켈푸스 상단이 사들였고, 그 돈을 저희 측에서 지불하지 못할 거라고 예상한 리켈푸스님은 그 반지를 로빈님께 선물로 준 것입니다. 하지만 사십억 리온을 지불할 수 있는 돈이 저희들에겐 있었고, 그리하여 반지를 되찾으러 온 것입니다."

"알아들었어? 간단해. 언니가 반지 주인이니까 이리 내놔."

미리안의 차근차근한 설명보다 린의 말을 확실히 알아들은 로빈은 말했다.

"싫어."

"부탁입니다, 로빈님. 그 반지만 돌려주신다면 제가 가진 뭐든지 드리겠습니다."

"이 싸가지없는 꼬맹이가! 당장 안 내놔?"

로빈은 끈을 풀어서 반지를 손에 들었다.

"난 말이야, 이 반지 믿고 있다가 마누라한테 소박맞아 버렸다고. 그러니까 필요없어. 하지만 그냥은 못 줘. 이건 내가 정당하게 얻은 거니까."

"그래서 뭘 바라는 거야? 요점만 말해."

"등가 교환이라고 들어봤지? 이 반지의 가치와 맞먹으면서 여자 마음을 확 내 것으로 만들 수 있는 물건을 주면 얼마든지 주겠어."

그 말에 미리안과 린은 아무것도 머리 속에 떠오르지 않았다. 로빈의 마음은 돈이야 어쨌든 어떻게든 에쎄의 마음을 돌릴 수 있는 물건을 바랐지만 사십억 리온이나 하면서 동시에 여자의 마음을 확 끌어당기는 물건이라는 두 가지의 조건을 모두 달성해 내기란 쉬운 일이 아니었다. 잠시 '어디어디의 성과 영지를 합하면 사십억 리온 정도 되지 않아?' 라는 말이라던가 '최고 비싼 보석도 십억 리온도 안 될 거야' 라는 말이 몇 번이나 오갔지만 끝내 답은 나오지 않았다.

"저기 로빈님, 혹시 황금 광산은 어떠신지?"

"에? 그딴 거 필요없어. 금도 캘 줄 모르는걸?"

역시나 아이. 두고 두고 쓸 수 있는 가치있는 것보다 당장 쓸 수 있는 것을 원했다.

"하암, 이러다 밤새겠다. 정 못 찾겠으면 내가 정해주는 조건으로 할래?"

"예, 뭐든지 해드리겠습니다. 말씀해 주세요."

왜 처음부터 이 말이 안 나왔는지 섭섭할 정도로 시원스럽게 미리안이 말했다. 그때 로빈의 머리 속에는 아침에 에쎄에게 퍼부은 말이 떠오르고 있었다. 분명히 이 반지 따위 아무에게나 주겠다는 그 말이.

"좋아, 그럼 한 번만 주라."

린은 말없이 자리에서 일어나 멋지게 로빈의 얼굴을 걷어차 버렸다.

"쿠억!"

"꺅! 린! 버릇없게 로빈님께 무슨 짓이니?"

"버릇은 뭐가 버릇없게야? 그토록 잘 봐주려고 애를 썼는데 이렇게 뻔뻔한 변태였다니. 이런 녀석을 지금껏 믿고 따라다녔던 거야? 미쳤지! 미쳐도 단단히 미쳤어!"

양쪽 귀에서 당장이라도 새하얀 연기가 피슝 하고 튀어나올 것처럼 흥분하면서 린은 소리쳤다.

"야, 이 성난 소 같은 계집애야! 갑자기 왜 발로 차고 난리야!"

"그래, 로빈님의 말이 맞아. 도대체 뭐 때문에 그렇게 화를 내는 거니?"

"으으윽!"

린은 두 사람이 꾸짖는 기세에 떠밀리듯 뒤로 두 발자국 정도 물러섰다. 그리고 보니 로빈의 말을 확실하게 들은 것도 아닌데 아주 저절스런 말로 지레짐작하고 죄없는 로빈을 발로 차버린 것이다.

"미, 미안. 잠시 내가 어떻게 되었나 봐."

일단 대충 변명은 했지만 무안함이 가시지 않은 듯 얼굴은 달아오른 그대로였다.

한 번만 주라는 게 뭘 뜻하는 것인지 제대로 듣기만 해도 이런 창피는 안 당해도 되었을 텐데 어째서 자신은 이런 과민 반응을 보인 걸까? 아직 어린 소녀는 자신의 마음을 알 수가 없었다.

"예, 제가 뭘 드리면 되나요?"

미리안이 다시 차분하게 묻는다. 그리고 옆에서 두 번 다시는 감정에 몸을 맡기지 말아야지 하고 린이 다짐하고 있었다.

로빈은 아주 천진난만한 아이의 해맑은 웃음을 지으며 말했다.

"너의 그 나이스한 육체."

"그게 천진난만하게 웃으면서 할 소리냐!"

인정이라고는 손톱만큼도 없는 린의 펀치가 분노와 증오, 그리고 이유 모를 미움을 담고 로빈의 왼뺨에 작렬했다.

으드득!

뼈가 뒤틀어지는 소리와 함께 로빈의 몸이 튕겨 나갔다.

"꾸에에엑!"

잠깐의 발악 후 로빈은 털썩 쓰러졌다. 이대로 로빈은 아침이 오기까지 깨어나지 못했다면 다행이었겠지만 독종이라고 불리우는 그가 고지 입성이란 목표를 눈앞에 두고 여기에서 주저앉을 수는 없었다.

"저, 저기, 제 몸을 달라는 것은 어떤 의미이신가요?"

"언니!"

미리안 역시 로빈의 의도를 알아차렸는지 지금껏 의식도 하지 않고 있던 노출 부위를 손으로 슬그머니 가리며 떨리는 목소리로 물었다.

"아야야! 치잇, 무지 아프네."

"너 방금 그 말 취소해. 취소하지 않으면 진짜 죽여 버리겠어."

린은 검을 들고 살의를 담아 외쳤다. 하지만 그 모습에도 로빈은 눈 하나 깜빡이지 않았다.

"싫으면 안 하면 그만이잖아. 지금 이 반지의 주인은 분명 나야. 이걸 지금 저 산 아래로 던져 버리는 것도, 누구에게 줘버리는 것도 전부 내 권한이라고. 틀려?"

"크윽."

반박할 여지가 없었다. 나이는 어리지만 산전수전을 다 겪어본 로빈을 당해낼 재간이 없었던 것이다. 그때 잠자코 있던 미리안이 뭔가 결심한 듯 말했다.

"로빈님, 로빈님은 아직 어려서 잘 모르시겠지만 저희 여자들에게는 목숨보다 더 소중히 여기는 것이 있습니다. 그것을 겨우 호기심이나 잠깐의 충동으로 어떻게 하려는 것은 매우 나쁜 짓입니다. 알고 계세요?"

"잘 알고 있어. 단순한 호기심이라는 것도, 나의 행동에 분명 그 누군가가 상처받을 거라는 것도. 그래서 이 반지를 준다는 거야."

미리안은 어린 로빈이 무엇을 잘못 알고 있다고 생각해서 훈계를 할 마음이었지만 오히려 잘못 판단한 것은 미리안이었다. 원래 대부분의 아이들은 자신의 것에 집착이 강하고 특히 인내를 배우지 못했거나 정신적으로 덜 성숙한 애들일수록 욕심을 차리는 데만 급급한 법이다.

하나 로빈은 달랐다. 우선 로빈 같은 아이가 돈의 가치를 모를 리가 없었다.

미리안과 린은 귀족의 딸이었으나 성의 공주가 아니었기에 항상 세상 이야기를 쉽게 접할 수 있었다. 그래서 돈을 받고 몸을 파는 여인네들이 있다는 사실도 알고 있다. 물론 그녀들이 외간 남자에게 몸을 주고 받는 돈이 자신들의 드레스의 장갑 한 짝도 안 되는 가격이라는 것에 분노를 한 적도 있었다.

이것을 과연 로빈이 모를까? 그건 개미가 '난 태어나서 개미를 본 적이 한 번도 없어'라고 말하는 것과 같은 노릇일 것이다. 천민은 노예와도 같은 것이다. 다만 낙인이 찍히지 않았을 뿐 그들은 뼈가 부서지도록 일해도 매번 배급받는 식량 외에는 아무것도 얻지 못한다. 그래서 천민의 여성들은 가정을 가지고 있거나 신혼 생활 도중에도 기회만 있으면 평민 남자들에게 몸을 팔아 푼돈을 번다. 그게 천민의 생활이다. 그것을 천민인 로빈이 모를 리가 없지 않은가?

사십억 리온이라 하면 왕국의 일 년 예산에 맞먹을 만큼의 어마어마한 액수다. 그 돈이면 수도의 최고급 유곽에서 술과 미인들 틈에 박혀서 백 년은 넘게 살 수 있을 수도 있다. 그러나 로빈은 그런 선택을 모두 버리고 단 하룻밤을 조건으로 이 반지를 주겠다고 한다. 다름 아닌 자신의 호기심으로 인해 상처받은 여자를 위해서.

어떻게 보면 우스운 일이다. 하룻밤에 사십억 리온. 프하이엄 제국 황제라도 애첩에게 그런 액수를 지불하는 것은 무리일 것을 이 작은 천민 아이가 행하고 있는 것이다. 만약 현재 주위에 두령들이 있었다면 지금 이 시점에서 제국 황제를 능가했다고 농을 건넸을 게 틀림없었다.

오랫동안 생각했다. 이상할 정도로 집착하게 된 반지의 의미. 그리고 귀족의 여인으로서 지켜야 할 순결 사이에서 고민이 더 이상 안 길어진 게 신기할 뿐이었다.

"린, 추운데 미안하지만 잠깐 나가 있어 줄래?"

"언니!"

린의 거센 만류에도 불구하고 미리안은 편한 자세에서 굳이 무릎을 꿇고 두 손을 가지런히 내려놓은 뒤 말했다.

"로빈님의 제의에 응하겠습니다. 저는 로빈님께 몸을, 로빈님은 저에게 반지를. 그러면 되는 거지요?"

"응."

"응은 뭐가 응이야? 언니, 돌았어? 제정신이야? 매일 달달 외우던 레이디의 기본 소양은 어디에다 팔아넘긴 거야?"

"린, 귀족들에게 혼전 성교 같은 건 흔한 일이야."

동생은 그런 언니의 말에 반박했다.

"그러니까 더욱 순결을 지켜야 한다고 말한 건 언니였어. 나중에 시집간 후 어머니와 아버지 두 분의 명예에 결코 누를 끼치지 않도록. 또 그거야 잘난 높은 귀족들 이야기지 우리 같은 변방의 작은 귀족에게는 씨알도 먹히지 않는다고."

"좀 더 말을 곱게 하는 법을 배워야겠구나."

미리안의 표정에는 일말의 망설임이나 주저가 들어 있지 않았다. 도대체 그녀에게 반지는 어떤 의미를 두고 있기에 이리도 필사적인 것일까? 린은 아무리 생각해도 알 수 없었다.

"자, 린, 이곳에 계속 있으면 로빈님이 불편해하실 거야. 모두 빨리 끝내고 내일 집에 가서 푹 쉬자."

로빈은 미리안에게 반지를 건네주었고 미리안은 그것을 린에게 넘겼다.

"잘 챙겨놔 줘."

"언니 이 바보."

아무렇지 않은 듯 웃음을 짓는 미리안의 얼굴에 오히려 린의 눈가에 눈물이 글썽글썽 맺혔다. 차마 이대로 흘릴 수는 없어서 린은 소리를 지르고 그대로 밖으로 뛰어나갔다.

"두고 봐! 증오할 거니깐! 평생이 걸린다 해도 너를 죽여 버리고 말겠어!"

"하나도 안 무섭다. 메롱."

아무렇지 않은 듯 보이지만 사실 엄청 나쁜 놈이 된 것 같아 내심 불안해하고 있었던 로빈이었다. 한 명을 상처 주기에 사십억 리온이라는 돈은 충분해 보였지만 설마 두 사람을 상처 주게 되리라고는 생각도 못했다. 그렇다고 또 이 기회를 놓치자니 에쎄는 가망이 없었고 미리안은 지나치게 미인이었다.

"그럼 로빈님, 벗겨주시겠습니까, 아니면 제가 벗을까요?"

하지만 다음 순간 생각지도 못한 미리안의 대담한 말에 더 이상 로빈의 생각은 이어지지 못했다.

대개 성인식을 치른 후 귀족의 아가씨는 어머니나 유모, 혹은 두 사람이 다 자리에 없을 경우 시녀장의 지시 아래 특별한 교육을 의무적으로 받아야 했다.

그 교육이란 소녀 때 들은 성교육을 약간 자세하게 듣는 것으로 대부분 끝이 난다.

하지만 그녀를 가르친 것은 시녀장도 아닌 다름 아닌 새어머니였고, 새어머니로부터 배운 것들은 단순한 성교육의 차원을 넘어서 단도직입적으로 말해 남자를 즐겁게 해주는 방법에 관련된 것들이었다.

그녀가 나쁘다는 것은 아니다. 다만 '나는 이런 식으로 너희 아버지를 홀렸다' 라는 말투가 귀에 거슬렸을 뿐이다. 하긴 그녀도 수도에서 호의호식하며 지내다가 이런 시골 지방의 검소한 아버지의 부인 노릇을 하기에 힘이 들고 또 린의 사슬 같은 시선에 기가 죽다 보니 궁여지책으로 자신을 이용해서 스트레스를 풀려고 했을 뿐이었다. 그 마음을 공감은 못해도 이해해 주는 건 크게 어렵지 않다고 생각했다.

그런 마음으로 미리안은 그 낯부끄러운 것들을 배웠다.

서로의 몸을 다독여 주는 애무, 남체와 여체가 하나가 되는 삽입, 처녀가 겪게 되는 파과, 몸을 뒤섞는 열락, 그리고 마지막으로 사내의 씨를 아기집 안으로 들이는 사정까지의 과정 모두를 말이다.

이런 것들을 설명할 때는 얼마나 열정적이던지 딴청을 피울 때마다 귀신같이 알고는 심지어 나무로 본따 만든 사내의 상징을 꺼내어서 보여주기도 했다.

그때 본 그녀의 눈빛은 기묘했다. 미리안의 찡그린 얼굴을 보고 즐기는 얼굴이 아니었던 것이다.

그 순간 현명한 미리안은 알게 되었다. 그녀는 지금 외로움을 타고 있었다. 모두가 같은 색을 띠고 있는데 그녀 혼자 다른 색을 가지고 있다 보니 외로워서 미리안을 자신의 색으로 물들이려고 한 것이다.

새어머니의 간절한 바람에도 그것은 들어줄 수 없었다. 그녀가 가지고 있는 색은 자신의 아버지와 어머니의 사랑으로 이루어진 색. 그것은 시간이 지난다고 해서 변하지도 않을 것이며 누군가에 의해 변하는 건 더 더욱 싫었다.

그 후 그녀는 자신을 포기했지만 더 이상 풀 수 없는 여분의 화는 주위의 하녀나 남동생에게로 향하는 것 같았다.

뭐, 그냥 그렇다는 이야기다.

눈을 뜨고 눈앞에 있는 작은 소년을 바라보았다.

이름은 로빈. 아무 이유도 없이 목숨을 몇 번이고 구해줬으며 항상 앞에서 싸웠다. 만약 그와 동생이 아니었다면 자신은 이미 이 세상 사람이 아닐 것이다.

몬스터에게 겁탈당하고 몬스터의 아기를 임신한 여자는 귀족이든 천민이든 그 차이를 넘어서 더 이상 인간 대접을 받을 수 없다. 목숨을 끊어 스스로 명예를 지키는 것뿐.

로빈에게는 동생 몫과 함께 몇 개의 목숨이나 빚졌고 그토록 찾던 반지마저 준다는 약속을 받아내었다.

무엇보다 그는 착한 아이다. 상냥하고 강하며 의리가 있다. 분명 몇 년만 더 성장하면 자신 같은 하급 귀족의 딸과는 비교가 되지 않을 정도로 훌륭한 인물이 될지도 모른다. 그 모든 것을 알고 있으면서도 어째서인지 이런 말을 내뱉고 말았다.

"그럼 로빈님, 벗겨주시겠습니까, 아니면 제가 벗을까요?"

지금 이 자리에 있는 건 미리안 칼리엄이 아니라 새어머니의 화풀이 상대가 되어주던 과거 시간 속 한 컷에 자리잡고 있는 죽어 있는 미리안이었다. '이 아이라면 괜찮아'라고 말하면서도 한편으로는 화가 난 것인지도 모르겠다.

로빈은 천천히 미리안에게 다가가서 먼저 두 손으로 뺨을 만졌다. 이 세상의 것이 아닌 것 같은 부드러움에 이제야 실감하는 듯이 보였다. 자신은 지금 이 아름다운 여인을 안는 것이구나 하고.

반면 미리안은 놀라웠다. 뺨에서 느껴지는 손의 느낌은 소년의 손이 아닌 중년 남자의 손같이 차갑고 메말랐으며 또한 딱딱했다. 이게 바로 로빈의 실력의 정체였구나라고 느낀 순간 갑자기 가슴이 뜨거워졌다. 이 아이가 천민이 아니라면, 자신이 귀족이 아니라면이라는 생각을 한 것이다. 하지만 이 아이에게 몸과 마음마저 진심으로 허락한다면 그건 곧 아버지와 어머니를 더럽히는 것이 된다. 그렇게 생각했기에 미리안은 죽어 있는 미리안으로 있기로 했다. 이 편이 로빈도 더 만족해할 것이라고 위로하면서.

"하아!"

달구어진 뜨거운 숨결이 로빈의 목에 닿았다. 두 팔을 벌려 천천히 자신을 감싸는 두 손에 이끌려 어느새 소년은 여인의 품에 꼭 안겼다. 미리안의 키가 훨씬 컸지만 무릎을 꿇고 있었기에 큰 문제는 없었다. 서로 맞닿고 있는 가슴은 다시 한 번 더 서로를 느끼게 해주었다.

"후우! 후우! 후우!"

어쩔 줄 모르고 그저 거세게 숨을 골라내는 로빈의 숨소리가 귀엽게 느껴졌다. 아이니까, 그리고 마찬가지로 처음이니까 당연한 것이었다.

두 사람은 새로운 세계로의 진입에 흥분에 젖어 있는 모험가였다. 던전 대신 두 사람은 서로의 육체를 서로 탐험하고 보물 대신 어른으로서의 자신을 발견하게 될 것이다. 다만 그 관계가 애정이 아닌 타협으로 이루어진 것이라는 게 안타까울 뿐이었다.

잠시 로빈을 떼어내고 미리안은 크게 숨을 쉬었다. 밖은 점점 추워지고 있고 동생은 밖에 있다. 누구에게도 최대한 빨리 끝내는 것이 좋은 일이었다.

"바지를……."

미리안은 조심스럽게 로빈의 고간을 부드럽게, 그리고 조금씩 강하게 만져 주었다. 크진 않지만 단단함은 마치 돌을 연상케 했다. 이 정도라면 그… 충분히 가능할 것이다.

바지를 내리고 안에 입은 속옷마저 내렸다. 천민 아이답지 않게 깔끔한 속옷도 인상적이었지만─에쎄의 보살핌 덕분이다─역시 이성의 신비만큼에 비할 바가 못 되었다.

다음으로는 그녀 차례였다. 그런데 마냥 얼어 있을 줄 알았던 로빈이 손을 들어 가슴을 강하게 쥐었다.

"아!"

"미, 미안. 에쎄랑 착각했어."

에쎄. 지금까지 생각도 안 했지만 로빈과의 대화를 떠올려 보니 몇 번이나 들었다. 분명 마누라라는 말과 함께. 로빈은 드레스 위로 가슴에 얼굴을 묻고 한 손으로 제법 능숙하게 가슴을 만지고 있었다. 아직 자각이 덜 된 것일까? 로빈의 행동에 몸이 달아오르기보다는 마치 아이가 젖을 찾고 있는 듯한 광경이 떠올랐다. 최대한 웃지 않도록 주의하며 화제를 넘기기로 했다.

"저기 로빈님, 에쎄라는 분은 혹시 로빈님의 아내이신가요?"

"응, 결혼식까지 올린 내 마누라야. 나이는 열아홉 살. 나보다 여섯 살 많아."

꼬마 신랑이라는 걸까? 그런 풍습은 전쟁 시 남자가 부족해지거나 제법 부유한 평민층에서 가끔 일어난다는 말을 들은 적이 있었다. 그 사이 로빈은 제대로 벗기지도 않고 난폭하게 옷을 내려서 가슴을 세상에 드러나게 했다. 이 세상에 둘도 없을 법한 하얀 골짜기의 위에 각각 두 개의 분홍색 돌기가 튀어나와 있었고 그 돌기를 집중적으로 가지고 놀았다.

"으음."

거짓말처럼 튀어나오는 달콤한 음성과 새하얀 김. 우연이라고 하기에 로빈의 손놀림은 너무나 능숙하며 체계적이었다.

"겨, 결혼하셨다면… 왜 굳이 저와……."

이대로 주도권은 로빈에게로 넘어가는 걸까? 갑자기 그 사실이 겁이 나서 아무렇게나 내뱉어보았다.

"에쎄는 내가 성인식을 치르기 전까지 이런 거 절대 금지래."

그랬던 걸까? 그러자 갑자기 웃음이 튀어나왔다.

"설마 유부남과의 불륜이 첫 경험이라고는 꿈에도 생각 못했었는데."

다음으로 가슴에 닿는 로빈의 입술과 함께 작은 손이 배에 닿았다. 아래로 내려가는 손길에 그만 몸이 움찔거렸으나 가슴에 닿아 있는 조그마한 혀가 움직이자 정신이 온통 진흙탕처럼 엉망으로 변해가는 것 같았다. 와중에 그녀는 작은 꿈을 꾸었다. 그 환상 안에서 로빈은 자신과 같은 나이의 열일곱 살 청년으로 변모해 있었다. 그리고 청년의 모습인 로빈은 새로운 반지를 꺼내 자신에게 준다. 그리고 그녀는 자신이 끼고 있는 반지를 그에게 준다. 주위에는 수많은 사람들이 리켈푸스 상단의 후계자와 칼리엄 가문 장녀의 결혼식을 축복하며 죽는 그날까지 행복하게 웃는 그런 소망을. 이제 곧 그녀는 이 작은 소년과 하나가 될 것이다. 단 한 번, 딱 한 번의 행위 뒤에는 모두가 원하는 것을 가지게 된다. 그러니까 괜찮아. 그러니까 괜찮아. 하지만 이상하게 눈물이 흘러내릴 것 같았다.

다시 과거에 있었던 그 일이 어렴풋이 떠올랐다.

"당신은 사랑하는 사람과 맺어질 수 없는 운명입니다."

십 년 전의 일치고는 비교적 선명한 그날의 기억 속에서 이상하게도 점술사에게 들은 말 중 기억나는 것은 그 말이 유일했다. 그 말에 어떤 비밀이 숨겨져 있기에 그날 어머니는 자신을 붙잡고 서럽게 울었을까? 또한 이 반지를 절대 잃어버려서는 안 된다고 했을까? 혹시 기억이 나지 않는 점술사의 말과 무슨 관계가 있는 것이 아니었을까? 갑자기 그런 생각이 들었다.

"누가 뇌둔데?"

좁은 동굴 안에 린의 목소리가 울려 퍼졌다.

언제 다시 들어왔을까? 린은 따끔한 일침과 함께 다시 로빈의 얼굴을 발로 걷어차 버렸다. 그 충격에 뒤로 물러선 로빈은 이번만큼은 절대 못 참는다는 의지를 담아 소리쳤다.

"야, 이 계집애가 또! 꿀꺽."

갑자기 꿀꺽이라는 소리에 세 사람은 뭐가 어떻게 되었는지 영문을 알 수 없었다.

"바, 반지를 삼켰어."

린이 소리치기 전까지는 말이다. 로빈을 발로 찬 뒤에 린은 곧바로 로빈을 향해 이딴 반지는 필요없다는 듯이 일말의 망설임도 없이 반지를 집어 던졌다. 그게 하필이면 막 말을 하려던 로빈의 입 안으로 들어 갔고, 로빈은 뭣도 모르는 사이 반지를 삼켜 버린 것이다.

"어, 어라?"

로빈과 미리안은 분노의 눈초리로 린을 노려보고 있었다. 이대로라 면 로빈의 배를 가르지 않는 이상 반지를 되찾기란 쉬운 일이 아닌 것 이다. 만약 운이 나빠 배변으로도 나오지 않고 위장 사이에 끼어버리 기라도 하면 영영 못 찾게 될 수도 있었다.

"역시 선불은 안 되겠지?"

미리안은 고개를 끄덕였다.

이럴 줄 알았으면 끝까지 들고 있다가 마지막에 주는 거였는데. 로 빈은 땅을 치며 후회했다.

탁! 탁!

장작이 타며 불꽃이 튀어 오르는 소리만이 들려왔다. 두 소녀는 생 전 처음 해보는 노숙이었음에도 한나절간 너무나 많은 일을 겪은 탓에 주위가 조용해지자 곧바로 잠이 들었다.

나는 직접 만든 불쏘시개로 불꽃을 살짝 일으키면서 장작들을 잘 타 게 움직인 뒤에 하던 일을 마저 했다.

하고 있던 일이란 다름 아닌 화살을 만드는 것이었다. 내게 있어 활 하나는 곧 목숨 하나와도 맞먹을 만큼 효과적인 힘이었다.

화살의 주재료로 필요한 것은 화살대와 화살촉으로 쓸 것, 그리고 깃털이었다.

화살대는 이왕이면 자작나무가 좋지만 실은 반듯한 나뭇가지라면 그 어떤 것이든 적합했다. 로빈은 괜찮은 나뭇가지를 골라 단도로 매끈하게 다듬고 활시위에 고정시키기 위해 한쪽 끝에 홈을 팠다.

깃털을 붙이는 것은 화살의 정확도를 높이기 위해 꼭 필요한 작업이었다. 사격이라기보다 저격에 가까운 신기를 지닌 로빈은 그 어떤 작업보다 세심하게 화살대를 삼 등분 내어 깃털을 붙였다.

마지막으로 할 일은 화살촉을 붙이는 것. 화살을 만들기 위해 들고 다니던 끈과 깃털은 충분했지만 화살촉만큼은 충분하지 않았다.

사냥을 하기 위한 정도라면 주석이나 가지고 있던 부싯돌을 깨뜨려서 다듬은 화살촉만으로도 충분하겠지만 언제 또 라이칸스로프 같은 상급 몬스터를 만나게 될지 모르는 일이었다.

로빈은 미리 생각해 둔 것이 있었기에 주머니에서 자그마한 화살촉 거푸집을 꺼내고 그 위에 은색의 작고 동그란 것을 올렸다.

그것은 린에게서 받은 은화였다. 집게로 거푸집을 잡고 오크 기름으로 화력을 최대한 높인 뒤 서서히 녹이자 곧 훌륭한 은제 화살촉이 만들어졌다. 린의 은화—한 달 용돈—를 전부 녹여서 열 개의 화살촉을 만드는 데에는 제법 긴 시간을 소요했지만 그 효과는 제법 기대가 될 정도였다.

화살대와 촉을 연결해서 완전한 하나의 화살을 만드는 작업을 모두 마치자 당장이라도 쓰러질 것처럼 피곤함이 몰려왔다.

"하아아!"

문득 입에서 나오는 새하얀 김에 놀라고 말았다.

언제 이렇게 추워졌을까? 지금껏 너무 열중해서 몰랐지만 얼어버린 듯한 두 손의 감각을 뒤늦게야 깨달았다.

"으으음."

온도가 떨어진 것을 느끼듯 잠들어 있는 두 소녀가 조금 뒤척이더니 이내 서로의 품 안으로 안기는 것이 보였다. 그러는 동안에도 바람은 점점 거세지고 동굴 안의 온도는 낮아졌다.

이대로 있다가는 모두 얼어 죽을 것이라는 위기감이 막 느껴졌을 때,

[동족이여, 이리로, 손을.]

어디선가 다시 그 목소리가 들려왔다.

이 산에 들어온 순간부터 강하게 들려오는 메시지. 그 목소리에 이끌리듯 멍하게 손을 들어 올린 순간 로빈의 몸은 누군가에게 끌려가듯 획하고 앞으로 쏠렸다. 바로 앞에 보이는 동굴 벽과 부딪칠 것이 당연한지라 저도 모르게 눈을 감으며 소리를 질렀다.

"으아아!"

하지만 바로 다시 눈을 떴을 때 나는 내 눈을 의심할 수밖에 없었다.

방금 전까지 있던 작은 동굴은 온데간데없이 거대한 공동(空洞)에 단 홀로 서 있었기 때문이다.

너무나도 놀란 나머지 나는 린과 미리안을 찾을 생각도 하지 못한 채 멍하니 주위를 둘러보았다. 그리고 그곳에서 보았다.

환한 빛을 뿜어대고 있는 어른 주먹만한 크기의 둥그스름한 붉은 보석. 그 보석은 여신의 모습을 본따 만든 듯한 아름다운 여신상의 두 손에 고이 올려진 채 마치 살아 있는 심장처럼 수축과 이완을 반복하고

있었다.

두근두근두근두근.

아름답고 신기한 보석. 게다가 귀를 기울여 보니 정말로 심장이 뛰는 듯한 소리가 들려오고 있었다.

마음이 편안해지는 그 소리를 좀 더 가까이에서 듣고 싶었다. 약간 겁이 나기도 했지만 위험하다는 생각은 전혀 들지 않았다. 단지 새로운 것을 맞이한다는 행위 자체에 생겨나는 떨림일 뿐 가까이 다가갈수록 점점 더 편안해지고 따스해지는 기분에 마냥 좋았다.

[동족이여, 내게로.]

보석이 내게 말을 건 것일까? 놀란 나머지 뒷걸음질을 치려 했으나 그와는 반대로 내 몸은 한 걸음 앞으로 나아가며 보석을 집었다.

"보, 보석이 녹아 내려!"

깜짝 놀라서 어떻게 해야 할지조차 몰라 허둥거리는 사이에 어느새 보석은 몽땅 녹아 흔적조차 남지 않았다.

[동족이여, 라피스를 부탁한다.]

순간, 여신상이 쩌저적 하는 소리와 함께 수십 갈래의 금이 생겨나면서 아주 오랫동안 쌓이고 쌓여 돌처럼 굳어진 흙먼지가 모두 땅으로 떨어졌다. 그리고 나의 눈앞에는 단단한 껍질을 깨고 막 태어난 생명만큼이나 아름다운 여자가 서서히 눈을 뜨고 있었다.

동화책 속의 엘프를 연상시키는 녹의를 입은 여자. 좀처럼 볼 수 없는 그린 에메랄드 같은 푸른색의 머리카락과 눈동자는 텐텐 산의 녹음을 떠올리게 하고 강하면서도 온화한 그 모습은 바람 그 자체였다.

세상에 이런 사람이 존재하는구나. 마치 태어나면서부터 신의 선택을 받고 태어난 듯한 느낌. 아름다운 것은 사실이나 그 격이 다른 아름다움에 기분이 나빠지는 것 또한 사실이었다.

"라피스? 네가 라피스?"

그저 머리 속에 떠오르는 이름을 내뱉자 곧바로 푸른색의 반짝이는 눈동자와 정면으로 마주쳐 버렸다.

"당신의 이름은?"

"나? 난 로빈."

당장이라도 눈동자에 빨려 들어갈 것 같은 정신을 추스르며 간신히 대답할 수 있었다.

"로빈, 당신은 반려의 계약을 원하십니까?"

"반려의 계약? 그게 뭔지는 잘 모르겠지만 일단 누구로부터 널 부탁받았다고나 할까?"

그녀의 말을 전혀 이해 못한 채 멍청하게 되묻자 그녀의 고개가 아래위로 끄덕여졌다.

"당신의 뜻 받아들이겠습니다."

그녀가 손으로 내 가슴을 지그시 누르자 아무런 고통도 없이 그 손이 나의 내부로 들어가는 것을 느낄 수 있었다. 그리고 심장 부근으로부터 따스한 기운이 들어왔다.

"계약 완료. 이것으로 당신과 나는 둘이자 하나이며 하나이자 둘. 그대가 가는 길이라면 어디든지 함께할 것이며 죽음만이 우리 둘을 갈라놓을 수 있을 겁니다."

"계약 완료라니? 지금 그게 무슨 말이야?"

"현재 마스터의 마력 양으로는 제가 움직일 여력조차 없습니다. 어긋난 인과율. 비록 그 반지의 강제력에 의해 눈을 떴으나 하루빨리 저를 다스릴 수 있는 힘을 손에 넣으시길 기다리겠습니다, 마스터."

그리고 거대한 공동에 가득 찰 정도의 눈부신 빛이 쏟아져 나왔다.

화려한 채색의 넓은 공간.

눈부신 빛을 뿜어내는 둥근 돌들이 안을 환하게 밝혀주는 가운데 밑으로는 발목을 삼켜 버릴 정도로 푹신푹신한 먼 이국의 양탄자가 가운데에 깔려져 있었다.

양옆으로 벽과 빈 공간에는 온갖 사치품과 조각상, 그림 등이 쭉 도배되다시피 카펫을 따라 진열되어 있었다.

굳이 가치를 따지자면 최소 수백, 수천만 리온을 호가하는 예술품들. 하지만 그것들조차 이곳의 주연들에 비하면 아무것도 아닌 한낱 폐물(廢物)에 지나지 않았다.

은밀한 석실 안의 한가운데. 물고기가 뛰어노는 둥근 연못 안으로 반짝이는 별로 짠 듯한 커튼에 둘러싸인 커다란 둥근 침대가 떠 있고, 그 안에 십여 명의 여자가 있었다.

입고 있는 옷도 장식도 모두 가지각색. 제아무리 꾸미기 좋아하는 귀부인이라 할지라도 그 무게에 폭삭 주저앉아 버릴 정도로 무거워 보이는 드레스와 보석으로 장식한 소녀가 있는 반면 옷을 입은 건지 벗은 건지 그 경계가 상당히 오묘한 투명한 속옷을 입고 있는 여인이 있는 등, 모두가 화려하고 예쁜 옷을 입은 채 마치 장식된 인형처럼 그곳을 꾸미고 있었다.

아니, 인형처럼이 아니라 인형이었다.

약간의 차이는 있으나 하나같이 사람을 홀려 버릴 정도의 미모를 지닌 여자들. 하지만 그녀들은 한눈에 봐도 어색할 정도로 움직임 하나 없었다. 그래, 마치 죽은 시체처럼 말이다.

"인간은 하나같이 믿을 수가 없어. 그렇지, 미네르바?"

이제 삼십대 후반일 듯한 목소리는 외모에 비교해 볼 때 놀라울 정도로 젊었다.

"그렇습니다, 마스터."

오페라의 귀빈실로 착각하게 할 법한 높은 곳에서 한 늙은 남자와 여자의 목소리가 들려왔다.

마치 명화(名畵)를 감상하듯 십여 명의 여자들을 바라보고 있는 중년의 남자와 그 옆에 서서 술을 따르고 있는 메이드 복의 미녀. 이곳에서 움직이는 자는 단둘뿐이었다.

"그런 거짓말쟁이들에 비하면 너는 물론 여기에 잠들어 있는 아이들은 모두 나의 편이지. 너희들이 있기에 나는 온기와 안식을 되찾을 수 있는 게야."

"영광입니다, 마스터."

억양없이 책을 읽는 듯한 목소리였지만 그것은 상관없다. 말투와 외모도 상관없다. 그가 원하는 것은 오직 자신을 믿고 따르고 의지하며 위험하면 몸을 바쳐서라도 지켜주는 존재였고, 그런 면에서 그녀와 그녀들은 완벽한 존재들이었다.

"그래, 착하구나. 이리 오너라, 미네르바."

여인은 무표정한 얼굴로 의자에 걸터앉으며 노인의 무릎에 몸을 기대자, 사내는 주름이 잔뜩 진 손으로 여자의 머리를 쓰다듬으며 나머지 한 손으로는 옷의 단추를 풀고 그 안으로 손을 집어넣어 쓰다듬기 시작했다.

딱히 성적 욕망 때문이 아니었다. 차가운 세계. 그 누구 하나 진정 자신을 위하는 자가 없는 막막한 세계에서 유일하게 찾은 그 따스함을 찾으러 기어들어 가는 발악일 뿐이었다.

하나 상대를 존중하는 듯한 정중한 목소리와는 달리, 미네르바라 불린 여자의 눈가에는 착각이라 생각될 정도로 빠르게 불쾌감의 표정이 드러났다가 사라졌다.

그렇게 조금 시간이 지났을 무렵. 일순간 그녀의 몸이 딱딱해지며 눈동자가 색을 잃더니 푸른 광채가 나왔다.

"또 하나 슬레이브가 잠에서 깨어났습니다."

무미건조한 여자의 한마디에 움직이던 손과 목을 핥던 혀를 멈추고 탐욕스런 욕망에 전 표정이 새겨졌다.

어쩌면 이자의 본성은 이 모습이 진짜일지도 모른다. 그렇게 생각될 정도였다. 중년의 남자는 이 세상을 다 가진 사람처럼 기뻐하며 외쳤다.

"미네르바, 넌 역시 최고다! 새로운 슬레이브는 과연 얼마나 아름다울까? 어떤 맛을 가지고 있을까? 크크크!"

사내의 기괴한 웃음소리가 한참 동안 석실 안에 울려 퍼졌다.

슬레이브가 깨어났다는 것은 즉 누군가를 반려로 인정하고 평생을 함께 하겠다는 맹세를 했다는 뜻이었다.

그럼에도 불구하고 그가 이렇게 좋아하는 이유는 간단했다. 계약자인 반려를 죽이고 슬레이브를 가진다.

지금 이곳에 모여 있는 대부분의 슬레이브도 그런 식으로 모은 것들이었다.

노인은 지금껏 여러 번 자신의 위치를 생각도 하지 않고 지니고 있는 권력을 이용해 계약자를 죽이고 슬레이브를 빼앗았는데, 이게 가능했던 것은 바로 지금처럼 미네르바가 있기에 가능했다.

슬레이브 미네르바. 그녀는 다른 슬레이브와 같은 강한 파괴력을 지닌 힘은 없지만 운명을 읽어 들이는 예지 능력과 다른 슬레이브를 느낄 수 있는 탐색 능력은 물질적인 힘을 크게 능가할 때도 있었다.

무언가 하고 싶은 말을 꾹 참는 표정을 지으며 한참이 지난 뒤 미네르바는 다시 입을 열었다.

"장소는 호더 왕국 인근에 있는 텐텐 산 부근. 오히려 몬스터 랜드에 가깝습니다. 그리고 그 힘은 지금껏 느낀 그 어떤 파동보다 강합니다."

그리고 아무에게도 들리지 않을 정도로 작게 속삭였다. 너무 강해서 스스로를 파멸로 인도하는 힘이라고.

"몬스터 랜드, 몬스터 랜드라…… 과연 이번 일은 조금 까다롭겠군. 나의 근위대를 파견하겠다. 이 프하이엄 제국의 황제 나 카이젠 프하이엄 9세가 가지지 못하는 것은 이 세상에 아무것도 없으리라. 크하하하하!"

적지 않은 놀라움을 준 그의 정체는 대륙 최강의 국력을 자랑하는 프하이엄 제국의 황제일지 몰라도 지금 보이는 것은 그저 단순히 광기에 빠져 버린 노인에 불과해 보였다.

『슬레이브 마스터』 제1권 끝

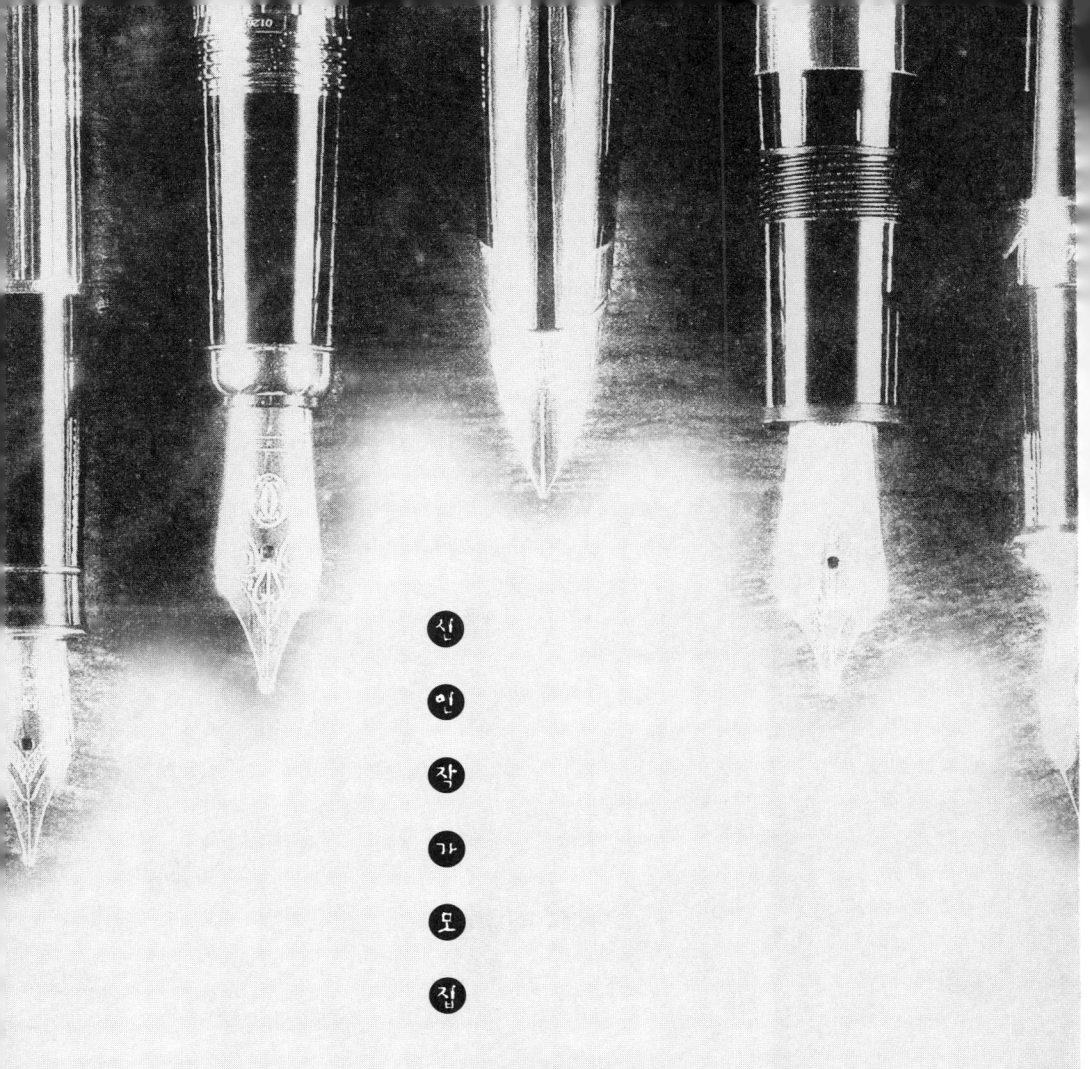

신인작가모집

시작이 반이라고 했습니다.
작가의 길에 대한 보이지 않는 벽을 과감히 깨뜨리십시오!
청어람은 작가 지망생 여러분들의
멋진 방향타가 되어드리겠습니다.

저희 도서출판 청어람에서는
소설 신인 작가분들을 모집합니다.
판타지와 무협을 사랑하시는 분들의 많은 참여를 바랍니다.
소정의 원고(A4용지 150매)를 메일이나 우편으로 보내주시면
검토 후 출판 여부를 알려드리겠습니다.

주소:경기도 부천시 원미구 심곡1동 350-1 남성B/D 3F 우편번호420-011
TEL:032-656-4452 · **FAX**:032-656-4453
http://www.chungeoram.com
e-mail:chungeoram@chungeoram.com